LE SILENCE D'INGRID BERGMAN

"Domaine français"

DU MÊME AUTEUR

J'APPRENDS L'ALLEMAND, Actes Sud, 1998 ; Babel n° 406.
LA FORME PROFONDE, Actes Sud, 2000 ; Babel n° 568.
COMME PERSONNE, Actes Sud, 2003 ; Babel n° 641.
HETERO suivi de *MA FORÊT FANTÔME*, Actes Sud-Papiers, 2003.
LE VRAI EST AU COFFRE, Actes Sud, 2005 ; Babel n° 934.
FOOT FOOT FOOT (ill. de Frédéric Rébéna), Actes Sud Junior, 2007.
MOI ET MA BOUCHE (ill. de Patrick Fontana), Actes Sud-Papiers, coll. "Heyoka Jeunesse", 2008.
FÉES DIVERSES (ouvrage collectif), Dumerchez, coll. "La Forge", 2008.
PRENEZ L'AVION, Actes Sud, 2009.
ET LE TRAVAIL ? (ouvrage collectif), Dumerchez, coll. "La Forge", 2009.
L'HOMME INÉPUISABLE (ill. d'Ulrika Byttner), Éditions du Chemin de fer, 2011.
L'UNE, Actes Sud-Papiers, 2011.
J'APPRENDS L'HÉBREU, Actes Sud, 2011 ; Babel n° 1196.
NOUS SOMMES ICI (ouvrage collectif), Dumerchez, coll. "La Forge", 2011.
LE RAYON FILLE, Actes Sud Junior, coll. "Premier roman", 2014.
HORS LA RÉPUBLIQUE ? (ouvrage collectif), Dumerchez, coll. "La Forge", 2014.
AH ! ÇA IRA..., Actes Sud, 2015 ; Babel n° 1453.
LA MAGIE LENTE suivi de *SURVIE* et de *LA RIVIÈRE*, Actes Sud-Papiers, 2018.
LES MÉTÈQUES, Actes Sud, 2019 ; Babel n° 1803.
JUBILER, : esse que, 2020.
UN BORD DE MONDE (ouvrage collectif), La Forge/Helvétius, 2021.
L'ARCHIPEL suivi de *NBA*, : esse que, 2021.

ISBN 978-2-330-16403-4

DENIS LACHAUD

Le Silence d'Ingrid Bergman

roman

ACTES SUD

Plus bas, un bœuf lança son râle, et c'était, se dit Rosie, comme si les bœufs n'avaient jamais cessé de hurler, comme s'ils ne devaient jamais cesser de hurler, car dès lors qu'ils commençaient on était incapable de se rappeler qu'il y avait eu un moment pendant lequel ils s'étaient tus. Si bien que la supplication des bœufs était ici la matière même du silence, pensa Rosie, froide et raide et trempée [...].

Rosie Carpe, MARIE NDIAYE.

LA GRANDE MAISON

Ingrid sourit en portant la tasse de café à sa bouche. Roland aime voir Ingrid sourire. Rien ne le rassure, ne le remplit d'enthousiasme, ne lui confère tout simplement l'énergie de se rendre chaque matin au travail comme ce sourire. Elle avale une gorgée. Roland est prêt à disparaître, nœud de cravate centré sous le col d'un blanc éclatant. Roland achète toujours des chemises dont semble émaner la lumière. Qu'il décèle le plus infime voile de grisaille sur l'étoffe et il la découpe en bandes de cinq centimètres. Il ne tolérerait pas qu'un vagabond, fouillant sa poubelle pendant la nuit, s'empare de la chemise presque neuve, l'enfile et la souille de sa crasse.

Roland vide sa tasse de thé.

— Tout va bien, ma belle Ingrid ?

— Oui Roland.

Ingrid pose les questions rituelles du matin tout en beurrant une dernière portion de baguette grillée, as-tu mis dans ton cartable les lasagnes que je t'ai préparées, as-tu pensé à regonfler la roue avant de ton vélo, as-tu des réunions aujourd'hui, vers quelle heure penses-tu rentrer du bureau ce soir. Ingrid ne saurait décrire avec précision la nature de la fonction qu'occupe Roland chez Fonck Frères. Elle n'a jamais incité l'homme à lui raconter sa journée, elle ne posera jamais de questions outrepassant sa sphère d'influence. Roland enfile la veste anthracite assortie à son pantalon. Il embrasse le front d'Ingrid en glissant une main sur sa nuque, Ingrid, maintenant impatiente de se fondre dans le calme de la maison.

Roland franchit la ligne blanche. Pour Ingrid, il n'est déjà plus là. Elle mange sa tartine, entourée par les dix-huit portraits d'Ingrid Bergman accrochés aux murs de la cuisine, l'actrice préférée de Roland, la plus belle femme du monde à son humble avis. Ingrid mâche le pain et observe le fond de sa tasse pendant que le pas de Roland pèse sur le parquet du couloir. Quelques grains de marc dansent en rond, suivant le mouvement circulaire qu'elle imprime au liquide.

La porte claque. La clef tourne dans la serrure. Ingrid s'est levée, tasse en main. Debout devant la ligne blanche, elle devine la silhouette massive de Roland par le losange de verre découpé dans le bois de la porte. Il s'éloigne, progressant parmi les arbustes en direction du garage. On devine qu'il extrait une pompe de son cartable. Il va regonfler la roue avant de son vélo, celle qui chaque jour perd un quart de son air et nécessite une attention toute particulière. Ingrid s'est demandé pour quelle raison il ne la remplaçait pas. Elle n'y pense plus désormais, quand il s'en plaint le soir. Comme Roland disparaît au milieu des branches dissimulant garage et portail dans le jardin, elle retourne vers la cuisine et se ressert une tasse de café.

La journée peut commencer.

Ingrid avale le dernier morceau de baguette et se relâche. Elle libère ses cheveux. Roland n'apprécie pas de voir les mèches châtain se promener sur ses épaules. Il les aime tirées en un chignon bien serré. Chaque matin, Ingrid se coiffe avant le réveil de Roland. L'homme la rejoint dans la cuisine et bien souvent moule la boule de cheveux dans sa main pendant qu'il l'embrasse et lui demande si elle a bien dormi, oui très bien et toi…

Le café reste au chaud sur sa plaque, dans la cafetière. Ingrid se resservira toute la matinée. Sur la gauche, une légère brise agite la haie de bambous, derrière la fenêtre. À l'occasion d'une bourrasque, les tiges heurtent les barreaux protégeant la maison de toute intrusion. Ingrid demandera à Roland de lui en couper deux ou trois, elle aimerait fabriquer un de ces mobiles carillons qui réagissent au moindre souffle de brise. Elle le lui fera suspendre sur le perron. Elle entendra les cylindres vides s'agiter toute la journée, même porte fermée. Elle le sait, car elle perçoit les bruits de la rue quand elle s'installe dans le salon. Les sirènes de police, certains klaxons. Un cri parfois.

Ingrid a rangé dans le lave-vaisselle les tasses, les assiettes et les couverts du petit-déjeuner. Elle se retourne pour saisir le torchon sur le dossier d'une chaise et s'essuyer les mains. Elle découvre alors que la ligne blanche s'est abîmée devant la fenêtre donnant sur les bambous. Une goutte de sueur froide se forme en haut de son front, à la racine de ses cheveux. Elle ne comprend pas comment ce problème d'usure a échappé à Roland, comment il a pu ne pas lui en faire la remarque. Depuis qu'il a acheté Guido, le robot aspirateur rond et silencieux qui se promène à son gré dans la maison de plain-pied, la ligne tracée à vingt centimètres des murs extérieurs demande à être régulièrement rafraîchie. La puissance d'aspiration de Guido met à mal la résistance de la peinture. Roland ne touche jamais la ligne. Il l'enjambe. Guido, quant à lui, la frotte tout autant que le carrelage ou le parquet, il aspire ensuite tout ce qu'il est parvenu à décoller. Ingrid apprécie le travail de Guido, même s'il accélère de façon considérable l'effritement de la ligne blanche. Elle se remplit une nouvelle tasse. Elle a le temps, elle a toute la journée pour descendre chercher le pot d'acrylique blanche à la cave, coller deux morceaux de scotch en bordure de la ligne et corriger avec précision la portion entamée. Ingrid décide qu'en dehors de ses tâches ménagères quotidiennes, cette restauration constituera le programme de ce mardi. Il faudra pousser la ventilation toute l'après-midi, afin de se débarrasser des odeurs. Roland aime pénétrer dans une maison propre et rangée, immuable.

Avant l'atelier peinture, Ingrid époussettera les portraits d'Ingrid Bergman, puis elle nourrira Rosalie. Elle se demande si celle-ci acceptera de lui parler ce matin ou si elle l'ignorera, attendra qu'elle ait disparu pour se précipiter sur son plateau. Roland dit qu'il est impossible de savoir au réveil si Rosalie sera souriante et enjouée ou bien irascible et butée, quand elle séjourne dans la petite maison. Même Ingrid qui est sa mère se demande dans quel état elle sera. Ingrid aime tellement sa fille, malgré les sautes d'humeur.

Mais il est à peine huit heures.

Rosalie dort encore.

Ingrid introduit dans le lecteur le premier DVD de *Six Feet Under*. Aujourd'hui, elle reprend de zéro. Elle envisage de retraverser la série dans son entier. Nathaniel est au volant du tout nouveau corbillard Fisher & Sons, son entreprise de pompes funèbres, il se penche vers le fauteuil passager, saisit une cigarette et à l'instant où il l'allume, son véhicule croise la route d'un bus municipal. Ingrid connaît parfaitement la scène. Elle devine le bus par la fenêtre du conducteur avant même qu'il apparaisse. Elle sursaute au moment de l'accident et pendant que le bus pousse la longue Cadillac noire déformée, Ingrid imagine le corps de Nathaniel qui implose. Sa tête s'est violemment désaxée, cassant net sa colonne vertébrale ; son bassin a été broyé par l'enfoncement de la portière. Il aura peu souffert, pense-t-elle. Juste le temps de ressentir le choc, combiné aux quelques secondes nécessaires pour que la conscience d'être en vie s'évapore. À l'aide de la télécommande du lecteur DVD, Ingrid revient en arrière. Nathaniel se penche à nouveau vers le paquet de cigarettes et le briquet. Le bus apparaît dans le cadre. Nathaniel ignore tout de la bascule fatale qui se met en place. La spectatrice, elle, sait déjà que le processus conduisant à la mort du personnage est enclenché.

Ingrid est bouleversée par cet instant. Tout semble encore normal, habituel, Nathaniel s'amuse d'avoir menti au téléphone en promettant à Ruth d'arrêter de fumer, il se dirige vers l'aéroport, il va chercher Nate, leur fils aîné, qui vient fêter Noël en famille à Los Angeles, le choc reste imprévisible. Ingrid admire le jeu de Richard Jenkins. L'acteur connaît lui aussi le scénario, au moment où il incarne Nathaniel dans cette scène qui va le voir mourir. Pourtant son travail consiste à l'ignorer, à allumer sa cigarette, sa dernière cigarette, comme si tout espoir était permis, comme si la vie s'ouvrait devant lui en lieu et place de la mort.

Ingrid est fascinée par la capacité des acteurs à mentir vrai.

Elle s'en nourrit pour satisfaire aux exigences de Roland.

Elle interrompt rarement la lecture d'un épisode de *Six Feet Under* avant le générique final. La fiction se déploie devant ses yeux, elle plonge au cœur de l'image. Elle se délecte du soleil californien. Les rayons mordent sa peau. Elle se découpe une tranche du rôti que Ruth Fisher sort du four au moment d'apprendre par un appel téléphonique le décès accidentel de son époux. Plus tard, Ingrid imagine l'humidité de la nuit californienne, alors que Ruth, Claire et Nate Fisher rentrent de la morgue où le fils aîné a reconnu le cadavre de son père. Ingrid n'a jamais posé le pied sur le continent américain. Elle n'ose espérer avoir un jour cette chance.

Près de la ligne blanche, Ingrid pose le pot de peinture avec un pinceau et le ruban adhésif de masquage. Rosalie s'est réveillée. Ingrid lui a proposé un café et des tartines, mais Rosalie, assise sur le lit de la petite maison, les jambes rassemblées dans ses bras, genoux serrés sur le torse, a secoué la tête.

— Un café te ferait du bien, tu sais. Une petite tasse… Non ? Tu es sûre ma chérie ?

Ingrid a attendu une bonne minute pour lui permettre de changer d'avis, mais Rosalie n'a pas émis le moindre son, figée sous ses cheveux en désordre, les yeux humides. Non, Rosalie ne voulait pas de café. Elle ne voulait rien. Inutile d'insister. Impuissante, Ingrid a décidé d'abandonner le plateau à portée de main de Rosalie. Avant de remonter dans la grande maison, elle s'est dirigée vers la buanderie où Roland stocke le matériel de peinture. On ne peut se payer le luxe de se laisser entraîner par le désespoir de Rosalie quand celle-ci sombre dans un de ces insondables trous noirs. Il faut tenir. Il faut résister à toutes les formes que peut prendre le renoncement. Il sera temps d'aider Rosalie à recouvrer sa joie de vivre quand Roland l'autorisera à revenir.

Ingrid frotte la ligne avec une éponge abrasive. Quelques écailles de peinture s'en détachent. Elle frotte encore. Après plusieurs minutes, le champ opératoire lui semble parfaitement propre. Elle l'essuie avec un chiffon, colle un morceau de ruban adhésif de chaque côté de la ligne blanche autour de la portion usée, extrait un tournevis de la boîte à outils et fait sauter le couvercle du pot. À l'aide d'une baguette chinoise, elle mélange le liquide. La peinture retrouve toute son onctuosité. Ingrid plonge alors la pointe du pinceau et corrige les défauts. Quand tout sera sec, il n'y paraîtra rien. Elle referme le pot, nettoie le pinceau et redescend le matériel.

Rosalie n'a pas touché à son plateau. Tassée sous l'ampoule éclairant la petite maison, elle lit *Anna Karénine.*

Ingrid s'allonge dans le canapé. Elle va patienter une bonne heure avant de décoller les deux morceaux de ruban. Le vent souffle de plus belle. Les bambous battent la mesure contre les barreaux. Ingrid se laisse aller. Elle s'assoupit, s'allège, elle plane au ralenti dans la chaleur du matin, se réveille en sursaut, craint d'avoir dormi plusieurs heures. Mais sa montre la rassure, la sieste n'a pas duré plus de vingt minutes. Elle reste allongée. Quelques ombres s'agitent au plafond. Toujours les bambous, ces maudits bambous que Roland a plantés au sud, qui ont poussé comme du chiendent et empêchent le soleil d'entrer dans la pièce.

Ingrid finit par se relever. Elle s'agenouille devant la ligne, décolle délicatement le premier scotch, la peinture n'a pas bavé sur le carrelage de la cuisine. Elle décolle le deuxième. Ligne droite, bords parfaits, du bon travail.

Ingrid se tient derrière la ligne, bras croisés. Au bout du couloir, elle aperçoit le jardin par le losange de verre découpé dans le bois de la porte. Le printemps s'installe. Les feuilles ont percé les bourgeons, elles recouvrent les arbustes, la verdure envahit de nouveau l'allée centrale qui conduit jusqu'au portail séparant la propriété de la rue. Les branches oscillent dans le vent. Ingrid n'a ni chaud ni froid. Elle n'a mal nulle part. Elle va bien. Roland va rentrer du travail. Elle devinera ses pieds sur les dalles, puis ses genoux, bientôt son corps entier se dessinera, alors qu'il approchera de la maison. Il surgira du néant à travers les arbustes. Son cartable pendra au bout de son bras gauche. Elle espère qu'il sera satisfait de sa journée. Elle a rangé, elle a lavé le sol après le retour de Guido sur sa base, a débranché Guido avant de corriger la ligne blanche, a poussé la ventilation, Roland ne sentira rien, elle a regardé en tout deux épisodes de *Six Feet Under*, elle a porté son plateau-déjeuner à Rosalie, l'a suppliée de lui parler, mais Rosalie n'a pas daigné ouvrir la bouche. Ingrid a lancé une machine, l'a étendue dans la buanderie, elle a mangé, elle a peint une aquarelle, un quai portuaire bordé de maisons aux couleurs variées, les piétons et les vélos, pas de voiture – Ingrid ne sait pas dessiner les voitures –, elle a laissé sécher l'aquarelle pendant le deuxième épisode de *Six Feet Under*, l'a gravée dans sa mémoire, puis l'a effacée à l'eau. Pour finir, elle a rebranché Guido. Elle a dormi aussi, a repris des forces. Elle s'est astreinte à quarante minutes de vélo d'appartement, s'est douchée, a regardé osciller les bambous derrière la fenêtre du salon, leurs tiges striées, tout s'est bien passé au cours de la journée, elle vient de refaire son chignon, elle attend.

Son cœur accélère, des voix peut-être, du côté de la rue, puis le moteur du rideau roulant du garage. Roland rentre du travail. Ses pieds apparaissent dans l'allée deux minutes plus tard. Il n'a pas ôté les pinces protégeant son pantalon de la chaîne du vélo. Ingrid respire profondément, croise les bras, elle est prête, chignon serré. Soudain, elle distingue sur les gravillons blancs une deuxième paire de chaussures derrière la première, une paire de mocassins noirs bien cirés, ceux de Gilles. Les branches des arbustes s'écartent et révèlent sa silhouette élancée, bien dessinée par son costume bleu taillé près du corps. Une pratique assidue de la course à pied lui a permis de conserver un torse, un abdomen et des cuisses de jeune homme, même s'il approche de la soixantaine. Roland et Gilles portent à bout de bras plusieurs sacs Carrefour. Ingrid se précipite vers l'escalier menant à la petite maison et crie à l'intention de Rosalie que Gilles suit Roland dans le jardin. Elle ferme la porte. Puis elle serre les dents. Roland ne l'a pas prévenue de cette invitation. Il va falloir se méfier et aussi, Rosalie devra prendre son mal en patience. Ingrid sera contrainte d'attendre la fin de soirée pour lui descendre son plateau. Pourtant, la joie se faufile et prend place. Gilles sait distraire le quotidien avec sa douceur et sa réserve. Déjà Roland ouvre la porte. Le pas des deux hommes grince dans le couloir. Ils sont plongés dans une conversation sur Fonck Frères, l'entreprise qui les emploie. Le sourire chaleureux d'Ingrid les accueille.

— Gilles, quelle bonne surprise !

— Roland ne vous a pas prévenue ? J'espère que je ne vous dérange pas…

— Mais pas du tout, soyez le bienvenu. Je pensais préparer une grosse salade de lentilles ce soir, cela vous conviendra ?

— Bien entendu. Ne changez rien pour moi… J'ai apporté une bouteille de bordeaux.

Après que Gilles et Ingrid se sont serré la main, Roland dépose un tendre baiser sur le front de sa compagne. Il n'a pas encore prononcé un mot. Il descend à la cave. Il passera à la petite maison s'assurer du silence de Rosalie en présence du visiteur et remontera avec un bourgogne blanc, un pernand-vergelesses premier cru, pour la fin de soirée, d'une valeur et d'une qualité légèrement supérieures au bordeaux apporté par Gilles, Roland et son souci perpétuel d'être campé sur le plus haut barreau de l'échelle.

— Si vous le souhaitez Gilles, je peux ouvrir votre bouteille. Je crois que le bordeaux aime respirer avant d'être bu, n'est-ce pas ?

— En effet.

De temps en temps, Roland convie Gilles pour le dîner. Le seul visiteur qu'Ingrid a jamais vu pénétrer dans la propriété. Même le facteur ne bénéficie pas de ce privilège. Quand par hasard il sonne en fin de matinée pour livrer un paquet ou un pli recommandé, il trouve systématiquement maison close. Il glisse un reçu dans la boîte aux lettres et le samedi matin, Roland se rend au bureau de poste.

Pendant qu'Ingrid finit de préparer le dîner, Roland met la table. Debout mains dans le dos, Gilles admire les photos d'Ingrid Bergman disséminées sur les murs de la cuisine. Il s'arrête devant le portrait de l'actrice adolescente. Roland s'approche de son ami.

— Elle a quatorze ans sur cette photo. Elle est sublime.

Roland et Ingrid écoutent Gilles raconter, whisky en main, ses dernières vacances sur l'île de Majorque. Le récit donne à Ingrid l'occasion de se reposer, de voyager. Gilles est parti seul, comme toujours. Ingrid écoute le visiteur raconter ses promenades dans la montagne, les virées solitaires sur les routes escarpées autour de Valldemossa, les bains dans les criques désertes, les longues soirées dans l'animation des rues de Palma. Roland écoute d'une oreille distraite, il aperçoit, posées dans un coin contre le mur séparant le salon du couloir, un carton à dessin sur lequel sèche une feuille de papier Canson. Il aimerait tant voir les aquarelles qu'Ingrid peint en son absence, mais elle les efface avant son retour. Il a beau la menacer de ne plus lui acheter de peinture, ou cesser un temps de renouveler la réserve, rien n'y fait. Chaque soir, Roland découvre une ou plusieurs feuilles de papier humides et légèrement colorées, jamais la moindre image de ce qui a été produit pendant la journée. Quand le matériel vient à manquer, Ingrid ne réclame pas, ne se plaint pas. Elle ne peint plus. Elle attend. Quand

Ingrid ne peint plus, elle perd en joie de vivre et Roland le déplore. Alors il se rend chez le marchand de couleurs. Avec le temps, elle a cessé de céder à toutes les exigences de Roland. Elle a affirmé son besoin d'exister aussi dans une forme d'opposition.

Bien que timide de nature, Gilles se sent en sécurité avec Roland et Ingrid, alors il parle. Il raconte. Il ne pose jamais de questions, la conversation glissera sans effort autour de son récit jusqu'à ce qu'il quitte la maison. Ingrid se demande si ce n'est pas là ce qui a fondé l'amitié de Roland et Gilles, au bureau. Roland déteste les questions. Il ne les supporte pas, sauf si elles répondent à une nécessité émanant du quotidien.

À table, Roland et Ingrid installent Gilles en face d'eux. Ainsi, Gilles a peu d'efforts à fournir pour les regarder quand il parle. Ingrid a remarqué que les autres combinaisons fonctionnaient beaucoup moins bien. Quand Ingrid était seule face aux deux hommes, une gêne s'installait. Gilles s'empourprait, Roland s'agitait, Ingrid ressentait une pression. Quand Roland faisait face à Gilles et Ingrid, l'invité ne s'adressait plus qu'à lui, il n'osait pas tourner la tête vers Ingrid, trop de proximité l'en empêchait. Décidément, il faut que Gilles soit installé en face de nous a déclaré Roland un soir, il y a longtemps déjà, tout est bien plus fluide ainsi.

La table fonctionne comme une barrière objective.

Pendant le dîner, la bouteille de bordeaux se vide. Puis la bouteille de bourgogne. Ingrid trempe ses lèvres dans le verre, histoire de goûter les deux vins. Mais elle ne boit pas. L'alcool lui fait tourner la tête. Mieux vaut rester à l'eau, garder sa lucidité.

Gilles déclarera plus tard n'avoir jamais songé à interroger la fonction de la ligne blanche peinte au sol à vingt centimètres des murs extérieurs chez Roland et Ingrid. Les gens faisaient bien ce qu'ils voulaient, il n'était pas dans sa nature de les questionner quant à leur mode de vie, si ses amis jugeaient qu'une ligne blanche tracée à même le carrelage et le parquet apportait un supplément d'âme à leur intérieur, voire l'enrichissait d'une touche artistique, d'une forme d'art plutôt conceptuelle, il n'y voyait aucun inconvénient. Il expliquera aussi qu'Ingrid se déplaçait avec tant de naturel dans la maison qu'il n'avait pas pu remarquer qu'elle ne traversait jamais la ligne blanche. Celle-ci disparaissant sous le canapé et les fauteuils du salon dans lesquels ils s'installaient pour l'apéritif, sous le buffet où Ingrid rangeait assiettes, verres et couverts, il l'avait bien vite oubliée. Il ne la voyait plus, même. Aucune contrainte n'y semblait attachée, même si sa présence devait intriguer, à n'en pas douter. Gilles apprendra alors avoir été le seul visiteur, la seule personne à être entrée dans la maison depuis le début, puisque même l'agent EDF n'entrait pas, Roland ayant fait poser le compteur électrique dans le garage, loin du bâtiment principal.

Gilles jurera ne jamais avoir décelé la présence de Rosalie, ne jamais avoir entendu le moindre bruit provenant d'une autre pièce quand il rendait visite à Ingrid et Roland, alors qu'ils étaient tous les trois rassemblés dans le salon pour l'apéritif ou dans la cuisine salle à manger pour le dîner. Il s'avouera choqué de découvrir son existence : pas une seule fois en quinze ans d'amitié, Rosalie ou quelque autre enfant du couple n'aura été évoqué. La parentalité était restée absente des nombreuses discussions avec Roland au travail, pendant la pause déjeuner, ou avec le même Roland et sa compagne Ingrid, dans leur maison. Pour compléter le tableau, Gilles précisera n'être jamais venu leur rendre visite à l'improviste et remarquera que jamais le couple n'avait répondu favorablement aux invitations à venir dîner chez lui, quelques rues plus loin.

Gilles serre la main d'Ingrid et la remercie chaleureusement, c'était excellent, comme toujours, vous êtes un véritable cordon-bleu. Ingrid sourit, debout près de la ligne blanche. Elle attend depuis plus d'une heure qu'il se décide à rentrer chez lui. Roland s'éloigne enfin dans le couloir d'entrée, il raccompagne le visiteur, une main sur son épaule, il va l'escorter jusqu'au portail. Dès que la porte se referme, Ingrid prépare le plateau de Rosalie. Il est presque vingt-trois heures, la pauvre doit être affamée. Heureusement, il reste une bonne portion de salade de lentilles. Rosalie adore les lentilles, elle sera contente. Ingrid avait programmé ce plat pour lui faire plaisir. Elle coupe deux tranches de pain frais et un morceau de morbier. Au moment de poser une banane dans un coin, au-dessus de l'assiette, Ingrid entend Roland passer la porte.

— Attends, je vais aller voir Rosalie. Je pense que la punition a assez duré, je vais lui accorder une remise de peine, à condition qu'elle me promette de faire attention à ses grands gestes. Quand on a de longs bras, on apprend à les contrôler.

Rosalie a cassé un vase en cristal de Bohême, cadeau rapporté de Prague par Gilles, auquel il a fallu expliquer la disparition de l'objet, un geste malencontreux d'Ingrid pendant qu'elle dépoussiérait les étagères, au-dessus du buffet. Bien entendu, Gilles ne s'en est pas formalisé. Ça arrive, a-t-il glissé dans un sourire bienveillant. Roland saisit son cartable posé sur un fauteuil, il en extrait la clef de la petite maison. Ingrid est soulagée. La vie va pouvoir reprendre son cours. Roland attrape le plateau et disparaît dans l'escalier. Ingrid tend l'oreille, mais aucun bruit ne lui parvient de la cave insonorisée. Comme Roland tarde à remonter, elle se demande ce qui peut bien se passer au sous-sol, dans la petite maison, si Roland et Rosalie parlementent, si Rosalie le supplie ou au contraire si Roland essaie d'arracher quelque parole à une Rosalie mutique. Elle préfère se lancer dans le remplissage du lave-vaisselle. Autant rester active, inutile de céder à l'angoisse.

Après une bonne dizaine de minutes, Rosalie apparaît en haut de l'escalier de la cave. Elle porte elle-même son plateau. Elle a coincé *Anna Karénine* sous la banane. Elle s'installe à table et mange. Roland la suit, triomphant, il arbore son sourire magnanime, il a levé la punition, Rosalie est autorisée à rejoindre sa mère au rez-de-chaussée. Ingrid espère que la grâce accordée par Roland n'a pas coûté trop cher à Rosalie, qui sourit et plaisante à table comme si elle n'était pas restée enfermée dans la petite maison pendant cinq jours. Ingrid la regarde faire son show, amusée par les pitreries du clown tout autant que soulagée. Le séjour dans la petite maison n'a pas durablement endommagé son moral. Ingrid sait que sa fille ne la tient pas pour responsable de sa peine, même si elle lui en a voulu, pendant le séjour à la cave, de pouvoir se déplacer librement au rez-de-chaussée quand elle disposait des six mètres carrés de la petite maison. Rosalie n'est pas rancunière. Elle a déjà tout effacé. Elle pèle sa banane.

Roland se roule une cigarette et sort fumer sur le perron. Il revient, légèrement hagard.

— J'ai une longue journée derrière moi, les filles, c'est l'heure d'aller au lit.

Chacun se brosse les dents et se couche. Rosalie est heureuse de retrouver sa chambre. Elle va pouvoir dormir dans son lit, entourée par ses livres. Roland branche son téléphone portable et le pose sur sa table de nuit. Personne ne l'appelle et il n'appelle personne. Cet objet a longtemps intrigué Ingrid. Un soir, Roland lui en a expliqué la fonction. Comme elle ne l'a jamais vu s'en servir, elle n'est pas certaine qu'il ait dit vrai.

La respiration de Roland prend bien vite son rythme nocturne. La maison redevient parfaitement silencieuse. Le regard d'Ingrid glisse sur le plafond strié par les branches d'arbustes en ombre chinoise. Le vent s'est calmé, plus rien ne bouge.

Chignon serré, Ingrid prépare le petit-déjeuner. Roland sifflote sous la douche, Rosalie ne se lèvera en aucun cas avant son départ, le café finit de couler, les tranches de baguette grillées s'empilent dans une assiette plate, un matin nouveau se déplie.

Un vendredi.

Ingrid sert deux tasses au moment où Roland apparaît rasé de frais, cravate à dominante orange, la chemise impeccable, nimbée de lumière, comme toujours. Il glisse sa serviette de table dans son col et s'installe à sa place habituelle, dos à la fenêtre. Ce matin, il a décidé d'abandonner le thé au profit du café. Il a très mal dormi, impossible de lâcher prise ou de trouver une position apaisante dans le lit. Il a besoin du coup de fouet que lui procure la caféine. Je t'ai poêlé des gnocchis avec des petits lardons pour le déjeuner, tu n'auras plus qu'à les réchauffer au bureau, ça te va ?, c'est parfait Ingrid. Le pain craque sous ses dents d'ogre. Roland vient de terminer le pot de confiture. Ingrid en extrait un nouveau du placard. Griottes. Confiture maison offerte par Gilles, confectionnée par sa sœur qui vit dans une cerisaie, en Bavière. Ingrid tente de l'ouvrir mais n'y parvient pas. Roland saisit le pot, l'enserre en se levant devant sa chaise pour plus d'aisance. Il serre le pot sur son ventre, déploie toute la force dont il dispose dans un râle, mais sa main glisse, le couvercle résiste. Il saisit un torchon, enveloppe le couvercle et bande à nouveau ses muscles. Il grimace en apnée, il rougit et soudain, pousse un cri métallique en lâchant le pot qui explose à ses pieds. Les genoux cèdent l'un après l'autre, il s'effondre dans la confiture et les débris de verre. La grimace s'est figée autour du souffle court, haché par les contractions anarchiques du diaphragme. Les yeux se sont injectés de sang. La peur dilate les pupilles. Ingrid poursuit son petit-déjeuner, les sens en éveil. Elle boit une petite gorgée de café. La main tenant la tartine s'est immobilisée en l'air. Elle se concentre, écoute chaque hoquet, devine chaque mouvement, le plus infime tremblement. Elle observe les changements s'opérant sur le corps blessé comme si elle voyait à travers la table en chêne. Elle attend les instructions. Si Roland ne parvient pas à articuler une demande, elle ne bougera pas. Allongé au sol, possédé par la douleur, Roland accède, après un moment de stupeur, à la lucidité lui permettant de réaliser qu'il n'y a pas lieu de s'étonner de l'indifférence d'Ingrid.

— S'il te plaît… attrape mon téléphone dans la poche gauche de mon pantalon…

Ingrid se lève sans perdre une seconde, contourne la table et fouille la poche. Elle mesure l'importance de l'événement, l'objet téléphone portable pèse dans sa main pour la première fois, elle va apprendre à s'en servir. Il va falloir rester concentrée. Quand il souffre, quand il a peur, Roland devient imprévisible. Il peut facilement verser dans la violence.

Mais pour l'instant, il parle avec calme, malgré la douleur vive que trahit sa grimace.

— Appuie sur le bouton en bas. Tu vois apparaître un clavier de chiffres ?

— Oui.

— Tape 1703 avec un doigt.

— 1703.

— L'écran a changé ?

— Oui.

— Tu vois un combiné de téléphone blanc sur fond vert ?

— Oui, je le vois.

— Appuie dessus une fois.

— Voilà.

— En bas, appuie sur le sigle avec trois rangées de trois petits ronds. C'est le clavier…

— C'est fait.

— Compose le 15.

— 15.

— Pose le téléphone à côté de mon oreille… Voilà. Tu peux retourner t'asseoir et boire ton café, si tu veux…

Ingrid reste debout près de Roland dont le regard fixe le plafond blanc, elle souhaite s'assurer que ses manipulations ont porté leurs fruits.

— Bonjour monsieur, j'ai besoin d'une ambulance au 28 rue de la Mare-à-l'Âne… Oui à Montreuil… Un problème cardiaque je pense… C'est pour moi… Non, je suis seul… Roland Turcat… Soixante-cinq ans… Non jamais, c'est la première fois… Dites-leur de faire vite, je souffre beaucoup… La poitrine, le bras gauche… Je suis allongé par terre… En ouvrant un pot de confiture… Je suis tombé… Je vais appeler le voisin pour le portail…

Oui, tout au fond du jardin, dites bien à l'équipe qu'on ne voit pas la maison de la rue, il y a une allée, dites-leur de ne pas hésiter à casser les branches si elles gênent leur progression.

Ingrid s'est rassise. Elle mémorise l'adresse phonétiquement, 28 rue de la Maralane à Montreuil, Maralane, quel nom curieux. Elle vérifiera plus tard.

— Tu veux bien attraper le trousseau de clefs dans mon cartable ? Dans la petite poche avant.

Ingrid fouille le cartable, en extrait le trousseau.

— Tu vas traverser la ligne blanche, Ingrid, je t'y autorise, tu vas déverrouiller la porte d'entrée, puis marcher jusqu'à la rue et ouvrir le portail en grand. D'accord ?

— D'accord Roland.

Au moment de se lancer, Ingrid est envahie par les courbatures, comme si elle avait produit trop d'efforts. Elle regarde le trousseau de clefs posé dans le creux de sa main.

— Penche-toi vers moi, Ingrid, montre-moi le trousseau. Pour la porte d'entrée, c'est la longue clef biscornue. Pour le portail c'est la clef avec le scotch bleu. Va vite et reviens. N'aie pas peur, comme je te l'ai dit, je t'autorise à traverser la ligne blanche, il ne t'arrivera rien. Dépêche-toi, je te donnerai les instructions pour la suite à ton retour.

Ingrid enjambe la ligne blanche, comme le fait Roland chaque matin. Elle marche dans le couloir, intimidée. Elle ouvre la porte d'entrée avec la clef biscornue et se précipite dans l'allée centrale, celle dans laquelle Roland disparaît chaque matin. L'air frais lui pique les joues, les branches des arbustes giflent ses cuisses. Plus elle approche de la rue, plus elle sourit. Sa tête tourne mais son équilibre n'est pas menacé, c'est léger, agréable, un début d'ivresse, un état cotonneux. Rosalie dort encore, Rosalie ne sait rien de ce qui se joue, il faut la réveiller au plus vite, Roland va peut-être mourir et s'il ne meurt pas, il va rester absent plusieurs jours. Une ambulance est en route. Il faut réfléchir. Il faut réfléchir aux changements que cet accident ne manquera pas d'engendrer.

Ingrid parvient jusqu'au portail. Elle glisse dans la serrure la clef dont la tête a été enveloppée d'un scotch bleu et ouvre les deux battants en grand. Elle s'interdit de jeter un coup d'œil dans la petite rue pavillonnaire. Pas encore. On ne sait jamais. Roland la voit peut-être, son malaise a pu se dissiper, il a pu se relever… Elle court vers la maison. Roland n'a pas bougé. Elle retraverse la ligne blanche et s'immobilise à côté de la table du petit-déjeuner.

— J'ai ouvert le portail.

— Je te remercie. Écoute-moi bien Ingrid. Pour commencer, pose les clefs sur la table. Ensuite, tu vas réveiller Rosalie et vous allez descendre toutes les deux dans la petite maison, pendant que l'ambulance vient me chercher. Avant de descendre, tu vas ranger ta tasse, ton couteau et ta cuiller dans le lave-vaisselle. Quand l'ambulance m'aura emmené à l'hôpital, vous pourrez remonter. Laisse passer trente bonnes minutes avant de rejoindre la grande maison. Soyez prudentes au moment de quitter la petite maison, jetez un œil en haut de l'escalier, vérifiez bien qu'il n'y a plus personne, on ne sait jamais, si l'équipe médicale tarde à venir, si l'ambulance traîne ou si, une fois l'équipe arrivée, le responsable décide de commencer à me soigner sur place. Tout est bien clair ?

— Oui.

— Tant que la grande maison n'est pas vide, vous restez en bas, dans la petite maison, c'est bien compris ?

— Oui.

— Dis-le.

— Nous restons en bas tant que la grande maison n'est pas vide.

— Je vais leur demander de fermer la porte et le portail mais je ne suis pas certain qu'ils m'écouteront, ils auront certainement leurs priorités. Alors, s'ils n'ont pas tout refermé avant de partir, tu le feras, toi, Ingrid. N'est-ce pas ?

— Oui.

— Je vais être absent quelques heures, peut-être un peu plus. Ils vont me garder en observation pour des examens je pense. Pendant ce temps, vous resterez toutes les deux à la maison, vous avez de quoi manger pour plusieurs jours, le congélateur est plein, je vais revenir. C'est d'accord ?

— C'est d'accord.

— Tu sais ce qui arrivera si tu ne fais pas ce que je te dis.

— Oui.

— Dis-le, je veux t'entendre le dire.

— Je sais ce qui arrivera si je ne fais pas ce que tu me dis.

— Dis-le Ingrid.

— Tu enverras Gilles égorger ma mère, mon père et ma sœur.

— J'enverrai Gilles au Danemark égorger ta mère, ton père et ta sœur. Et son mari.

— Et son mari.

— Et son fils.

— Et son fils.

— Son fils en premier. Puis son mari. Ta sœur verra son fils et son mari mourir avant de mourir elle-même.

— Tu parles trop. C'est mauvais pour toi.

— Tu as raison, comme toujours. Alors vas-y. N'oublie pas de faire disparaître ta tasse. Tout va bien se passer, Ingrid. Ne te fais aucun souci.

— Très bien.

— Une dernière chose. Je veux que tu glisses mon téléphone dans la poche de mon pantalon, là où tu l'as pris tout à l'heure.

Ingrid insère le portable dans la poche gauche du pantalon. La respiration de Roland semble toujours aussi agitée. Il happe l'air comme un poisson sur le quai, le visage déformé par l'angoisse. Mais il reste lucide, une main posée sur le front. Ingrid devine qu'il tente de lui sourire. Elle sourit en retour, accroupie à côté de son épaule. Après quelques secondes, elle se relève, mange le dernier morceau de sa tartine, saisit sa tasse et ses couverts sur la table, les enfourne dans le lave-vaisselle, puis elle entre dans la chambre de Rosalie et la réveille, viens Rosalie, nous devons descendre dans la petite maison sans attendre, il y a un problème, je t'expliquerai tout une fois que nous y serons, oui maman, j'enfile mes chaussons et je viens. Rosalie a compris à l'intonation de sa mère qu'il ne s'agit pas de traîner.

Ingrid se précipite dans l'escalier sans jeter le moindre regard en direction de la cuisine. Elle souhaite déjà ne plus jamais voir Roland, ne pas ajouter à sa mémoire une image de sa massive carcasse, même souffrante, même affaiblie.

Même vaincue.

Parvenues à la cave, les deux femmes ôtent les draps sales du lit que Rosalie a occupé ces derniers jours. Ingrid les roule en boule, puis elles s'installent à même le matelas. Ingrid explique à sa fille que Roland est allongé sur le carrelage de la cuisine, près de la table, qu'il est sans aucun doute en train de faire un infarctus, que l'ambulance va arriver, qu'elle a traversé la ligne blanche et marché jusqu'à l'entrée de la propriété, puis ouvert le portail en grand pour lui permettre d'accéder à la maison. Alors Rosalie l'interrompt.

— Tu es sortie dans la rue ?

— Non.

— Tu as été jusqu'au portail, tu as ouvert le portail et tu n'es pas sortie dans la rue ?

— Non, je n'ai pas eu le temps.

— Tu as vu quelqu'un ?

— Non.

— Tu n'as vu personne ? Vraiment ? Il n'y avait personne dans la rue ?

— Non, je ne crois pas.

— Tu n'as même pas regardé dans la rue, maman.

— Non…

Rosalie saisit la main de sa mère. Elle tente d'imaginer Ingrid descendant sur le trottoir, puis sur la chaussée. Elle tourne la tête vers le mur car sa pensée ne parvient pas plus que celle de sa mère à dépasser le portail. Une fois que l'ambulance sera repartie, reprend Ingrid d'une voix posée, la plus posée possible, nous quitterons la petite maison et nous remonterons, je préparerai ton petit-déjeuner. Rosalie bondit et grimpe en haut de l'escalier. Elle s'assied derrière la porte qu'Ingrid a fermée. Bien que l'espace ait été insonorisé avec soin par Roland,

Rosalie se concentre, elle a envie d'entendre ce qui se déroule dans la maison. Ingrid sait qu'aucun son ne lui parviendra, néanmoins elle la laisse faire.

— Je crois que les sauveteurs sont arrivés… Je distingue deux voix inconnues… Celle d'un homme, celle d'une femme… La voix de la femme semble très mélodieuse. Elle chante plus qu'elle ne parle. Elle lui pose une question… Roland répond… Je ne comprends pas ce qu'ils disent…

— Chuchote, ma chérie. Ils ne doivent pas nous entendre.

Finalement, Rosalie décrète le départ de la civière. Quinze minutes se sont écoulées. Il va falloir retenir Rosalie dans la petite maison, pour le moins dans l'escalier de la cave, avant de s'aventurer en haut.

— Continue. Raconte-moi le parcours de la voiture. Notre adresse est le 28 rue de la Maralane à Montreuil. Roland l'a communiquée au téléphone.

— Une longue ambulance blanche est garée devant le 28 rue de la Mare-à-l'Âne, dans la ville de Montreuil. Comme nous sommes vendredi, les voisins sont partis travailler. Il reste néanmoins quelques retraités intrigués. Certains curieux restent chez eux, ils suivent l'évolution de la situation derrière un voilage. D'autres s'aventurent dans la ruelle et attendent, bras croisés sur le torse, de voir qui sera embarqué à l'arrière du fourgon médicalisé. L'équipe de professionnels s'est engouffrée au 28, dont le portail a été, chose rare, ouvert en grand par une femme que l'on n'a jamais vue dans le quartier. Elle semblait dans un état second. Quelques instants plus tard, les soignants ont pénétré dans le jardin, une propriété envahie par d'épais arbustes empêchant tout contact visuel avec la bâtisse, probablement nichée au fond. Il faut maintenant patienter. Un peu plus bas, Francis, un descendant de l'âne qui a donné son nom à la rue – fameux quadrupède dont le poil épais et bouclé servait de planque à messages à la résistance française pendant la Seconde Guerre mondiale – broute gentiment l'herbe près de la mare…

Ingrid admire le calme de sa fille, elle si vivante et explosive, d'ordinaire. Rosalie se concentre, elle imagine en détail le parcours de l'ambulance jusqu'à l'hôpital de Montreuil, une ville qu'elle ne connaît pas, car un nouveau quart d'heure doit s'écouler, avant que sa mère ne la laisse monter la dernière marche et découvrir ce que la vie leur réserve.

Ingrid ouvre la porte de l'escalier avec mille précautions. Tout semble calme. Elle s'approche de la cuisine, Roland a disparu, les clefs sont restées sur la table à côté du beurrier, là où elle les a posées. Elle ôte le tupperware de gnocchis aux lardons du cartable abandonné au pied d'une chaise et le place dans le réfrigérateur avant de s'immobiliser devant la ligne blanche, par habitude. Rosalie la dépasse dans le couloir.

— Je vais voir si la porte est ouverte ?

Le cœur d'Ingrid s'est soulevé quand sa fille a traversé la ligne fatidique. Le jeu de certitudes sur lequel s'appuyer au quotidien est désormais caduc, il faut s'en réjouir, pense-t-elle, même si le bouleversement s'accompagne déjà d'incontrôlables angoisses. Pendant que Rosalie actionne la poignée, Ingrid s'attend à voir Gilles apparaître dans l'allée par le losange vitré, toujours tiré à quatre épingles et bien coiffé, mais muni ce jour d'un long couteau de cuisine et décidé à les égorger l'une après l'autre.

La porte s'ouvre. Rosalie lâche la poignée comme si la tige de laiton ouvragé lui brûlait la main. Elle fait signe à sa mère, restée derrière la ligne, approche, viens vers moi, je ne vais pas sortir toute seule, voilà ce qu'elle semble ordonner. Ingrid hésite.

— Écoute maman, l'hôpital ne peut pas être relié à la maison par un réseau de caméras, ce genre de système ne s'installe pas en un claquement de doigts, Roland n'a pas prévu sa crise cardiaque. Et la foudre ne va pas surgir des enfers pour venir nous frapper si nous sortons de la maison.

— Tu devrais t'habiller ma chérie, tu es en pyjama, on est en avril, il est neuf heures du matin, il fait froid dehors.

— C'est plus raisonnable, oui. Ne prenons pas le risque de tomber malades un si grand jour, ce serait le comble.

Les deux femmes se précipitent vers les chambres. Ingrid saisit une polaire rouge dans son placard. Entourée des rangées de livres couvrant les murs de sa pièce aveugle, Rosalie finit de s'habiller. Elle est en train de remonter la fermeture éclair de sa propre polaire rouge. Roland achetait souvent les mêmes habits pour la mère et la fille, dans deux tailles différentes pour tenir compte des huit centimètres qui les séparent.

Ingrid et Rosalie courent jusqu'à la cuisine comme si la maison était soudain dévorée par les flammes. Ingrid saisit les clefs sur la table et les glisse dans sa poche. Elles se jettent vers la porte et s'immobilisent sur le perron, se regardent en silence, puis se lancent dans la traversée de l'allée d'arbustes, en direction de la rue, lentement, deux soldats dans un champ de mines. Rosalie pousse de petits cris aigus. Elle connaît l'air frais du matin pour l'avoir senti sur ses joues à chaque fois que Roland ouvrait une fenêtre. Mais cette excitation de tous les sens, cette sensation de liberté physique, alors qu'aucune cloison ne vous sépare de la verdure environnante, du ciel et de la terre, elle les découvre. Et pendant ce temps, Roland soliloque à flux tendu dans la tête d'Ingrid, Roland nourrit la terreur, il lui jure que même diminué, même immobilisé à l'hôpital pour une batterie d'examens, même endormi sur une table d'opération à cœur ouvert, il les voit, il les surveille, chaque écart se payera au prix fort à son retour. Ingrid et Rosalie s'arrêtent au niveau du portail resté grand ouvert. Un marteau-piqueur résonne au loin. La rue déserte, cette bande d'asphalte perpendiculaire qui mène on ne sait où, leur brouille la vue.

— Allons voir le jardin maman, derrière la maison. Je veux faire la connaissance de ce jardin. Roland y passe tellement de temps, il en ramène tant de légumes, je veux y planter mes deux pieds.

Rosalie a raison, pense Ingrid, on ne peut pas s'enfuir en courant, sans réfléchir. Et pour aller où ? On a tout notre temps. Roland est inoffensif, l'hôpital ne le lâchera pas de sitôt, le portail est grand ouvert et aucun voisin ne viendra le refermer. De toute façon j'ai les clefs. Il faudra me couper les mains pour me les reprendre. Il suffit de respirer calmement et la désagréable sensation d'être hors-la-loi disparaîtra puisqu'on n'a rien fait de mal.

En chemin, Rosalie caresse les feuilles. Elle les renifle. Elle tente de serrer un érable japonais dans ses bras et constate que ce n'est pas pratique. Elle commente ses découvertes, comme c'est doux, comme ça sent bon, la terre est molle sous les pieds, elle s'agenouille et renifle une motte, il y a de la vie partout maman, ça m'excite, regarde la mousse, et cette plante bizarre, tu sais ce que c'est ?, une fougère je crois, ah oui, une fougère, viens on va voir derrière la maison. Rosalie tournoie dans l'allée. Les branches des arbustes lui fouettent les cuisses et les hanches, elle rit en se tenant la tête. Soudain, elle s'arrête et regarde sa mère, l'œil inquiet.

— Il faudrait qu'on s'en aille d'ici, non ?

— Prends ton temps ma chérie, on a le temps d'aller voir derrière, ne t'inquiète pas.

Les deux femmes longent la maison par la droite. Elles découvrent l'allée de roseaux par l'extérieur. Le soleil tape sur les tiges. J'ai vaincu l'ombre maudite de cette haie, pense Ingrid. J'accède au soleil de nouveau. Pourtant, la crainte ne cesse de ternir sa joie. Elle se demande comment la journée va se dérouler. Elle cherche à imaginer une façon de retrouver le contact avec le monde extérieur, mais rien ne se dessine en elle, pas le moindre chemin. Derrière la maison s'étend le potager. Aucune fenêtre ne donne sur cette portion du terrain exposée à la vue de quelques voisins. Roland les a condamnées. Ingrid s'installe sur un banc adossé à la maison. Rosalie arpente les travées. Tout lui semble anarchique au premier regard, mais elle parvient rapidement à identifier les alignements. Quelques salades émergent. La fille vient s'asseoir auprès de sa mère, elle la serre dans ses bras.

— Sais-tu pourquoi la terre est recouverte de paille ?

— C'est une question ou une devinette, maman ?

— Une question. Je ne connais pas la réponse.

— Roland a opté pour la culture sur buttes, il y a quelques années. Il recouvre la terre avec de la paille et toutes nos pelures de légumes, dans le but de maintenir humidité et chaleur.

— C'est lui qui te l'a expliqué ?

— Oui. Et il m'a acheté un livre qui décrit la culture sur buttes. Dans l'idéal il faut enterrer un tronc d'arbre qui pourrira lentement, mais comme il n'a pas de troncs d'arbre à disposition, Roland a décidé d'enterrer des bambous. Il les a plantés pour ça.

— Faut qu'on arrose, non ?

— Probablement pas. Une fois par semaine peut-être. Ou deux. Justement, grâce à la couverture de la terre. Je vais vérifier qu'elle est encore humide.

— J'ai peur, Rosalie.

— Moi aussi.

— On devrait y aller quand même, non ?

— Oui, on devrait y aller. Mais avant…

— Oui ma chérie ?

Rosalie demande à sa mère si, avant de sortir dans la rue, elle peut se déshabiller complètement et se rouler par terre dans le carré d'herbe, à côté du potager, elle en a très envie, elle a envie de creuser à travers la paille, prendre la terre à pleines mains et la frotter sur son ventre, elle pense que si elle ne le fait pas maintenant, elle n'en aura plus l'occasion. Ingrid lui sourit.

— Ne traîne pas trop quand même. Je crains que Roland ait l'idée d'appeler Gilles.

— Mais non. Gilles ne sait même pas que j'existe, comment veux-tu qu'il vienne nous casser les pieds… En plus, il travaille aujourd'hui, nous sommes vendredi. Fonck Frères ne rigole pas avec l'emploi du temps de son personnel et avec Gilles, on a affaire à l'employé modèle, j'en mettrais ma main au feu. Je suis sûre qu'il est cadre. Pas de RTT. Il bosse dur. Il est penché sur son bureau et la fumée sort par ses oreilles.

— Tu as raison. Alors vas-y. Roule-toi dans la terre.

— Si tu veux bien rapporter mes habits dans la maison, je me roule dans la terre, je prends une douche et on y va.

— Tu n'as pas peur d'avoir froid, toute nue ?

— Je m'en moque. Vive le froid.

Ingrid contourne la maison. Elle plie les habits de Rosalie sur un fauteuil, dans le salon. Elle se sert une tasse de café et s'installe dans le canapé, comme chaque jour à cette heure. Elle n'a jamais réussi à se rassurer quant aux réelles intentions de Gilles. Et s'il était, comme Roland le lui a toujours affirmé, capable d'obéir aux ordres sans état d'âme, aveuglé par une admiration sans borne pour son ami ? Si, malgré sa gentillesse et sa timidité apparentes, Gilles pouvait se transformer en psychopathe quand Roland et les circonstances l'exigent ? Si son collègue l'avait appelé de l'hôpital avec son téléphone portable, lui avait expliqué la situation tout en inventant quelque mensonge pour justifier la présence de Rosalie, lui avait intimé l'ordre d'inventer lui-même un prétexte pour abandonner son poste chez Fonck Frères – une urgence familiale, une mère aux abois – et foncer jusqu'à la rue de la Maralane pour surveiller Ingrid en attendant son retour ?

Dans le jardin, derrière la maison, Rosalie pousse des cris de joie. Ingrid imagine les voisins derrière leurs rideaux se demandant qui peut bien être cette femme nue qui vocifère tout en se roulant dans la terre, à n'en pas douter une folle échappée de l'asile, elle sourit, on se moque des voisins comme du froid, pense-t-elle. Après quelques minutes, Rosalie surgit dans le salon, couverte de terre, tremblante.

Chacun de ses pas laisse une trace au sol. Les yeux exorbités par le plaisir, elle court vers la salle de bains. Ingrid glisse un DVD dans le lecteur et lance le quatrième épisode de *Six Feet Under.* Le temps que dure le générique, elle chantonne la musique avec les cordes et le hautbois.

Rosalie rejoint sa mère dans le canapé, le temps que se termine l'épisode de *Six Feet Under*. Elle est sensible au charme de Nate, même si elle le trouve dangereusement autodestructeur. Une heure plus tard, DVD rangé dans sa boîte, Ingrid et Rosalie sont prêtes à sortir. Au moment de quitter la maison, Rosalie signale à sa mère qu'elle n'a pas de chaussures, qu'elle n'a jamais possédé que des chaussons et des tongs pour l'été, elle ne va tout de même pas sortir dans la rue en chaussons.

— Je ne peux pas te donner une paire des miennes, tu ne rentreras pas dedans.

— Tu crois que je peux prendre les tennis de Roland ?

— Elles seront un peu grandes, mais si tu serres bien les lacets, ça devrait aller, je pense.

Enfant, Rosalie enfilait pour jouer les escarpins que Roland ramenait à sa mère – parce qu'une femme chaussée, c'est quand même plus joli disait-il. Elle a renoncé au jeu à douze ans, quand son pied a grandi. Elle extrait une paire d'Adidas blanches du placard à chaussures.

— Il faut que tu noues les lacets maman, je ne sais pas le faire.

Ingrid est rattrapée par l'angoisse qu'elle avait réussi à dompter. En effet, Rosalie va devoir apprendre comment lacer ses chaussures et bien d'autres choses encore, plus cruciales.

La matinée est bien avancée, les deux femmes se dirigent vers la rue. Elles dépassent le portail en se tenant par la main. Soudain, Ingrid demande à sa fille de l'attendre. Elle se précipite vers la maison. Rosalie reste seule sur le trottoir, elle n'a plus la moindre idée de tout ce qu'elle a imaginé dans la maison, pendant les années où elle s'est représentée marchant dans les rues de la ville. Une voiture passe, jolie voiture noire, brillante, au design sophistiqué, accompagnée par la rumeur feutrée de son moteur. Ingrid n'a jamais su dessiner une voiture digne de ce nom. Au cours du temps, Roland a rapporté à Rosalie les quelques brochures de concessionnaires automobiles qu'elle lui réclamait. Elle a pu se faire une idée. Rosalie aperçoit un lion sur le coffre arrière. C'est donc une Peugeot, le lion est l'emblème de la marque Peugeot. Ingrid réapparaît à côté de sa fille.

— Je suis allée chercher les clefs. Je pensais qu'elles étaient restées sur la table, mais j'ai fini par les trouver dans ma poche. Je suis un peu perturbée, je crois.

— C'est normal.

— J'ai fermé la maison. J'emporte le trousseau. Au pire, on dormira ici ce soir.

— Comment ça “au pire” ? Tu crois qu'on va dormir ailleurs ?

— Je ne sais pas. Nous ne pouvons pas savoir où nous serons ce soir.

— C'est vrai. Essayons de garder l'esprit ouvert.

— J'ai aussi jeté quelques habits et nos affaires de toilette dans le sac à dos de Roland. Ça pourra servir.

— Oui tu as bien fait. Ferme le portail à clef. Il ne manquerait plus qu'on nous cambriole.

Ingrid et Rosalie se tiennent debout dans la rue, serrées l'une contre l'autre devant le portail du 28 rue de la Mare-à-l'Âne, comme si elles tentaient de se réchauffer en attendant quelqu'un. Ingrid réfléchit. Tout lui semble si compliqué depuis que Roland s'est volatilisé.

Rosalie dévore ce qu'elle découvre. Elle s'intéresse particulièrement aux quelques arbres plantés dans la rue à distance inégale, elle observe ceux qui dépassent des propriétés voisines et oscillent dans le vent. Elle attend que sa mère se décide à lancer le mouvement, que ce soit vers la gauche ou vers la droite.

— Il faut que tu te prépares, Rosalie. On ne va pas nous croire, on aura du mal à nous croire.

— Oui oui, je me répète exactement la même chose, maman, depuis que nous stationnons sur ce trottoir. Les individus rencontrés nous prendront sans aucun doute pour deux aliénées échappées d'une institution psychiatrique.

Rosalie croise les bras et fronce les sourcils.

— Écoute maman, je me demande si nous ne sommes pas en train de basculer dans la précipitation.

— Que veux-tu dire ?

— Voilà ce que je te propose. Avant de prendre contact avec qui que ce soit, allons nous promener, je meurs d'envie de marcher dans la rue incognito, j'aimerais découvrir un morceau de la ville de Montreuil comme si tout était normal. Évitons pour le moment l'écueil d'une interaction, source de tensions potentielles. Une fois nos yeux rassasiés, nous rentrerons à la maison, nous avons de quoi manger dans le congélateur. Ainsi, nous nous préparerons un peu mieux, puis nous partirons à la rencontre du monde et de ses surprises.

— Faisons le tour du pâté de maisons, d'accord ? À chaque carrefour, nous tournerons à gauche. Ainsi, nous sommes certaines de ne pas nous perdre.

— Excellente idée, maman. Un pâté de maisons, quatre rues, quatre horizons différents, quatre invitations au voyage. On se lance dans quel sens ?

— Vers la gauche. J'aperçois un immeuble au bout de la rue, il doit y avoir de la vie.

Rosalie tient sa mère par le bras sur le trottoir étroit. Elle l'arrête à chaque nouvelle maison, détaille le style architectural et les plantations du jardin. Elle tente de reconnaître les fleurs, les essences d'arbres. Descendre la rue de la Mare-à-l'Âne du 28 jusqu'au 2 leur prend quinze minutes.

Une pharmacie occupe le coin du carrefour. Ingrid vérifie le nom de la rue sur la plaque. Mare-à-l'Âne plutôt que Maralane… Rosalie souhaite entrer dans l'officine mais Ingrid exprime sa gêne, nous n'avons pas d'argent, je n'ai pas pensé à prendre le portefeuille de Roland dans son cartable, nous ne pourrons rien acheter, notre comportement risque d'être jugé suspect. Rosalie pose un pied conquérant devant la porte vitrée qui coulisse et s'ouvre. La jeune femme s'écarte, surprise.

— Je vais entrer, moi, je vais me promener entre les rayons et si les employés de la pharmacie m'adressent la parole, je leur dirai que j'ai oublié ce que je venais chercher. Ils souriront, je leur lancerai un clin d'œil complice et je sortirai sans dommage.

— Bon, je t'accompagne.

Ingrid et Rosalie déambulent dans le magasin en libre-service. Au comptoir, la pharmacienne est occupée par une cliente. Son employée, une grande et jeune femme pâle, réapprovisionne les étagères de dentifrices. Rosalie est marquée par l'odeur de désinfectant, à la fois apaisante et agressive. Elle s'imagine travaillant dans l'officine. Sa peau déjà pâle s'éclaircit de jour en jour sous l'influence de l'atmosphère aseptisée. Les deux femmes se dirigent vers la sortie, personne ne leur a adressé la parole, tout va bien.

Dans la rue adjacente, Rosalie s'arrête devant la boulangerie, la laverie, le bar et le supermarché Franprix. Elle a pu imaginer à quoi ressemblaient les magasins grâce à ses lectures, mais tout son être est saisi par l'odeur que dégage chaque nouvel espace ouvert sur l'extérieur. Elle aimerait entrer partout. Cependant, elle devine que sa mère n'est pas rassurée. Plus les minutes passent, plus il lui tarde de rentrer à l'abri. Alors Rosalie accélère le mouvement. Les deux femmes remontent la rue Anatole-France, parallèle à la leur, sans s'arrêter.

— Nous vivons dans un quartier plutôt pauvre, me semble-t-il. Les maisonnettes ont été conçues dans des styles architecturaux sans grand intérêt. Et les immeubles qui barrent la vue ne peuvent se targuer de baigner dans le luxe. Je dirais qu'il se dégage malgré tout de cet environnement une certaine douceur de vivre, qu'en penses-tu ?

Ingrid sourit à sa fille, le visage s'est crispé. Son lyrisme, aujourd'hui, la déconcerte.

— Rentrons à la maison si tu veux bien. Je crois que je vais devoir y aller progressivement.

— Je te demande de m'excuser Ingrid, je suis un monstre.

— Mais non Roland.

— Si, un monstre.

— Tu n'es pas un monstre.

— Si tu savais comme je t'aime.

— Je le sais.

— Je t'aime plus que tout, je t'aime plus que l'univers entier, plus que ma vie.

— Je le sais, Roland.

— Et toi, tu m'aimes ? Tu m'aimes un peu ?

— Oui, je t'aime.

— Je ne te crois pas.

— Je suis très triste que tu ne me croies pas.

— Pardon Ingrid, pardon, je te crois, je ne veux pas que tu sois triste. Je t'aime tellement.

L'air froid et humide de la nuit pénètre par la porte d'entrée ouverte. Ingrid a tiré un des fauteuils du salon jusqu'à la ligne blanche, au bout du couloir. Dormir s'avère impossible, elle s'est installée là. Deux longs couteaux de cuisine reposent à ses pieds, pointés vers la sortie. Un pour chaque main. Roland va surgir du néant qui l'enveloppe depuis quelques heures. Ingrid regrette de ne pas avoir entraîné Rosalie loin de la grande maison. Roland n'a jamais commis la moindre erreur. Il ne peut pas avoir perdu la partie aussi bêtement. Il ne peut s'être avoué vaincu par un problème de santé, quel qu'il soit. Ingrid revisite sans cesse chacune des décisions prises depuis le départ de l'ambulance, un enchaînement regrettable dicté, se dit-elle avec le recul, par la peur de l'inconnu et un défaut de lucidité caractérisé qui les a conduites à rester là, vulnérables.

Rosalie dort sur ses deux oreilles. Ingrid ne comprend pas comment sa fille peut, après avoir goûté à l'ivresse de la liberté dans le jardin et la rue, s'abandonner sans méfiance au sommeil, alors que l'imprévisible peut surgir d'un instant à l'autre et reprendre la main sur leur vie. Ingrid se lève de temps en temps et se sert une tasse de café qu'elle boit dans le noir, debout devant le fauteuil, entre les deux couteaux. Elle s'est entraînée à les saisir d'un geste, comme les cow-boys dans les films dégainent leurs revolvers des étuis suspendus à leur ceinture. Depuis que le soleil s'est couché, Ingrid est gagnée par une certitude : elle ne le laissera pas faire. Elle le tuera, elle mourra s'il le faut, mais elle ne le laissera pas faire. C'est terminé.

Ingrid se réveille dans le fauteuil, le jour s'est levé, le chant des oiseaux entre par la porte toujours ouverte. Elle se remémore la fin de *Vol au-dessus d'un nid de coucou*, le matin suivant la fête, les fenêtres ouvertes avec les clefs du gardien de nuit, Louise Fletcher alias Nurse Ratched pénétrant dans le service qu'elle dirige et Jack Nicholson alias McMurphy pris au piège, définitivement. L'espace d'un instant, elle mesure à quel point Roland aura fait la preuve de sa perversité en lui offrant pour son trentième anniversaire la vidéo de ce film sur l'enfermement d'un groupe d'hommes dans un hôpital psychiatrique et l'autoritarisme arbitraire de la femme qui exerce son pouvoir sur eux… Mais déjà la pensée s'efface, Ingrid prend les armes et se lève d'un bond. Elle se précipite vers la cuisine car elle entend du bruit. Rosalie lui présente un visage à moitié endormi. Elle est installée à table dans son pyjama couvert d'éléphants multicolores. Elle plonge une cuiller dans son bol de céréales.

— La faim m'a réveillée. Qu'est-ce que tu fabriques avec ces deux couteaux ?

Une douleur dessinée dans sa chair à la pointe de mille aiguilles s'étire du dos jusque dans le talon droit de Béatrice Bouthier. Son médecin lui a diagnostiqué une sciatique et signé un arrêt maladie de trois jours. Elle marche avec difficulté, mais considère l'effort comme nécessaire. À soixante-deux ans, on se bat, on oppose résistance à l'effondrement progressif de son corps. Béatrice se reposera bientôt, elle approche de sa maison. En passant, elle pose distraitement les yeux sur les deux femmes qui se tiennent debout de l'autre côté de la rue, devant le portail du numéro 28, vêtues à l'identique. Elle ne les connaît pas, elle ne les a jamais vues. La plus âgée des deux lui sourit d'un air inquiet.

— Excusez-moi madame, pouvez-vous m'expliquer où se trouve le commissariat ?

Béatrice traverse péniblement.

— Vous êtes perdues ?

— Non.

Elle se reproche d'avoir répondu à une question par une autre question, vieux réflexe conditionné qui révèle son inquiétude et qu'elle s'efforce de perdre.

— Il faut marcher dix bonnes minutes. Ce n'est pas très simple à expliquer. Vous connaissez le quartier ?

— Non.

— Malheureusement, je ne peux pas vous y conduire, je suis handicapée par une sciatique. Vous avez quel type de problème ?

Les mots cessent de s'organiser dans la pensée d'Ingrid. Ils laissent place à un écran blanc, l'apathie, l'oubli momentané du sens de la conversation. Elle fait néanmoins l'effort d'articuler une réponse.

— Je ne peux rien dire.

— C'est secret ?

— Non, ce n'est pas secret, mais je ne vois pas comment l'exprimer.

Béatrice Bouthier s'est mise à trembler, elle craint de perdre l'équilibre. Elle s'approche d'un poteau, y cale son dos. Ce qui vient de l'ébranler, c'est l'intensité se dégageant de la plus jeune des deux femmes, mutique statue au regard perçant, vissée au sol en retrait, derrière la plus âgée.

— Vous avez été agressées ?

— Pas exactement.

— Je peux prendre la parole ?

— Bien sûr ma chérie.

— Bonjour madame, je m'appelle Rosalie et voici Ingrid. Nous sommes enchantées de faire votre connaissance, malgré les circonstances exceptionnelles qui nous rassemblent ce matin dans cette rue…

Béatrice ne cédera pas à la peur, même si l'entrée en matière de la jeune femme, par son excessive politesse et sa raideur formelle, augmente sa crainte. Avoir entendu sa voix la rassure. La parole atténue la sensation de tomber sur un animal sauvage égaré en pleine ville, panthère ou lynx.

— Bonjour Rosalie. Moi c'est Béatrice.

Rosalie s'approche d'Ingrid dont les yeux embués flottent sur les grilles des maisons voisines. Elle lui saisit la main, comme si elle voulait empêcher un ballon gonflé à l'hélium de s'envoler au gré du vent.

— Béatrice, le mot qu'Ingrid ne parvient pas à prononcer est séquestration. Nous sommes séquestrées dans cette maison, 28 rue de la Mare-à-l'Âne, depuis très longtemps. L'homme qui nous garde prisonnières, Roland Turcat pour ne pas le nommer, vient d'avoir un sérieux problème de santé du type infarctus, qui a nécessité d'appeler une ambulance et de le conduire à l'hôpital sans délai.

Le visage d'Ingrid s'est crispé. Elle a sursauté quand sa fille a formulé ce qu'elle serait, même après l'avoir entendu, encore incapable d'articuler : une phrase décrivant sa vie en se permettant d'exprimer la notion de captivité. Une puissante décharge d'adrénaline donne l'occasion à Béatrice d'oublier ses douleurs. Rosalie semble mesurer l'onde de choc provoquée par cette révélation, elle tente d'en atténuer l'intensité par le calme sidérant dont elle colore le timbre de sa voix.

— J'ose espérer, Béatrice, que rien dans mon attitude n'ouvrira en vous la tentation de remettre en question mes propos. Je souhaite vous assurer avec force de la véracité des faits que je vous ai sommairement exposés.

Non rien, jusqu'à la pâleur de son teint et la taille de ses pupilles, rétrécies en têtes d'épingles par l'intensité lumineuse, ne vient démentir les propos tenus par cette jeune femme. Béatrice se redresse, lâche le poteau et se jette à l'eau.

— Il ne faut pas rester dans la rue alors, il faut vite vous cacher, venez chez moi…

Les trois femmes remontent la rue de la Mare-à-l'Âne. Rosalie se félicite d'avoir convaincu la passante en moins de dix phrases. Elle s'aperçoit après quelques pas que Béatrice boite et grimace en marchant.

— Inutile de vous dépêcher madame, nous ne craignons plus rien depuis que Roland a été conduit à l'hôpital. Nous avons simplement besoin de nous rendre au commissariat, ma mère et moi-même aimerions déposer plainte.

Une mère et sa fille, voilà qui surprend Béatrice. À les voir évoluer, à les entendre s'exprimer, elle n'aurait pas parié sur le moindre lien de parenté reliant les deux femmes. Elle s'immobilise.

— Vous savez quoi ? Je vais appeler la police. Je pense que le commissariat va envoyer une voiture.

Cette femme est chaleureuse, quelle chance inouïe de l'avoir croisée dans la rue, pense Ingrid.

Béatrice Bouthier n'a pas renoncé au partage qui repose sur la confiance que tout un chacun se doit d'accorder a priori à l'ensemble de ses congénères, pense Rosalie, et voilà qui m'encourage à partir à la rencontre d'un monde dont je redoute l'hostilité.

Intimidée par les deux étrangères qui se sont serrées l'une contre l'autre en attendant qu'elle passe son appel, Béatrice sourit. Elle compose le 17. Une camionnette passe. Sur son flanc, une grille retient plusieurs grandes plaques de verre.

— Voilà le vitrier, dit Rosalie, il va livrer ses vitres. Regarde maman, nous évoluons désormais au cœur de la vie quotidienne de notre quartier.

Elles rient ensemble pour la première fois, depuis le départ de Roland pour l'hôpital.

Ingrid attire l'attention de Rosalie sur les dangers de la circulation. Elle lui demande d'être prudente pour traverser la rue, de bien regarder des deux côtés avant de poser un pied sur la chaussée. Il faut tourner la tête à droite en premier, ajoute Béatrice, il n'y a qu'une voie de circulation dans cette rue. Le danger vient de la droite. Ensuite, mieux vaut jeter aussi un œil vers la gauche, on ne sait jamais, les vélos circulent dans les deux sens, on ne les entend pas forcément arriver. Rosalie se plie consciencieusement aux injonctions. Rien à l'horizon. Elle sautille jusqu'à l'autre trottoir.

Les trois femmes s'installent sur un canapé abandonné au bord de la chaussée. Rosalie en profite pour demander à Béatrice, qui a décidé de leur tenir compagnie jusqu'à l'arrivée des forces de l'ordre, où se situe Montreuil sur la carte de France, dans quelle région. Béatrice n'en croit pas ses oreilles. Elle répond néanmoins sans sourciller. Région Île-de-France, banlieue parisienne, petite couronne, à l'est de Paris. Béatrice répondra avec le plus grand sérieux à toutes les questions que les deux femmes lui poseront, aussi extravagantes puissent-elles lui paraître. Montreuil touche Paris, par contre nous nous situons à l'est de la ville, qui est somme toute assez étendue ; deux ou trois kilomètres nous séparent de la capitale. Le commissariat est un peu plus près de Paris. Rosalie sursaute d'excitation, nous sommes presque à Paris, la capitale de la France. Comme Rosalie n'a plus de questions, Béatrice respire en silence. Plus le temps passe depuis la rencontre, plus leur histoire l'impressionne. Mille interrogations, qu'elle s'interdit de formuler, se pressent dans son esprit. Ma pauvre fille, tu te crois dans une mauvaise émission de télé ou quoi… Tu dois le plus grand respect à ces deux femmes, elles ont traversé l'enfer. Tiens-toi.

Ingrid pleure paisiblement. Lui revient la phrase qui l'a longtemps accompagnée, avant que l'accumulation des années la dissolve. Je survivrai, puis je vivrai. Serrée contre elle, Rosalie absorbe tout ce que le monde lui propose. À intervalles réguliers, une voiture passe. Rosalie la suit alors des yeux, comme si la huitième merveille du monde lui était révélée.

— Vous sentez la puissance potentielle de cette voiture qui passe devant nous ? C'est incroyable…

Un pigeon s'approche, à la recherche de nourriture. Il boite. Sa patte gauche est réduite à un moignon rose. L'oiseau sait que Rosalie l'observe. Il se méfie, mais continue d'approcher. Il explore le terrain tout en la surveillant.

— Vous avez faim ou soif ?

— Non, c'est gentil, tout va bien. Vous êtes très aimable de rester avec nous en attendant les policiers, Béatrice. Vous nous parlez d'une voix mélodieuse, calme et rassurante. Et comme vous pouvez l'imaginer, nous ne sommes pas rassurées, Ingrid et moi-même.

Rosalie s'est penchée devant sa mère pour bien regarder Béatrice dans les yeux en lui parlant. Elle lui demande si elle habite dans la rue de la Mare-à-l'Âne et en effet, elle possède une maison au numéro 20. Ingrid, qui a perdu la capacité de s'exprimer, s'efforce de rester attentive. Elle comprend que l'inconnue est une voisine. Elle ne peut alors s'empêcher de penser à toutes les années pendant lesquelles cette dame a vécu séparée de leur univers par quelques dizaines de mètres à peine, sans avoir idée de ce qui s'était mis en place au 28. Un mécanisme réflexe gèle l'idée dans sa tête. Impossible de pousser plus loin. C'est trop tôt. Quelque chose dans son organisation mentale refuse encore de s'adapter aux nouvelles circonstances, même si le statu quo est brisé, même si le compromis sur lequel se fondait la possibilité de traverser les journées est désormais dépassé. Selon les termes de ce compromis, Ingrid ne s'autorisait plus à penser la possibilité d'une libération. Elle avait fusionné avec l'habitude. Après tout, il s'était agi d'accepter les limites de son propre monde pour l'exploiter au mieux, ce qu'elle s'était efforcée de faire jour après jour, comme tout un chacun. En contrepartie, elle pouvait se réveiller le matin et occuper chaque heure de la journée dans la paix, préservée de la colère, la peur et la frustration accumulées qui avaient menacé de la détruire aussi longtemps qu'elle s'était permis de rêver à un après. Pour l'heure, le trouble l'anesthésie.

Béatrice sort un papier et un stylo de son sac à main. Elle écrit son nom, son numéro de téléphone et le tend à Ingrid.

— Si vous avez besoin de quelque chose, n'hésitez pas à m'appeler et si jamais vous revenez dans cette rue, sonnez au 20…

Comme sa mère tarde à réagir, Rosalie s'en empare.

— Merci infiniment Béatrice, nous ne manquerons pas de faire appel à vous si le besoin s'en fait sentir.

Ingrid tente d'imaginer le visage de ses parents, celui de sa sœur. Des silhouettes floues se suspendent dans le vide, sans contours précis, sans nom. Au fond, qui sait si ses parents sont toujours en vie, si sa sœur s'est mariée, a eu un fils, comme le prétendait

Roland. Au fond, qui sait si elle a jamais eu une sœur. Elle n'en a aucun souvenir. Roland racontait ce qu'il voulait. Il ne se gênait pas pour mentir, tout était bon quand il s'agissait de parvenir à ses fins – et il apparaît soudain à Ingrid qu'à l'évidence, Gilles n'est pas le psychopathe sans scrupules qu'il lui a décrit. Gilles ne l'a jamais menacée en personne. Roland aura inventé cet aspect de la personnalité de son ami dans le simple but d'effrayer Ingrid… Elle tient là le premier fil à tirer depuis qu'elle a ouvert la porte de la maison : le récit dans lequel Roland l'a maintenue au cours du temps comme l'araignée immobilise une proie au milieu de sa toile est sujet à caution dans son ensemble. En prendre conscience sort Ingrid de sa torpeur. Il existe, quand on s'arrache à l'univers de Roland, une vérité du monde qu'il n'a pas eu le pouvoir de briser, un présent infalsifiable à explorer et à partir duquel reconsidérer le passé. Ingrid s'en félicite, même si l'ampleur de la tâche l'intimide.

Tiens-toi prête, car tout va s'accélérer.

La voiture de police s'immobilise devant le canapé abandonné. Trois agents en uniforme sortent du véhicule. Deux hommes et une femme. Rosalie se mure dans un silence renfrogné. Ingrid leur répète les informations données à Béatrice.

— Et vous vous appelez comment ?

— Comme je vous l'ai dit, je m'appelle Ingrid et ma fille Rosalie.

— Oui madame. Mais Ingrid et Rosalie comment ? Quel est votre nom de famille ?

Ingrid se tait, incapable de répondre. C'est vrai, comment s'appelle-t-elle ? Quel est ce nom que Roland a effacé ? La réponse qui lui vient, réponse qu'elle ne peut décemment pas fournir à trois policiers dans l'exercice de leur fonction, elle l'entend avec la voix de Roland. Tu t'appelles Ingrid, tu n'as plus d'autre nom.

— Je ne peux pas vous le dire, j'ai oublié.

Les agents se regardent en haussant les sourcils.

— Madame, je vais vous demander une pièce d'identité.

Béatrice intervient alors. Elle leur raconte les circonstances de sa rencontre avec Ingrid et Rosalie sur le trottoir, devant le 28, elle invite les policiers à un peu plus d'écoute et leur suggère de ne pas faillir à leur mission, d'entendre ce qui vient de leur être révélé et d'emmener sans plus attendre les deux femmes au commissariat pour qu'elles déposent leur plainte.

La voiture de police roule. Un silence quasi religieux règne dans l'habitacle. Ingrid a placé le sac à dos dans le coffre après que la policière en a vérifié le contenu. Ingrid s'est ensuite assise à l'arrière du véhicule, au milieu, entre Rosalie à sa droite, fenêtre ouverte, cheveux au vent, en pleine découverte du déplacement au sein de l'organisation urbaine, et la policière à sa gauche, petite femme replète qui lui lance parfois un regard inquiet, comme si elle la soupçonnait d'être porteuse d'une grave maladie contagieuse.

— Je peux vous dire que j'ai été danoise. Avant. J'en suis certaine. Je peux aussi vous dire que ma fille est née dans la maison, au 28 rue de la Mare-à-l'Âne.

Les phrases se forment avec difficulté dans la pensée d'Ingrid. Elle les prononce dès qu'elle les tient, de peur de les perdre.

— J'ai accouché seule. Personne ne sait que Rosalie existe, en dehors de Roland et de Béatrice Bouthier qui nous a rencontrées dans la rue. Et vous désormais.

Les trois agents se retournent vers Ingrid, incrédules.

— Regarde la route, Fabrice. Tu vas nous foutre dans le décor.

L'agent installé sur le siège passager s'adresse alors à Rosalie.

— Quel âge avez-vous, madame ?

Rosalie pétrit la main de sa mère. Elle a parfaitement saisi la question du policier mais ne juge pas utile de lui répondre, captivée par un enfant qui saute sur le trottoir à côté d'un homme adulte penché sur son téléphone portable, près du feu rouge. Le gamin s'agite en parlant tout seul. Il désigne le ciel, puis se retourne et de son index, pulvérise au rayon laser la vitre d'un magasin. Rosalie découvre enfin le monde, voilà ce qui réjouit Ingrid par-dessus tout. Sa fille peut désormais confronter la réalité perçue avec toutes les informations accumulées au cours de ses lectures. Il va falloir l'accompagner avec vigilance, la protéger. Ingrid a fait tout ce qui était en son pouvoir pour lui transmettre ce qu'elle savait de la vie en société, avec la conscience d'en donner une image toute partielle, déformée par le prisme de sa propre vision et par l'isolement.

Avant que le policier ne répète sa question et pour ne pas déranger Rosalie, mutique comme à chaque fois que l'angoisse la tient, Ingrid répond à sa place.

— Rosalie vient d'avoir trente-cinq ans.

— Nos services sont en contact avec l'AP-HP, on ne va pas tarder à localiser Roland Turcat.

— L'AP-HP ?

— Assistance publique-Hôpitaux de Paris.

— Et s'il n'est pas à Paris ?

— L'AP-HP couvre toute l'Île-de-France madame, ne vous inquiétez pas. Vous avez un léger accent, vous êtes d'origine étrangère ?

— Oui danoise, comme je l'ai dit dans la voiture.

— On n'était pas dans la voiture. Pouvez-vous tenter de vous souvenir des circonstances de votre enlèvement ? Il faudrait vraiment nous les décrire.

Ingrid ne répond pas. L'interrogatoire qu'elle subit esquisse en elle ce qui a bougé avec le franchissement de la ligne blanche, de l'allée centrale et du portail de la maison, beaucoup de nouvelles sensations, certaines agréables, d'autres très perturbantes. Parmi tous ces changements émerge une idée : elle ne se laissera plus malmener.

Assise à ses côtés, Rosalie observe les deux policiers, un grand blond nerveux et un brun plus petit, plus calme. Elle a refusé d'être séparée de sa mère pour être questionnée dans le bureau voisin. Elle s'intéresse tout particulièrement au tissu écossais de la chemise de l'inspecteur brun. Contrairement au grand inspecteur blond qui cuisine Ingrid comme s'il la soupçonnait d'avoir massacré une famille entière, l'inspecteur brun ne porte pas de t-shirt sous sa chemise repassée avec soin et bien ajustée à son corps musclé. L'inspecteur brun lui plaît. Il possède un corps d'homme très différent dans sa forme de celui de l'inspecteur blond et de celui de Roland, tous les deux massifs, boursouflés et couverts de poils blonds aux poignets, de cheveux blonds sur la tête. La taille du brun, le contraste entre la peau blanche de sa main et les poils sombres sur ses avant-bras, le calme avec lequel il écoute Ingrid se débattre face à son collègue, tout éveille la curiosité de Rosalie.

— Ma fille et moi souhaitons porter plainte.

— Je vous ai entendue, nous allons enregistrer votre plainte. Mais avant…

Au moment où l'inspecteur blond, dont l'exaspération semble croître en suivant une courbe exponentielle, exige à nouveau d'Ingrid qu'elle fasse l'effort de se rappeler les circonstances de l'enlèvement, Rosalie se résout à prendre la parole.

— Excusez-moi messieurs les agents de police, comptez-vous au sein du personnel de votre commissariat des salariées de sexe féminin ?

— Oui bien sûr, pourquoi ?

— Ma mère et moi aimerions nous entretenir avec l'une d'entre elles, si vous n'y voyez pas d'inconvénient. Ou deux bien sûr, deux femmes policières, dans le cas où votre règlement intérieur commande d'être deux pour prendre une déposition. Ma requête vous semble-t-elle raisonnable ? Relève-t-elle du possible ? Pensez-vous envisageable d'y accéder ?

Les deux hommes se regardent, le blond bafouille, ils vont se renseigner, le brun ajoute qu'ils ne savent pas qui est de service en ce moment, ils se lèvent et se dirigent vers la porte du petit bureau dans lequel ils ont installé Ingrid et Rosalie. Le policier blond a rougi, gêné ou peut-être vexé, mais il n'ajoute rien. Blond et brun sortent, on est face à une affaire sensible dont les médias ne manqueront pas de s'emparer au plus vite, mieux vaut rester sur ses gardes, éviter les faux pas.

— Ça va, ma Rosalie ?

— J'ai le sentiment d'être plongée dans un roman noir écrit en Amérique du Nord, traduit en français, adapté en scénario et, comme tu as pu t'en apercevoir, interprété par des comédiens jouant comme des pieds.

— Tu n'es pas trop déboussolée ?

— Non non. Il ne faut pas se laisser faire, nous ne sommes coupables de rien.

— Tu as raison, c'est ce que je me disais, mais je ne voyais pas comment m'y prendre avec ce policier. Tu as été très efficace.

Le brun revient après quelques minutes, accompagné d'une jeune femme qui les salue d'un discret signe de tête tout en se présentant, lieutenant Charlotte Hennequin. Elle s'installe face à Ingrid et Rosalie. Le policier brun disparaît en fermant la porte.

— Mes collègues m'ont rapidement donné quelques éléments concernant votre histoire mais pour plus de clarté, je vous demande de considérer que je ne sais rien. Je vais vous laisser mener notre entretien comme vous le souhaitez. Je collecterai au passage les charges que nous pourrons retenir contre Roland Turcat, elles constitueront les motifs de votre plainte. Par la suite, si j'ai besoin d'éclaircir quelques zones d'ombre, je me permettrai de vous poser une ou deux questions. Vous êtes d'accord ?

— Nous sommes d'accord.

— Avant de commencer, avez-vous un besoin particulier à exprimer ou une question concernant la suite de la procédure ?

Ingrid formule alors ce qui la taraude depuis le parcours en voiture, tout en appuyant une main sur l'arête du bureau, comme pour assurer son équilibre.

— Au moment où j'ai été enlevée, j'étais avec mon père, ma mère et peut-être ma sœur, je dis peut-être car je ne suis pas certaine d'avoir une sœur, Roland Turcat s'est efforcé de désorganiser ma mémoire…

Charlotte écoute avec attention.

— J'ai oublié le nom de mes parents. Mon propre nom de famille. C'est assez incroyable, j'en conviens. J'espère qu'ils sont encore en vie. Je revois leur silhouette mais pas leur visage… Je leur parle, nous sommes debout tous les trois, le feu crépite dans la cheminée, je me souviens de la chaleur sur mes joues… Je dois lever les yeux pour regarder mon père et ma mère quand je m'adresse à eux, j'ai gardé cette sensation précise, casser le cou vers l'arrière, lever les yeux en direction des grands, vous voyez ?

D'un sourire, Charlotte l'encourage à poursuivre.

— J'ai quelques images de l'école, les tables beiges alignées dans la classe, la cour arborée, le tableau. Je n'ai aucun souvenir de mes camarades de classe. C'est étonnant, la mémoire… J'ai froid, je marche en plein hiver sur le quai dans le port de Frederikshavn, oui j'ai grandi à Frederikshavn… Il fait presque nuit, le vent souffle. Je porte une écharpe et un bonnet de laine. Un énorme ferry Stena Line largue les amarres, je revois l'inscription bleue sur fond blanc… Si je peux retrouver mes parents et leur présenter Rosalie, leur dire que nous avons tenu ensemble toutes les deux, que j'ai pensé à eux…

La parole d'Ingrid reste en suspens. Elle ne va pas commencer à pleurer, pas dans ce bureau du commissariat de police, pas maintenant. Elle s'aperçoit que les yeux de la policière brillent.

— Nous allons nous en occuper dès que nous aurons assez d'éléments. Et vous, madame, avez-vous un souhait particulier ? Une question à me poser avant que nous nous lancions dans le vif du sujet ?

— Vous pouvez m'appeler Rosalie, Charlotte, je sens que nous allons nous écouter avec toute l'attention requise, peut-être même nous entendre, sachez que je m'en réjouis au-delà de toute mesure. Je n'ai aucune question préliminaire, aucun souhait, si ce n'est de laisser ma mère s'exprimer, je pense qu'elle a beaucoup d'éléments à vous fournir qui viendront étayer notre plainte et permettre la localisation de notre famille.

À cet instant, la porte s'ouvre sur l'inspecteur brun, que les deux femmes connaissent déjà, il entre avec l'énergie du messager porteur de bonnes nouvelles. Rosalie se lève d'un bond qui surprend tout le monde, elle veut vérifier que le policier est plus petit qu'elle. Je subodore que les hommes de taille moyenne vont particulièrement retenir mon attention, pense-t-elle, avant de se rasseoir.

— Roland Turcat est au CHI André-Grégoire, l'hôpital de Montreuil, il est hospitalisé en cardiologie, on l'a opéré d'un quadruple pontage coronarien, on s'occupe de lui, il sera remis entre les mains de la police dès que son état de santé le permettra.

— Vous êtes sûr qu'il ne pourra pas s'enfuir ?

Ingrid n'a mémorisé ni le nom de l'officière de police, ni le grade annoncé, mais son prénom, Charlotte, celui du personnage incarné par Ingrid Bergman dans *Sonate d'automne*. Elle se détend un peu. Comme elle ne sait pas par où commencer, Charlotte lui propose de décrire sa vie quotidienne dans la maison de la rue de la Mare-à-l'Âne. Ingrid recense ce qu'elle sait encore, ce qu'elle redécouvre. Ses réponses mettent peu à peu en lumière la contrainte généralisée qui a régi sa vie. Rosalie écoute sa mère, tout en s'imprégnant de l'ambiance simple et professionnelle, presque impersonnelle que le mobilier gris donne à la pièce. Elle pourrait presque s'endormir, bercée par la voix d'Ingrid, paisible et claire. Mais elle souhaite tout entendre. Elle a besoin de savoir quels mots vont être employés pour faire exister leur histoire à l'extérieur de la grande maison.

Ingrid trouve enfin comment se passer de l'appui que fournit Charlotte en lui posant des questions dès que sa parole se tarit. Elle lui décrit avec quelle obstination Roland a tenté de lui faire perdre son accent danois. Il a compulsé plusieurs manuels destinés aux apprentis orthophonistes. Il a compris qu'elle avait tendance à unifier les consonnes voisées et non voisées au sein d'un mot, par exemple tu dis embonboint ou emponpoint plutôt qu'embonpoint, ma toute belle, tu as du mal à enchaîner le *b* et le *p*. Roland a inventé des exercices de prononciation, établi des listes de mots difficiles pour qu'Ingrid s'entraîne en son absence, pendant la journée. Elle a toujours gardé ce léger accent que l'officière de police peut déceler sans difficulté, même si Ingrid s'exprime en français avec autant d'aisance qu'elle. Roland lui répétait encore et toujours que, pour corriger cet accent disgracieux, elle devait s'efforcer de gagner en souplesse dans la succession des syllabes, comme si lui resservir ce conseil à chaque instant pouvait l'aider à vaincre la difficulté. Ingrid précise qu'elle s'est très rarement laissée aller à la colère, mais que cette remarque a toujours eu le don de l'exaspérer. Elle parvenait en général à ne pas le montrer. Il lui arrivait cependant de laisser échapper une phrase trahissant son état, une insulte en danois qu'elle a depuis longtemps oubliée, ou bien une petite réplique sèche, je fais ce que je peux, il fallait choisir une Française. Ingrid a toujours évité de parler danois devant Roland, car il s'ensuivait une scène qu'elle préférait ne pas déclencher, qu'est-ce que tu viens de dire ?, je te demande ce que tu viens de dire, comment veux-tu que je te fasse confiance si tu ne me traduis pas ce que tu viens de me jeter à la figure, tu me détestes Ingrid, tu me détestes depuis toujours, ça ne changera jamais…

— Turcat vous reprochait de le détester.

— Oui, constamment.

— Vous, Rosalie, vous n'avez aucun accent…

— Je suis née en France, je suis tout aussi française que les murs de ma chambre et les éditeurs des romans qui les tapissent.

Charlotte découvre avec plaisir l'humour dont la plus jeune, au regard intimidant, est capable de faire preuve. Ingrid explique alors que Roland lui a formellement interdit d'apprendre le danois à sa fille. Les premières années, Ingrid a cependant jugé impossible de continuer à vivre dans cette maison sans partager sa propre langue avec Rosalie. Pour ne pas oublier. Pour que le Danemark ne se détache pas d'elle. Et aussi, pour conquérir un territoire secret, à l'écart de la folie du quotidien, un territoire réservé que Roland ne pouvait pas fouler.

— Avant la naissance de Rosalie, je parlais à Ingrid Bergman. Les murs de la cuisine sont constellés de ses portraits à différentes époques, de son adolescence jusqu'à la fin de sa carrière d'actrice, quand elle a incarné Golda Meir, en 1982, juste avant sa mort. Je ne m'adressais pas toujours à la même photographie. Je changeais en fonction de ce que je racontais. Je me confiais à une Ingrid de mon âge, je me rassurais auprès d'une Ingrid plus mûre. Même après la naissance de Rosalie. Ingrid Bergman a été mon amie, ma sœur, ma mère. Je lui posais des questions et j'imaginais ses réponses. Je les formulais… Excusez-moi, c'est un peu ridicule.

— Savez-vous si Roland vous a enlevée parce que vous vous appeliez Ingrid ?

— Je l'ignore… Attendez… Non, je ne sais pas.

En l'absence de Roland, Ingrid a parlé danois à Rosalie. Quelques heures chaque matin. Français l'après-midi. Car l'enfant devait aussi apprendre le français, il ne fallait pas éveiller les soupçons. Ingrid lui a très tôt expliqué qu'il n'était pas question d'utiliser le danois quand Roland avait une chance de les entendre, s'il était dans la maison, pas seulement dans la pièce mais dans la maison. Même dans le jardin. Même dans le garage, à l'autre bout du jardin. Même si le garage n'était pas visible de la maison.

Rosalie s'est tue jusqu'à l'âge de cinq ans. Elle a pris le temps d'identifier les deux langues, de les différencier. Elle s'est assurée de ne pas les confondre. Bien sûr, Ingrid s'est inquiétée du mutisme de sa fille, les premières années, elle s'est rongé les sangs en attendant que Rosalie se décide à parler. Elle s'est longtemps sentie coupable d'imposer le secret à la petite. Tout le temps qu'a duré le silence de Rosalie, Ingrid a craint de faire peser un poids trop lourd sur ses frêles épaules. Elle s'est demandé de quelle façon sa pensée en construction allait être altérée par l'apprentissage d'une langue qu'elle ne devrait jamais utiliser en dehors de circonstances bien précises. Elle a hésité à renoncer aux heures quotidiennes de danois. Elle a essayé de ne plus parler que le français. Il n'a pas fallu une semaine pour qu'elle sente la mort rôder. Elle s'est rendue à l'évidence, prête à en assumer les conséquences. Rosalie apprendrait le danois et apprendrait dans le même mouvement à le taire en présence de Roland, car elle avait eu la malchance de naître dans cette maison. Il n'y avait pas d'autre choix. Quand Rosalie, toujours mutique, a atteint l'âge de quatre ans, Ingrid a craint que sa fille ne souffre d'une déficience mentale. Elle tentait de se rassurer avec l'astuce dont l'enfant faisait preuve dans le jeu, la joie avec laquelle elle s'emparait des livres pour enfants que Roland rapportait certains soirs – Ingrid s'était battue pour que Rosalie dispose de livres divers qui répondraient à sa curiosité d'enfant, Roland avait obtempéré sans problème, il ne souhaitait pas élever une fillette qu'un manque de sollicitations intellectuelles aurait rendue idiote. Ingrid a calmé ses angoisses en se persuadant qu'à la place de Rosalie, elle se tairait, aussi longtemps qu'elle le jugerait nécessaire. Si Rosalie ne disait rien, elle ne risquait pas l'erreur. Ingrid avait vu juste. Rosalie avait compris qu'il s'agissait de donner une priorité absolue à la distinction des deux mondes. Silence total tant qu'une frontière imperméable n'avait pas séparé l'ensemble des règles les régissant. Pour Roland, Rosalie ne parlait pas danois, ne l'avait jamais parlé, ne le parlerait jamais.

Le dimanche où Rosalie s'est lancée, elle a prononcé une phrase entière. D'emblée.

— Les avions font beaucoup de bruit aujourd'hui, vous ne trouvez pas ?

Ingrid essuyait une assiette. Elle ne l'a pas lâchée, elle ne s'est pas retournée. Elle a pleuré de joie, en silence, de dos. Roland buvait son café, attablé face à Rosalie qui finissait un yaourt. Il l'a félicitée. Tu te décides à parler, c'est une bonne chose, ma chérie. Dans la voix de Roland, Ingrid a décelé une fierté teintée d'inquiétude. Roland, toujours troublé par le changement, la nouveauté.

Dès le lendemain, Ingrid a entrepris d'enseigner la lecture et l'écriture à sa fille. Danois le matin, français l'après-midi. L'enfant a tout de suite fait preuve d'une avidité étonnante dans l'acquisition des connaissances. Elle se jetait chaque jour sur ses cahiers comme une affamée. Ingrid comprit alors que, même si elle n'avait jamais connu le monde extérieur, les promenades au soleil, les courses sur les chemins de campagne ou les jeux dans la cour de l'école avec les copines, son corps identifiait le manque et réclamait une compensation. À l'heure du déjeuner, Ingrid arrachait les pages d'écriture dans le cahier de danois et les brûlait dans un bol. Elle émiettait ensuite les cendres et s'en débarrassait par la bonde de l'évier. La bulle danoise s'envolait chaque jour, à l'approche de Roland. Jamais elles ne se sont trompées. Et cela ne leur demandait aucun effort de concentration. Aucune des deux ne concevait d'échanger avec l'autre dans la langue interdite en présence de Roland.

Mais un soir, Roland rentra du bureau, saisit Ingrid par le chignon, la conduisit manu militari jusqu'à l'escalier d'accès à la petite maison, la projeta dans le noir, la poussa jusqu'à la paillasse et l'enferma, restant sourd aux supplications de Rosalie qui suivait le mouvement en pleurant, effrayée par les cris de sa mère.

— Je suis restée emprisonnée cinq semaines, réduite au régime des *vacances*, c'est ainsi que Roland nommait les séjours dans la cage. Les vacances dans la petite maison. Je connaissais bien ce régime pour l'avoir enduré juste après mon enlèvement. Deux repas et quelques heures de lumière artificielle par jour, toilette dans une bassine, besoins dans un seau. Puisque tu me trompes, avait hurlé Roland, avant de remonter, tu vas prendre des vacances, je déterminerai leur durée en temps et en heure.

Rosalie a été enfermée, elle aussi, quand Roland a emprisonné Ingrid dans la petite maison. Elle passait la journée sous clef dans sa chambre, Roland la libérait le soir et le week-end. Il lui a interdit d'évoquer sa mère, aussi longtemps qu'elle "ne rentrerait pas de vacances". Il l'a tout juste autorisée à lui rendre visite un quart d'heure chaque dimanche, derrière la grille de la cage. Elle venait d'avoir six ans. La mère et la fille glissaient les bras entre les barreaux et se serraient l'une contre l'autre de chaque côté de la grille. Elles se parlaient peu, l'extrême isolement des *semaines de vacances* n'invitait pas au bavardage.

Au cours du temps, Roland a envoyé Ingrid dans la petite maison avec une grande régularité, comme pour coller au concept de vacances, à un rythme presque scolaire. Elle ne savait pas toujours pourquoi elle y séjournait. N'importe quel mécontentement de Roland, même le plus incompréhensible, pouvait la conduire au trou. Mais cette fois-là, elle ne se demanda pas très longtemps pour quelle raison Roland la punissait. Il savait. Il avait trouvé le moyen de deviner qu'en son absence, la mère et la fille échangeaient dans la langue qui lui échappait. Il avait dû découvrir le cahier aux pages arrachées parmi les affaires de Rosalie et profiter du montage des nouveaux placards de la cuisine pour installer des micros. Il se devait de mettre au jour ce que les pages manquantes dénonçaient. Il avait alors pu écouter à distance ce qui se déroulait dans la maison les jours ouvrables, en reliant une ligne téléphonique à ses mouchards ou en enregistrant les conversations sur des cassettes qu'il emportait le lendemain chez Fonck Frères et écoutait pendant ses heures de désœuvrement bureaucratique. Ingrid imaginait Roland, installé derrière un bureau dans une pièce éclairée par une immense baie vitrée, face à de grands cahiers couverts d'écritures, un casque sur les oreilles, écoutant les deux femmes de sa vie communiquer dans une langue dont la musique lui semblait tellement étrangère qu'il ne pouvait pas même identifier la structure organisant les phrases.

Avant que Roland décrète la fin des vacances et autorise Ingrid à quitter la petite maison pour la grande, elle prit la décision de sacrifier le danois.

Tant pis. Elle parlerait français avec sa fille. Elle parlerait moins aussi. Il faudrait désormais faire bien attention à ce qu'on allait se dire, car tout serait susceptible d'être entendu. Roland ouvrit la grille de la cage, Ingrid avait perdu la notion du temps mais après sa libération, elle se recala bien vite dans le rythme imperturbable des semaines. Roland restait deux jours à la maison, il l'avait libérée un samedi matin. Il voulait à coup sûr profiter du week-end pour lui mettre la pression avant de repartir travailler le lundi matin. Le samedi après-midi, pendant qu'il faisait la sieste, Ingrid et Rosalie s'étaient blotties l'une contre l'autre, dans le canapé du salon. La mère avait écrit à sa fille sur un bout de papier qu'il ne fallait plus jamais parler danois car Roland avait trouvé un moyen de les entendre. Rosalie déchiffra la phrase. À six ans, elle lisait déjà parfaitement. Puis elle embrassa Ingrid, qui avait placé un doigt sur sa bouche pour lui enjoindre de ne rien dire.

Le lundi suivant, Ingrid passa la maison au peigne fin. Elle trouva un micro vissé sur un des nouveaux placards de la cuisine, un deuxième à côté du magnétoscope, dans le salon, et un troisième dans la chambre de Rosalie, derrière la table de nuit, chacun relié à une petite centrale fermée à clef, ce qui ne manqua pas de la sidérer. Comment et quand Roland avait-il pu installer aussi proprement son petit matériel d'espionnage ? Pendant qu'elles dormaient ? Ingrid eut beau fouiller leur chambre, elle ne trouva rien. Roland devait juger inutile d'y placer un micro. Ingrid réfléchit un instant. Quand elle aurait des informations importantes à faire passer à sa fille, elles s'y enfermeraient rapidement, histoire de ne pas éveiller de soupçons.

Les micros infléchirent le quotidien. À partir des micros, Roland entendait tout. Donc il voyait tout. Ingrid apprit à considérer qu'il lisait en elle. Elle ne pouvait rien penser qu'il pourrait désapprouver. Dès qu'une telle pensée se formait dans sa tête, elle la chassait. Si l'idée de s'enfuir s'était formée, Roland l'aurait su. Il l'aurait punie. Il l'aurait enchaînée dans la petite maison. Loin de Rosalie. Pire, il s'en serait pris à Rosalie. Ça ne le dérangeait pas de punir Rosalie à sa place.

Ingrid n'a jamais autant parlé. Elle s'exprime sur un ton calme, le regard dirigé à la droite du visage de Charlotte. Elle élabore son récit en fixant la façade d'un tiroir, comme si elle décrivait le film diffusé sur un écran. Charlotte prend des notes à chaque nouvel élément à charge. Le regard d'Ingrid s'appuie parfois sur le sien, quand le film qu'elle décrit se tarit. L'attention de la policière l'aide à revisiter son parcours.

— J'ai connu un moment très difficile. Rosalie avait quatre ans. J'ai arrêté de parler à Roland, de répondre à ses questions. Je n'en pouvais plus. Il a vite perdu patience. Il a attrapé Rosalie par le bras, il l'a jetée dans la cage et il a refermé la porte. Bien sûr j'ai immédiatement tenté de l'amadouer, j'ai voulu défendre ma fille. Ah, tu as retrouvé la parole, a-t-il commenté. J'ai tout fait pour qu'il relâche ma fille. Si Rosalie souffrait, c'était de ma faute. Il me l'a répété aussi longtemps que je lui ai demandé de la libérer. Il ne cédait pas. J'ai continué à le supplier. Ça a fini par l'exaspérer. Il m'a signifié que chacune de mes supplications ajoutait vingt-quatre heures aux vacances de Rosalie dans la petite maison. J'ai donc cessé. J'ai essayé d'être gentille, pour lui donner envie de me faire plaisir…

Rosalie est restée enfermée trois semaines. Parce qu'Ingrid avait cessé de lui parler. Il la suivait à chaque fois qu'elle descendait le plateau-repas. Tu es en vacances, disait-il à l'enfant, dans un grand sourire mielleux, alors qu'elle pleurait derrière les barreaux. Pendant ces trois semaines, Roland a offert à Ingrid de nouveaux pinceaux et une gamme de couleurs pour aquarelle. Ingrid a essayé l'aquarelle. Les récompenses succédaient aux punitions de façon arbitraire. Toujours la même stratégie. Impossible de s'y retrouver. Elle l'a remercié aussi chaleureusement qu'elle a pu. Elle a tout de suite été conquise par l'exercice. Le temps passait très vite pendant qu'elle restait penchée sur une feuille de papier à dessin. Elle essayait de recréer des images de son enfance, le plus précisément possible, parfois en accumulant les tentatives. Car elle effaçait la peinture en fin d'après-midi. Elle rinçait l'aquarelle. Elle ne voulait pas que Roland s'énerve en voyant des images qu'il jugerait dangereuses. Elle ne voulait pas finir dans la petite maison. Bien entendu, il aurait aimé voir ce qu'elle peignait mais elle s'est obstinée à tout effacer. Elle disait qu'elle effacerait ses peintures tant que le résultat ne lui paraîtrait pas suffisamment convaincant. Il l'accepta.

— Il ne m'a jamais enfermée pour me punir de lui cacher mes productions. Il n'a en tout cas jamais précisé qu'il m'enfermait pour cette raison-là.

Charlotte profite du premier long silence.

— Peut-on revenir sur ce que vous appelez *la petite maison* ?

— Oui.

— De quoi s'agit-il exactement ?
— D'une cage en barreaux d'acier.
— Située dans la cave ?
— Oui.
— Donc les agents de la police scientifique qui sont en train d'explorer la maison vont trouver cette cage à la cave ?
— Oui.
— Vous pouvez me la décrire ?
— Elle doit mesurer deux mètres sur trois environ. Il y a une couche avec un matelas en mousse, un minuscule placard et sinon, une fente horizontale dans la porte pour laisser passer une assiette. Il y a aussi une petite trappe, vers le bas, verrouillée de l'extérieur pour extraire le seau qui sert aux besoins.
— Et les micros ? Sont-ils toujours en place ?
— Je pense, oui. Je n'ai pas vérifié depuis longtemps.
— Vous pouvez me parler en danois ?
— Non.
— Parce que c'est interdit ou parce que vous avez oublié ?
— Je ne sais pas… Je vais réfléchir.
Rosalie interrompt son inspection des lieux pour observer la policière. Elle peut lire dans ses yeux que celle-ci prend la mesure de l'affaire qui vient de lui tomber dessus. Perdue dans ses pensées, Ingrid secoue la tête.
— Je crois que si on me parlait danois, je pourrais peut-être répondre.
L'officière choisit le moment où Rosalie l'observe pour se tourner vers elle.
— Vous madame, vous pouvez lui parler en danois ?

— Malheureusement non, Charlotte, j'ai tout oublié de l'idiome que ma mère a tenté de me transmettre quand j'étais une enfant. J'ai cessé de l'apprendre à six ans. Mettez-vous à la place de mon cerveau. À cet âge, notre système nerveux central passe son temps à faire des choix. Il sélectionne ce qui lui est utile et abandonne le reste. Il n'a pas jugé opportun d'enregistrer les quelques connaissances que j'avais acquises dans une langue désormais obsolète.

Rosalie se rappelle les leçons, le cahier, les pages arrachées. Il lui reste la sensation assez diffuse de parler une autre langue le matin. Le souvenir vient s'exprimer par une tension de la langue, une ouverture particulière de la gorge que sa mémoire peut encore ordonner à son corps d'adopter. Mais aucun mot ne sort.

Ingrid écoute sa fille expliquer à la policière comment le danois n'a laissé aucune trace si ce n'est physique ; elle s'aperçoit alors qu'elle partage cette sensation. À chaque question posée à laquelle il lui est impossible d'apporter une réponse, le silence prend une forme particulière dans sa bouche. Et soudain, ses yeux s'ouvrent en grand.

— Ingrid n'est pas mon prénom.

Elle vient de se lever, elle se prend la tête à deux mains et s'agite dans le bureau. Ingrid n'est pas son véritable prénom, elle le répète, elle en est certaine.

— Roland l'a effacé, il m'a nommée Ingrid en hommage à Ingrid Bergman, il m'a baptisée dans la petite maison, j'y suis restée trois ans, au début, avant de monter dans la grande maison, c'est en pénétrant dans la cuisine pour la première fois que j'ai compris pourquoi il m'avait baptisée Ingrid.

Ingrid regarde Charlotte, sa respiration s'est suspendue. Elle espère un instant que son prénom va s'afficher entre elles.

— Ne me demandez pas quel est mon véritable prénom, je ne m'en souviens pas. C'est une sphère posée sur ma langue. Quelque chose de rond.

Charlotte se tait, fascinée par le chemin qu'emprunte Ingrid pour accéder à son histoire. Ingrid croise alors les bras, appuyant ses cuisses contre le dossier de sa chaise.

— Et dites-moi Charlotte, puis-je vous poser une question ?

— Je vous en prie.

— Vous n'avez pas l'air d'être surprise par mon histoire. Vous avez connu des affaires similaires ?

— Je ne suis jamais surprise quand je travaille. Je sais d'expérience que tout existe. J'ai eu vent de différents cas de jeunes femmes enlevées et séquestrées plusieurs années, en Autriche et aux États-Unis notamment, mais je n'ai jamais entendu parler d'une séquestration aussi longue que la vôtre.

— Tout existe, oui, je le crois, moi aussi.

— Comment t'appelles-tu ?
— Ingrid.
— Comment t'appelles-tu ?
— Ingrid.
— Tu t'appelles Ingrid.
— Oui, Ingrid.
— Comme Ingrid Bergman, la plus belle femme du monde.
— Comme Ingrid Bergman.
— Comment t'appelles-tu ?
— Ingrid Bergman.
— Non. Ingrid.
— Ingrid.
— Pas Ingrid Bergman, Ingrid.
— Ingrid.
— Ingrid. Tu n'as pas d'autre nom.
— Ingrid.
— Je m'appelle Ingrid. Répète.
— Je m'appelle Ingrid.
— Encore.
— Je m'appelle Ingrid.
— Tu t'appelles Ingrid, tu n'as pas d'autre nom. Je t'interdis de prononcer un autre nom, je t'interdis de le penser même. Si tu penses à ton ancien nom, je le verrai, je le sentirai… Ingrid. Rien d'autre.

Bien entendu, Charlotte Hennequin finit par demander à Ingrid de lui décrire les circonstances de son enlèvement. Elle lui explique que ces informations faciliteraient grandement l'identification de ses parents.

Après tout ce qui a été échangé, Ingrid a emmagasiné suffisamment de confiance pour plonger dans ce qu'elle ressent comme un liquide sombre et froid et tenter de ramener à la surface quelques éléments à fournir. Elle ferme les yeux. Rosalie aimerait concourir à l'effort, elle n'en a pas le pouvoir. Elle ne sait rien. La fille se serre à la mère. Elle l'accompagne de tout son corps.

Une tente canadienne.

Des caravanes.

Une plage immense.

Des vacanciers en short marchent sur une petite route bordée de pins. Ingrid, elle aussi, marche au bord de la route. Elle rentre de la plage avec ses parents. Mais elle ne voit pas ses parents.

Sa sœur est peut-être présente. Elle ne sait pas.

— Si j'ai une sœur, elle est plus jeune que moi.

Roland.

Roland, vingt-cinq ans tout au plus, cheveux blonds et bouclés, debout près d'une petite cabane blanche. Polo bleu ciel, short découpé dans un jean. Ingrid n'est pas certaine de le voir dans le paysage des vacances. Elle se demande si elle n'est pas en train d'imaginer ces bribes, de les construire par envie de rappeler le passé. Elle n'a aucun souvenir de l'enlèvement ou de sa propre terreur.

— Cette petite cabane blanche devant laquelle se tient Roland... Je ne la vois qu'associée à Roland. Elle n'apparaît nulle part dans le paysage des vacances. Tout cela n'est pas bien clair. Je suis confuse. Je ne vous aide pas vraiment.

Ingrid a gardé les yeux fermés. Charlotte Hennequin ne réagit pas. Elle ne parlera pas tant qu'Ingrid gardera les yeux fermés. Ingrid décrit alors ce qui lui vient. Le long voyage. Ils ont roulé longtemps, elle attachée aux poignets, aux chevilles, un scotch sur la bouche, allongée sur le sol de la voiture et recouverte d'une toile.

Moquette beige.

— Je suis dans le coffre. C'est un break. Le soleil tape à travers les vitres. J'ai mal à la hanche et à l'épaule gauches. Je n'ai jamais oublié cette sensation car elle revient la nuit, si je m'allonge sur le côté gauche, les chevilles rassemblées, face au corps endormi de Roland. Il suffit que mes poignets s'approchent et le souvenir revient. Plus que le souvenir, la sensation. Le voyage a duré des heures. Interminable. Je suis allongée et je ne sais pas où je vais. Je me souviens qu'il m'a fait boire. J'ai dû m'endormir. Après c'est le chaos... Je suis fatiguée je crois.

Ingrid ouvre les yeux.

— On va s'arrêter là. Vous m'en avez dit beaucoup, déjà. Je vais vous donner mon numéro de téléphone, si quoi que ce soit d'autre vous revient...

— Je ne pourrai pas vous appeler, je n'ai pas de téléphone.

— Je vais vous en donner un. J'en ai en réserve. Ça restera entre nous, d'accord ?

— Il faudra m'expliquer comment ça fonctionne.

— Vous n'avez jamais utilisé de téléphone ?

— Si, enfant, chez mes parents. Je me souviens d'un téléphone vert pâle, attaché par un fil, avec un cadran à touches. Je n'ai jamais utilisé un de ces téléphones qu'on promène dans ses poches, si ce n'est hier, pour appeler l'ambulance.

Avant de faire raccompagner Ingrid et Rosalie, Charlotte Hennequin contacte une assistante sociale des services municipaux pour un rendez-vous en urgence, mais celle-ci, surchargée, ne pourra rencontrer les deux femmes que le lendemain, dans la matinée. L'officière de police leur propose un entretien avec la psychologue de la police, mais elles déclinent son offre. Plus tard peut-être. Charlotte évoque alors une chambre d'hôtel. Rosalie précise vouloir dormir dans son lit jusqu'à nouvel ordre, si personne n'y voit d'inconvénient.

— Je n'imagine pas dormir ailleurs que dans ma chambre.

— Je vais juste m'assurer du feu vert de la police scientifique. Mes collègues ne tolèrent pas qu'on vienne poser le pied sur un site qu'ils explorent, tant qu'ils n'ont pas terminé.

Ingrid souhaite convaincre Charlotte de peser de tout son poids sur la décision de la police scientifique, elle comprend tout à fait que Rosalie souhaite dormir dans son environnement familier, même si elle aurait préféré passer une première nuit dans un cadre différent, une chambre étrangère à Roland, un espace, un lit, des draps autres dans lesquels s'endormir, intriguée par des bruits inconnus.

— Nous avons toujours vécu dans cette maison, Charlotte. Y dormir ce soir ne changera rien à ce que la police peut trouver, aucun crime n'y a été commis ces derniers temps.

— Détrompez-vous, Ingrid. Le viol est un crime.

— Mais je n'ai pas dit que Roland…

Ingrid s'interrompt. Charlotte attend quelques secondes avant de relancer.

— Il ne vous a pas violée ?

Ingrid sourit, sidérée, car son silence protège Roland.

— Si. Des centaines de fois.

La plainte est enregistrée. Ingrid et Rosalie sont autorisées à patienter dans le jardin, derrière la maison, en attendant que les sols, les murs et les meubles livrent leurs secrets.

— Je dois aussi vous mettre en garde. Une telle affaire peut fuiter très vite dans la presse, prévient Charlotte avant de les laisser monter en voiture.

Rosalie ouvre de grands yeux effrayés.

— Nous concevons avec facilité l'appétit que peut nourrir la presse à scandale à l'égard de nos aventures. Nous vous serions néanmoins très reconnaissantes, Charlotte, de ne rien transmettre à ces organes.

— Comptez sur moi. J'espère aussi pouvoir vous garantir le silence de mon équipe. Nous allons tenter de découvrir votre identité et de retrouver votre famille. Si nous n'y parvenons pas, l'intervention des médias est un ressort qu'il faudra éventuellement envisager, nous en reparlerons. Une telle stratégie facilitera la localisation de vos proches, ils se présenteront d'eux-mêmes. Il nous suffira d'alerter la presse danoise.

— Alors prévenez la presse.

— Si vous le souhaitez, je le fais. Mais Réfléchissez bien. On ne pourra pas faire marche arrière.

La mère et la fille se regardent. Ingrid prend une profonde inspiration pendant que Rosalie fait craquer ses phalanges.

— Tôt ou tard, vous aurez affaire à la presse. Je vous conseille de prendre des forces pendant quelques jours. Ça risque d'être éprouvant. D'ici là, j'aurai peut-être trouvé la trace de votre identité véritable.

— C'est raisonnable, Charlotte, nous allons suivre votre conseil avisé. Les parents d'Ingrid, autrement dit mes grands-parents, peuvent attendre encore quelques jours s'ils ont eu la force de patienter quarante ans.

Sur le banc du jardin, Ingrid et Rosalie écoutent les chants d'oiseaux, les rires du voisinage et les musiques lointaines comme on découvre une œuvre pour orchestre jamais jouée. Une fois le soleil caché, Rosalie propose de chercher dans le potager ce qui peut être cueilli. Roland s'y consacrait tous les soirs depuis la fin de l'hiver, après les journées ensoleillées. Il s'en occupait avec dévotion, produisait des légumes variés tout au long du printemps, de l'été et de l'automne. Ingrid et Rosalie se chargeaient des conserves.

Rosalie s'applique, elle n'a jamais vu faire Roland. Elle improvise, soulève délicatement la paille et fouille les rangées. Elle glane quelques pommes de terre. Ingrid reste assise, épuisée. À toutes les émotions ressenties depuis la chute de Roland vient s'ajouter la perspective d'inventer une vie d'adulte, de femme libre, à cinquante-cinq ans. Le soulagement consécutif à la libération ne prédomine que par intermittence. Roland a défini et contrôlé tout ce qui remplissait leur univers, du matin au soir. Il va falloir conquérir notre propre vie, pense-t-elle, l'omnipotence de Roland a succédé à l'autorité de mes parents, je n'ai jamais fait l'expérience de l'autonomie. Rosalie n'y a, elle non plus, jamais goûté.

En rentrant du commissariat, Ingrid a vu le portrait d'Ingrid Bergman à quatorze ans décroché et retourné sur la table de la cuisine. Elle s'en est approchée en promettant au policier de ne rien toucher. Quarante bâtonnets noirs tracés sur le carton, quarante ans, Rosalie ne s'est pas trompée.

Charlotte Hennequin se gare face au numéro 10 de la rue de la Mare-à-l'Âne, un terrain sans construction coincé entre deux maisons individuelles. Elle remonte la rue. Un attroupement de voisins intrigués par les quelques voitures de police et l'activité soudaine au 28, stationne sur les deux trottoirs. Charlotte se faufile, ouvre le portail blanc et entre dans la propriété de Roland Turcat. Elle progresse dans l'allée centrale. Le fouillis d'arbustes qu'il faut traverser en longeant le garage, les branches fouettant ses hanches et ses cuisses, attestent de l'hostilité des lieux. La porte de la maison finit par lui apparaître, ouverte. Un agent debout sur un escabeau inspecte le faux plafond du couloir d'entrée. Charlotte a bien précisé à l'officier en charge de l'équipe qu'il lui fallait rendre le soir même le site en état de fonctionnement à ses deux habitantes, suffisamment traumatisées par ce qu'elles ont subi, inutile d'en rajouter en leur restituant un intérieur défiguré par l'intervention. Elle contourne la maison le long de la haie de bambous, jusqu'au jardin. Ingrid somnole sur le banc pendant que Rosalie s'affaire dans le potager. Charlotte ralentit le pas. Ingrid se réveille et se lève. À quelques mètres, jambes écartées au-dessus d'une butte abritant des carottes, Rosalie tourne la tête vers les deux femmes.

— Vous avez trouvé mon nom.

— Oui.

— Dites-le.

— J'ai trouvé trace de la disparition d'une jeune Danoise en 1984 à Seignosse dans les Landes…

— Excusez-moi de vous couper Charlotte, s'il vous plaît dites-le.

— Lone Hansen.

Un cumulus traverse le ciel, solitaire, blanc, charnu, en constante modification. Plus haut, deux avions viennent de se croiser. Un filet de vapeur d'eau dessine la trajectoire à la traîne de chaque appareil. On devine la manœuvre des avions, comme celle des bateaux, à la trace qu'ils laissent derrière eux, pense Ingrid, la rumeur des réacteurs voyage jusqu'à nous en retard sur l'image, cinq cents mètres par seconde, se rappelle-t-elle, on ne devrait pas tarder à l'entendre. La fonctionnaire de police a dit Lonn, elle a effacé le *e*, c'est ainsi qu'on prononce les mots en français, en effet, on termine par un *e* muet, mais ce n'est pas ainsi qu'il convient de prononcer ton prénom, tu t'appelles Lone avec un *e*, tu es née à Aarhus, Danemark, tu as grandi à Frederikshavn et à l'âge de quatorze ans, avant de monter dans la voiture pour partir en vacances dans le Sud-Ouest de la France, tu as rangé toutes tes affaires dans des cartons en prévision d'un déménagement vers Copenhague, voilà, tu n'as jamais déménagé à Copenhague. Le vacarme des avions envahit le jardin, Lone sourit, tu aurais dû compter les secondes, tu aurais su à quelle distance de ce quartier les avions se sont croisés.

— Merci infiniment, Charlotte. C'est mon nom, en effet. Maintenant que vous l'avez prononcé, je peux le lire en moi.

— Vous avez une sœur. Laura. Elle vit en France, elle a épousé un Français. Ils ont un fils. Ils habitent à Orléans, c'est à une heure de Paris en train. Je lui ai parlé au téléphone. Elle travaille ce soir, elle vient demain, dès que possible.

— Et mes parents ? Sont-ils en vie ?

— Oui.

— Les deux ?

— Les deux. Ils habitent Copenhague.

Ingrid ferme brièvement les yeux. Le mouvement des paupières projette deux larmes qui survolent ses joues et tombent sur sa polaire rouge.

— Laura, oui, *Laora*, on prononce *Laora*, presque *Laoa* je crois. Je ne la vois pas mais j'entends son prénom, j'entends la voix de ma mère qui l'appelle. J'entends la voix de ma mère, Rosalie… Je peux parler à mes parents vous croyez ?

— Bien sûr. Je compose le numéro et je vous donne mon téléphone.

Lone s'est assise sur le banc, comme avant l'arrivée de Charlotte, dans la même position, genoux serrés, une main posée sur la cuisse. Mais son corps s'est comme déployé, ses yeux brillent. Rosalie s'approche. Lone parle en danois. Par phrases courtes. Elle cherche ses mots. Elle semble en tout cas comprendre tout ce qu'on lui dit, à l'autre bout du fil. Rosalie saisit quelques bribes. *Jeg lever, mor*, dit-elle. *Jeg overlevede… Sammen med min datter, Rosalie… Hun er femogtredive år… Kan du udtale mit fornavn ?* Je suis vivante maman. J'ai survécu… Avec ma fille, Rosalie… Elle a trente-cinq ans… Peux-tu prononcer mon prénom ? Rosalie se rappelle alors avoir appelé sa mère *mor*, elle aussi, brièvement, avant que Roland pose les micros. Elle devine la voix de sa grand-mère, amplifiée par l'émotion. Elle l'entend prononcer Lone. Pernille Hansen vient de combler le silence rond posé sur la langue de sa fille. Lone s'en réjouit, tout en contemplant le choc que va constituer l'effacement progressif d'Ingrid. Sur le banc du jardin, Lone la sent déjà qui perd de son épaisseur. Le numéro d'actrice que Roland a sommé Lone de produire jour après jour, une composition que le temps avait rodée, n'a plus lieu d'être, il va s'estomper en même temps que s'éteindra le prénom.

Ingrid, personnage de fiction.

Ingrid a élevé Rosalie avec Lone, elle a œuvré à les protéger, toutes les deux. Elle a consacré la plus grande attention à les préserver du criminel aux commandes, Roland, psyché malade, autoritaire jusqu'au délire, obnubilé par sa toute-puissance, une mainmise totale sur son entourage intime. Lone gardera toujours une place à Ingrid auprès d'elle. C'est ainsi que la femme séquestrée continuera d'exister. Comme les morts.

Lone ne parvient pas à dormir. Elle marche sur la petite route, en vacances avec ses parents. C'est une impression plus qu'une image. Elle se lève précipitamment et sort dans le jardin. Une légère brise agite les arbres. Elle tourne autour du potager, elle ne peut tenir en place. La nuit devient l'écran sur lequel se projette le mouvement des silhouettes, sur la petite route baignée de verdure. Elle retourne dans la cuisine et allume la lumière. Elle parvient à se calmer un peu, grâce au regard familier d'Ingrid Bergman. Elle décroche le portrait de l'actrice à quatorze ans, celui qui, avant les autres, a attiré son attention quand elle a pénétré pour la première fois dans la cuisine. Elle le serre dans ses bras, l'approche de son visage, elle cherche un peu de paix dans la douceur de l'expression, la clarté des yeux, le dessin des lèvres, le reflet sur les cheveux qu'une raie bien nette sépare sur un côté, au-dessus du front. L'image se clarifie. Les Hansen rentrent de la plage. Même la petite Laura lui apparaît maintenant, les cheveux coupés au carré, comme ceux d'Ingrid Bergman sur la photo. L'inconnu au visage sympathique mange une glace, installé sur un banc public à l'entrée du camping. On croise régulièrement le jeune homme au supermarché ou sur le sable. Dans l'eau, même, quand on se baigne. Il lance des sourires à Lone, elle y répond, c'est comme un petit jeu. À quatorze ans, l'adolescente aime cultiver le secret, elle est persuadée que ses parents n'ont pas remarqué la présence récurrente de ce jeune homme, aussi grand que son père, un touriste parmi d'autres dans le paysage landais.

Chaque année, Ludwik et Pernille Hansen conduisent leurs filles jusqu'à ce camping, idéalement situé à mi-chemin entre le village de Seignosse et l'océan. Ils installent leur caravane et la tente des filles sur le même emplacement, d'été en été. Ils ont sympathisé avec leurs voisins, des habitués, comme eux, originaires du Danemark, de Belgique, du Nord de l'Allemagne et des Pays-Bas. Les familles se rassemblent souvent le soir pour partager le dîner, chacune apportant ses victuailles. L'habitude a été prise de s'exprimer en anglais, seule langue commune, que tous maîtrisent suffisamment pour échanger. Lone aime ces rassemblements. Elle regrette juste de ne compter aucune fille de son âge au sein du groupe. Les Belges de Gand ont une fille âgée de dix ans, bien trop immature pour que le courant passe, elle s'entend mieux avec Laura. Les enfants des autres couples sont plus jeunes encore. Lone passe donc son temps avec les adultes ou se réfugie dans un livre, faute de mieux. Elle s'allonge dans la tente assez tôt, avant tout le monde. Elle écoute la vie du camping à travers la toile.

Ce jour-là, Lone part seule. Sa sœur est malade, elle ne s'est pas assez protégée du soleil, ses parents ont décidé de rester au camping avec elle. Lone se réjouit de cette après-midi en solitaire à la plage, occasion rare. Elle prépare son sac, puis elle se dirige vers la route. Fidèle au poste, l'inconnu en profite pour lui lancer un bonjour, au moment où elle passe le portail. Elle rougit. Elle répond, bonjour, c'est l'un des rares mots français entrés dans son vocabulaire. Et elle accélère le pas, intimidée. Elle marche jusqu'à l'océan. Elle aime entendre le bruit des vagues annoncer la proximité de la plage. Elle y passe l'après-midi, se baigne, lit, écoute de la musique avec son walkman en observant les vacanciers allongés sur leur serviette, les baigneurs, les jeux d'enfants et les rouleaux, d'une force raisonnable. En fin d'après-midi, elle range ses affaires et se met en route. Elle aurait aimé rester jusqu'au coucher du soleil, bercée par le rythme entêtant du ressac, mais ses parents lui ont demandé de revenir au camping avant dix-huit heures. Elle atteint la route carrossable, l'inconnu monte dans sa voiture un peu plus loin. Elle ne l'a pas vu de l'après-midi. Il lance le moteur, il va démarrer, il l'aperçoit (il feint de l'apercevoir quand en réalité il l'attend, se dit Lone, assise quarante ans plus tard à la table de la cuisine, fenêtre ouverte) et d'un signe, il lui propose de monter. Il prononce le mot camping, le coude posé au-dessus de la vitre abaissée, jeune, sympathique, rayonnant. Lone hésite, elle a l'habitude de rentrer à pied avec ses parents, elle sait qu'elle ne doit pas monter en voiture avec un inconnu mais elle a très soif, elle a oublié d'emporter de l'eau, elle se dit qu'ainsi elle sera plus vite arrivée et pourra enfin se désaltérer. Elle monte. L'inconnu lui tend une bouteille d'eau pleine et roule. Elle boit. Elle croit revivre. Et sa vue se brouille. Elle n'arrivera jamais au camping.

Le plus dur, ce qui rendra insupportable les premiers mois de privations et les viols quotidiens, sera cette idée qui ne la quittera pas, *je suis montée dans sa voiture de mon plein gré*. À quatorze ans, enchaînée dans la cave, Lone sera possédée par des accès de colère autodestructrice à cause de cette décision qu'elle a prise, en rentrant de la plage. Cette décision la hantera. Elle hurlera parce qu'elle est enfermée, elle hurlera parce qu'elle est montée dans la voiture de l'inconnu de son plein gré, elle a accepté son invitation sans arrière-pensée. À quatorze ans, Lone ne conçoit pas l'homme comme un potentiel partenaire sexuel, même lorsqu'elle le trouve séduisant. Elle est montée parce que pressée de rentrer mais aussi, elle le sait, elle est montée par défi, parce que le moment était venu de contester l'autorité de ses parents, de privilégier la découverte, l'incertain de la vie. Quand elle parviendra à se raisonner, Lone se dira qu'elle a joué de malchance. Heureusement, les impératifs de sa survie finiront par effacer le jour de la catastrophe. Elle oubliera. Comme tout le reste. Comme sa sœur dont l'insolation – elle ne pourra s'empêcher de ruminer cette autre pensée toxique pendant que se déroulera l'interminable fil des heures solitaires au fond du trou – a ouvert la porte au désastre. Plutôt que de rendre injustement Laura responsable de son malheur, elle préférera effacer jusqu'à son existence.

Lone se réveille à l'aube. Elle a dormi fenêtre ouverte, d'un sommeil léger, souvent interrompu par les variations de la nuit, une sirène d'alarme, le cri d'un oiseau nocturne, un cauchemar où Roland revient. Elle prépare un café. Alors qu'elle noue son chignon machinalement, elle sourit et dit “Non Ingrid”, à haute voix. Elle décide de ne plus jamais serrer ses cheveux en chignon. Jusqu’à sa mort. Elle sort boire son café dans le jardin, il fait frais, elle enfile une des deux polaires rouges et s’installe parmi les arbustes qui s’agitent. Les jeunes feuilles s’ébrouent, se débarrassent de la rosée du matin. Le ciel gagne en clarté à chaque seconde, tout lui semble à la fois si fragile et si simple, entourée de verdure. Elle est heureuse, seule dans le jardin de la maison, c’est une excellente nouvelle.

Rapidement, Lone devine l’agitation derrière le portail. Elle s’approche et regarde par une fente située dans l’un des deux battants. Rosalie surgit derrière elle. Elle s’est réveillée exceptionnellement tôt. Lone lui laisse la place. Elles restent toutes les deux parfaitement silencieuses. La rue est prise d’assaut par les journalistes de télévision, caméras et micros prêts à transmettre au monde entier l’information, ici vit la femme séquestrée depuis plusieurs décennies avec sa fille de trente-cinq ans, née en captivité, enfant prisonnière, jeune adulte qui n’était, jusqu’au jour de leur libération, jamais sortie.

— Nous voilà de nouveau enfermées, chuchote Lone à Rosalie.

— Nous pouvons prendre l’air dans le jardin, c’est un progrès. Et si nous décidons de sortir, nous sortirons, je te le garantis.

Lone appelle la police.

À onze heures quinze, les deux agents en faction laissent entrer Hélène Martinez, l’assistante sociale. Elle explique aux deux femmes comment elle va clarifier leur situation et donner une existence juridique à Rosalie. Lone prend note des papiers qu'elle devra demander à ses parents pour se lancer dans les démarches et obtenir une nouvelle carte d'identité auprès de l'ambassade du Danemark à Paris. Elle trouve un justificatif de domicile parmi les dossiers rangés avec soin dans les tiroirs de Roland. Bien entendu, son nom n'y figure pas et il n'est pas question de demander une déclaration sur l'honneur à Roland. Une lettre de l'assistante sociale et les papiers fournis par la police après le dépôt de plainte s'y substitueront. Lone écoute attentivement. Après Béatrice Bouthier et Charlotte Hennequin, Hélène Martinez lui confère le sentiment que la vie commence.

Rosalie explique à l'assistante sociale qu'elles ne se sont jamais préparées à ce moment et qu'elles se félicitent de sa présence pour les aider à faire émerger toutes les facettes de leur nouvelle réalité, encore loin de leur apparaître.

— Roland Turcat a été informé ce matin qu'il est en état d'arrestation et mis en examen pour enlèvement de mineure, séquestration, viols, torture et actes de barbarie.

Lone imagine alors Roland allongé dans son lit d'hôpital, perfusé, relié à diverses machines, écoutant, impuissant, le policier qui lui signifie sa mise en examen, puis menotte un de ses poignets au cadre de lit. Dans un monde parfait, on serait venu la chercher et on l'aurait laissée l'informer de son nouveau statut. Mais cette pensée écœure Lone à la seconde où elle se forme dans son esprit. Non, elle ne veut plus le voir.

— Vous pensez que la police va vouloir nous mettre en présence, lui et moi ?

— Il n'en est pas question.

— Même pour une reconnaissance ou quelque chose de ce style… ?

— Il n'en est pas question et il n'en sera pas question, madame Hansen.

Plus tard, Lone acceptera de revoir Roland dans la perspective de son procès. Elle supportera de le côtoyer le temps que dureront les débats car elle voudra tout entendre. Elle observera Roland quand elle le souhaitera. Elle témoignera quand on le lui demandera. Elle racontera tout. Elle voudra que Roland sache dans quel état d'esprit elle a traversé cette interminable captivité. Elle voudra qu'il l'entende, elle, Lone, qu'il constate la disparition d'Ingrid. Roland n'est pas parvenu à l'effacer d'elle-même, il sera contraint de le savoir.

LA DÉCOUVERTE

Une chaleur étouffante saisit les voyageurs à la sortie de la gare d'Albi. Rosalie découvre cette impression d'être enfermée dans un four. Elle s'accroche au guidon de son vélo. La chaleur ne me tuera pas, se rassure-t-elle. Dans le train, elle s'est longuement enduite de crème solaire. Elle porte un t-shirt à manches longues et Jorn a fixé sur son casque une large visière en plastique. Son visage sera protégé. Pour s'en convaincre, elle enfile les lunettes de soleil que lui a confiées Laura, des lunettes que sa tante utilise à la montagne. C'est son premier voyage. Tout va bien se passer.

Rosalie pédale trois mètres derrière son cousin à travers la ville. La circulation des voitures l'inquiète. Elle se sent encore un peu fragile à vélo. Jorn et Laura lui ont appris voici encore moins d'un mois comment tenir sur une bicyclette. Elle remarque les conducteurs qui parlent tout seuls au volant de leur voiture. Elle sait qu'ils s'entretiennent avec un interlocuteur par le biais d'un téléphone portable branché au système audio du véhicule, nourrissant leur conversation dans un sentiment de maîtrise infaillible. Ce qui la préoccupe, c'est ce jugement faussé, ce regard dans l'habitacle qui hésite entre l'attention à porter sur l'environnement immédiat et la fuite vers l'univers affectif investi par la conversation. Rosalie se retient parfois de crier quand un véhicule la frôle en la dépassant. Jorn jette régulièrement un regard vers l'arrière pour vérifier qu'elle suit, alors elle suit. Elle se parle, aussi. Elle tente de se rassurer. Même si elle ne peut s'empêcher de penser que ce voyage est une erreur, une inconséquence, un écart prématuré. Elle puise du courage dans l'enthousiasme qui l'anime. Elle se dit que la probabilité de mourir écrasée par un chauffard est minime et qu'au pire, elle accueillera l'événement avec fatalisme, car liberté et sécurité sont inversement proportionnelles, Rosalie a lu cet adage sous plusieurs formes, dans différentes fictions. Elle en vérifie la réalité chaque jour depuis que la porte s'est ouverte. Elle lutte, elle se connaît, son expérience la pousserait facilement à se rouler en boule dans un coin jusqu'à la nuit mais elle n'y cédera pas. Plus rien n'est prématuré à trente-cinq ans quand on n'a pas vécu.

Les deux cyclistes longent un parc. Rosalie tente quelques regards en direction des arbres.

— Arrête-toi Jorn, il faut s'arrêter, je voudrais voir ce jardin, d'accord ?

Jorn freine. Si déjà on commence à s'arrêter, pense-t-il, on n'aura jamais le temps d'atteindre le viaduc de Millau, il faudra redescendre vers Albi, les billets retour ne sont pas échangeables. Jorn et Rosalie attachent leur vélo à une grille séparant le trottoir de la rue. Sac au dos, ils entrent dans le parc Rochegude et s'installent sur un banc à l'ombre d'un arbre.

— On ne reste pas longtemps, c'est promis. Je sais qu'il faut avancer. Mais c'est un peu difficile pour le moment. Je vais respirer ici quelques minutes, si tu veux bien.

— Pas de problème. Tu me dis.

Rosalie observe les enfants. Ils courent, sautent, crient et grimpent sur les aires de jeux qu'on leur a construites pour les encourager à se dépasser. Elle se nourrit de leur bravoure. Elle se lève après quelques minutes, rassérénée.

— Allez en route.

Jorn s'oriente à travers la ville grâce au téléphone portable fixé sur son guidon. La circulation est beaucoup moins dense qu'au départ, constate Rosalie, l'allure générale de ce quartier pavillonnaire se distingue du haut Montreuil, on est dans le Sud-Ouest de la France, le climat et l'histoire diffèrent. En toute logique, l'architecture aussi.

Jorn emprunte un énorme rond-point à la sortie d'Albi. Il n'y a pas de solution alternative, pas de trottoir pour les piétons. Les deux cyclistes s'apprêtent à traverser la zone commerciale entourant la ville avec ses hypermarchés. Rosalie visse son regard à la roue arrière de son cousin. Les voitures déboulent de tous côtés. Certaines klaxonnent. Elle perd tout sens de l'orientation, cesse de respirer, pousse sur les pédales. Jorn tourne à droite.

Sauvés jusqu'à nouvel ordre.

— Ça va monter un peu sur cent mètres.

Rosalie découvre à sa gauche l'immense parking du Géant Casino. Des centaines de voitures sont garées sous des ombrières. Elle a l'impression d'avoir basculé dans un roman de science-fiction, un paysage importé d'une autre planète. Toutes les perspectives s'emmêlent. Elle ne serait pas surprise de voir la route se fendre en deux, un gouffre béant s'ouvrir devant elle pour la digérer. Mais elle se raisonne. Tant que Jorn est là, tout va bien ; si Jorn passe, elle passera. Cependant se dessine en haut de la côte un nouveau rond-point, entouré cette fois-ci d'un passage pour les piétons. Rosalie saute de son vélo, se précipite sur le trottoir et s'accroupit.

— Si ça ne t'ennuie pas Jorn, on va s'arrêter un moment.

Jorn appuie les deux vélos contre un poteau, enlève son sac à dos et s'assied en tailleur à côté de Rosalie.

— Je suis désolé, la circulation va se calmer dès qu'on aura dépassé les centres commerciaux.

— Oui j'entends bien, mais je ne peux pas bouger pour l'instant.

— Pas de problème.

— Ne dis pas ça. Je suis roulée en boule par terre en pleine ville, c'est un problème.

— Écoute-moi, Rosalie. Nous avons de l'eau, nous avons à manger pour ce soir, s'il le faut nous camperons ici.

Jorn renonce à tenir le rythme qu'il a prévu pour atteindre l'objectif dans les temps. Tant pis s'ils ne rejoignent pas le viaduc. Il l'a déjà vu d'en haut et surtout, l'expérience de Rosalie l'emporte sur le reste. Ce périple à vélo marque sa première vraie sortie, une échappée fondatrice à l'extérieur du périmètre centré par la maison à Montreuil. Jorn s'approche au plus près de sa cousine. Elle s'est allongée sur le ventre. Elle chuchote pour elle-même. Il écoute mais ne comprend pas.

— Qu'est-ce que tu dis ?

— … "Les miracles de bravoure et de génie dont l'Italie fut témoin en quelques mois réveillèrent un peuple endormi", je récite le premier chapitre de *La Chartreuse de Parme.* Ça me détend "huit jours encore avant l'arrivée des Français, les Milanais ne voyaient en eux qu'un ramassis de brigands, habitués à fuir toujours devant les troupes de Sa Majesté Impériale et Royale"...

— Je t'enlève ton sac à dos ?

— Surtout pas. Recouvre-moi avec le tien. Au-dessus de la tête. Ça va aller, ne t'inquiète pas. Où j'en étais... "devant les troupes de Sa Majesté Impériale et Royale : c'était du moins ce que leur répétait trois fois la semaine un petit journal grand comme la main, imprimé sur du papier sale. Au Moyen Âge, les Lombards républicains"...

Jorn cale son sac au sol, au-dessus de la tête de Rosalie, puis s'étend près d'elle. Le sac assure une petite caverne à la récitante. Il écoute.

— ... "leur grande affaire était d'imprimer des sonnets sur de petits mouchoirs de taffetas rose quand arrivait le mariage d'une jeune fille appartenant à quelque famille noble ou riche"...

Jorn sera l'anti-Roland. Il consacrera chaque once de son énergie à soulager Rosalie, à lui faciliter la tâche, aussi longtemps qu'il le faudra, il le sait, il le veut. De sa vie, il n'a jamais fait l'expérience d'un rôle aussi important qu'accompagner Rosalie en lui donnant un sentiment de sécurité suffisant pour que sa curiosité se déploie. Il respire calmement, chasse l'anxiété qu'il ressent par empathie.

Une voiture de la police municipale s'arrête. Jorn se lève d'un bond, explique aux deux agents que c'est juste une petite crise d'angoisse. Un policier passe la tête par sa vitre.

— Ça va madame ?

— … “on renversa leurs statues, et tout à coup l’on se trouva inondé de lumière.” Oui ça va monsieur l’agent, vous pouvez circuler. “Depuis une cinquantaine d’années, et à mesure que l’Encyclopédie”…

Le véhicule repart. À nouveau, Jorn s’installe en tailleur près du tas de sacs dont émergent deux longues jambes, il lui semble que la position assise paraîtra moins suspecte. Rosalie se relève après quelques minutes.

— Voilà, je suis confuse, c’est un peu ridicule, je crois que je ne suis pas complètement préparée à tout ce qui se présente à moi. Les ronds-points, notamment, c’est au-dessus de mes forces. Je ne sais pas pourquoi. Toutes les directions potentielles, peut-être. Si tu veux bien, on va pousser un peu les vélos et ensuite on repartira.

Rosalie n’attend pas de réponse. Elle empoigne son guidon, dégage son vélo posé contre celui de Jorn. Ils marchent de front sur le trottoir et le soleil les brûle.

Lone se réveille dans le noir. Elle explore à tâtons. Elle est attachée en maillot de bain deux pièces, celui qu'elle portait à la plage. Le short et le t-shirt qu'elle avait enfilés avant de rentrer au camping ont disparu. Une chaîne enserre sa cheville gauche. Elle la relie à un barreau. Pour le reste, elle est libre de ses mouvements, l'inconnu a enlevé le scotch immobilisant ses bras et ses jambes dans le coffre de la voiture. Lone s'allonge sur le dos. Sa hanche et son épaule gauches sont douloureuses. La longueur de la chaîne lui permet de se retourner en tous sens, elle peut même tenir debout, au pied de la couche. Elle se rallonge. Elle ne voit rien, pas le moindre rai de lumière. L'obscurité, le manque d'air et la terreur enserrent ses côtes. Elle peine à respirer. Elle pense à ses parents. Ils doivent mourir d'inquiétude. Elle aimerait pouvoir leur signifier qu'elle est vivante, en bonne santé même, pour le moment.

Au bout d'une heure environ, une ampoule s'allume. Immédiatement, Lone regarde de tous côtés et tente d'emmagasiner le plus d'informations possible, de peur que la lumière ne vienne à s'éteindre. Elle constate qu'elle est enfermée dans une cage, probablement en sous-sol. Elle se dit que l'inconnu va venir, que l'ampoule s'est allumée parce que l'inconnu va venir. Elle s'assied, repère deux seaux, une bassine, un broc, une bouteille d'eau, une serviette éponge et un petit placard. En s'agenouillant au pied de la couche, elle peut accéder à tout. Elle boit au goulot, vide la moitié de la bouteille. Elle n'a rien ingéré depuis des heures. Elle fouille le placard, y découvre du papier hygiénique, un savon emballé, une boîte de tampons. Elle urine dans le seau qui contient vingt centimètres d'eau javellisée, humiliée de devoir faire ses besoins accroupie au-dessus d'un seau en plastique mais contente de pouvoir se soulager. Quelques minutes plus tard, l'homme descend l'escalier, derrière les barreaux de la cage, torse nu, en short de sport. Il ouvre et entre. Lone le reconnaît, même s'il a abandonné son sourire et son allure décontractée au profit d'un visage sérieux, intimidé presque. Une tension dans l'attitude dessine tous ses muscles. Il veut lui donner un paquet de biscuits. Tétanisée, elle ne songe pas à s'en saisir. Lone et l'inconnu se regardent. Elle s'adresse à lui en anglais. Elle ne parle pas encore français. Juste quelques mots. Bonjour, au revoir, s'il vous plaît, merci.

— *Please let me out. I don't know your name, I won't say anything.*

L'inconnu s'approche sans réagir à sa supplique. Il pose le paquet de biscuits sur le placard, se précipite sur Lone et la viole méthodiquement, silencieusement, en écrasant d'une main de fer les deux poignets de l'adolescente sur le matelas de mousse et sans se soucier de ses cris. Puis il se redresse, se lève, range son sexe dans le short qu'il n'a pas baissé, saisit le broc, verse de l'eau dans la bassine, déballe le savon, le pose sur la serviette et sort de la cage. Il ferme la grille, puis remonte l'escalier. Il n'a pas prononcé un seul mot.

Lone ne bouge pas, pendant longtemps, sidérée par ce nouveau choc. Elle reprend son souffle. Elle parvient tout de même à former une pensée. Tu dois renoncer à ta jeunesse et te consacrer à ta survie. Elle est surprise d'entendre cette phrase sourdre dans sa tête. Elle pleure tout en se lavant, nettoie le sang sur sa vulve et ses cuisses. Elle s'allonge. Elle aimerait pouvoir se couvrir, se réfugier sous une épaisse couette, mais elle ne dispose pas du moindre drap. Elle tend l'oreille, essaie d'entendre quelque chose, un grincement, une porte qui se ferme, un déplacement au-dessus de sa tête. Il faut identifier une faille dans le modèle pensé par l'inconnu, découvrir au plus vite le fil sur lequel tirer pour construire l'espoir de sortir vivante de ce trou à rats. Mais rien. Aucun bruit ne lui parvient en dehors du cliquetis de la chaîne au bout de sa jambe gauche. Elle essaie de réfléchir. L'inconnu lui a fait horriblement mal, mais il ne l'a pas tuée. Il ne t'a pas tuée, se dit-elle, tu es en vie, il t'a aussi apporté des biscuits, il veut que tu te nourrisses, il ne souhaite pas ta mort. Pas pour l'instant, en tout cas. Elle finit par s'endormir. Elle se réveille dans le noir. La phrase s'est transformée. Tu survivras, puis tu vivras. Elle doit reprendre des forces. Dès le départ, elle ne peut vivre avec l'idée d'un renoncement.

L'inconnu viole Lone à chaque visite. Il apparaît quelques minutes après l'allumage de la lampe. Il lui apporte une bouteille d'eau, un sandwich, parfois un paquet de biscuits ou un fruit, et il la viole.

Il enfile toujours un préservatif, Lone le remarque la troisième fois, terrorisée par ce qui l'attend, mais bien plus lucide que la veille, apprenant déjà à tout mesurer, tout évaluer, dans le but d'améliorer sa condition et qui sait, d'élaborer un plan. Peut-être se décidera-t-il un jour prochain à détacher la chaîne. Il faudra alors avoir préparé une stratégie d'attaque précise pour déjouer l'organisation mise en place. Après avoir grogné comme un ours, l'inconnu repart avec le seau dans lequel Lone a fait ses besoins.

Elle tente de compter les jours, puisque l'inconnu apparaît à chaque fois que la lumière s'allume, probablement chaque matin. Elle n'y parvient pas. Les chiffres se brouillent dans sa tête. Elle ne parvient pas non plus à évaluer combien dure la phase éclairée. Elle ne dispose d'aucun repère. La perception du temps est troublée quand on est privé de tout contact avec le soleil et la lune, pense-t-elle. L'inconnu allume-t-il la lumière le matin et l'éteint-il le soir ? La journée est-elle rythmée par un système automatique ? La réponse s'impose la première fois où l'inconnu disparaît pendant plus de vingt-quatre heures – il l'a prévenue dans un anglais rudimentaire. En son absence, la lumière s'allume le matin, elle s'éteint le soir. Il a donc installé un système automatique avant de partir à la recherche de la fille qui devait vivre enfermée dans cette cave, se dit Lone, aucune impulsivité dans mon enlèvement, tout a été calculé, calibré. Au moment où elle le comprend, elle hurle. De peur, bien sûr, elle vit chaque seconde dans la peur, mais aussi pour tenter d'être entendue. Elle hurle de toutes ses forces aussi longtemps qu'elle tient. Mais personne ne vient. Très vite, Lone s'en veut d'avoir dépensé son énergie inutilement. Car l'évidence lui apparaît comme une sentence. L'inconnu a construit une cage dans sa cave, il a forcément pris la peine d'isoler le sous-sol. On ne peut pas l'entendre crier.

Un matin, Lone mord jusqu'au sang le bras de son ravisseur pendant qu'il la viole. Elle endure depuis le départ, mais ce jour-là, elle vient de prendre conscience de cet état de fait contre lequel elle ne peut rien : il la viole avec la régularité d'un métronome. Il la violera chaque jour aussi longtemps qu'elle sera là, à disposition dans cette cage, une routine s'est déjà créée dans la tête de l'inconnu, descendre chaque matin violer la fille avant d'aller travailler, voilà la nouvelle normalité. Lone mord la chair qui se présente à sa bouche. Elle serre de toutes ses forces. Il hurle, se dégage et la frappe violemment au visage. Plusieurs fois. Elle s'évanouit, se réveille dans le noir. Une terrible migraine enserre son crâne. Sa joue gauche a enflé. Elle s'efforce de ne pas bouger. Bien plus tard, la lumière s'allume. L'inconnu ne tarde pas à apparaître dans l'escalier, torse nu dans son short, comme à son habitude. Un bandage protège le biceps mordu. Il tend à Lone une bouteille d'eau pleine. Il n'a rien apporté à manger. Lone pose la bouteille sur le meuble et s'assied sur la couche. Comme l'inconnu déroule une bande de scotch d'un large rouleau gris, elle s'allonge. Elle veut lui signifier qu'elle n'opposera aucune résistance. Elle a décidé qu'il fallait s'habituer à cette barre de fer qui perce son sexe quotidiennement et ne rien tenter pour se défendre, car se défendre, c'est se mettre en danger, l'inconnu peut la tuer s'il le désire. La migraine menace sa tête d'exploser, elle se concentre sur sa propre respiration le temps que dure le va-et-vient frénétique à l'intérieur de son vagin. Tu survivras, puis tu vivras. Il a reposé le rouleau de scotch sans s'en servir. La communication progresse.

Les jours suivants, il change son seau et lui laisse une bouteille d'eau. Rien d'autre. Elle ne mange pas. Elle ne mange rien pendant une semaine. Elle perd ses forces, seule dans le noir. Elle croit la fin venue, tremble de froid, tremble de peur, de désespoir. Il va la laisser mourir de faim. Il apporte de l'eau car il souhaite qu'elle agonise longtemps, voilà tout.

La lumière s'allume. L'inconnu ouvre la grille. Sur un plateau, Lone devine une assiette fumante de soupe. L'inconnu la nourrit à la cuiller, elle n'aurait pas la capacité de le faire elle-même sans trembler exagérément. C'est un bouillon de légumes. Délicieux. Il revient le soir avec une assiette identique. Le lendemain matin, le bouillon est accompagné d'une petite omelette au fromage. Elle reprend des forces. Elle comprend qu'elle ne va pas mourir. Un matin, elle se nourrit elle-même. Dès qu'elle a avalé la dernière cuiller et posé l'assiette, il la viole.

Rosalie et Jorn explorent le village d'Ambialet, un site unique a prévenu Jorn, une étonnante boucle du Tarn, pittoresque curiosité géologique mise à profit par l'Électricité de France là où la boucle se resserre. La centrale hydroélectrique, déguisée en château-meringue rose et blanc, n'aurait pas déparé dans un paysage bavarois du XIXe siècle, pense Rosalie en posant son vélo. Elle s'approche de la chute d'eau. Le débit se précipite dans les turbines, la puissance du courant l'envoûte. Elle n'a encore jamais mesuré une telle force. Les éléments lui procurent de grandes joies et de profondes angoisses. Rosalie pressent à quel point elle n'est toujours pas connectée au vivant dans sa globalité. Elle se sent presque rejetée. Les rivières et les forêts recèlent un épais mystère qu'il faudra observer pendant plusieurs années avant d'emmagasiner suffisamment d'impressions et de s'approcher d'une perception certaine de sa propre place.

— Ça monte, Rosalie, ça va brûler…

— Pas de problème, j'aime quand ça brûle.

Devant Rosalie, Jorn se lance dans la côte menant au sommet de la presqu'île. Il appuie sur les pédales de son vélo avec, se dit-elle, l'aisance de Lone coupant une tomate en rondelles. Ses jambes à elle brillent par leur faiblesse, elle manque encore de tonus musculaire. Elle sait qu'à tout moment, elle peut s'interrompre et finir de grimper la côte à pied, mais elle veut tenir. La mise en garde de Jorn l'a motivée. Peiner sur une bicyclette dans la vallée du Tarn, quoi de plus exotique pour une femme qui est restée enfermée jusqu'à trente-cinq ans ? En chevalier preux mais humble, Jorn s'interdit une ascension au rythme que lui autoriseraient ses cuisses d'athlète. Merci camarade, pense Rosalie, tu préserves mon ego d'un effondrement susceptible de me jeter sur la chaussée où j'écorcherais mes genoux d'apprentie randonneuse et ma fierté en rodage. Parvenue en haut de la côte, elle reprend son souffle avec ce goût de sang dans la bouche qu'elle reconnaît toujours, après un effort violent. De la terrasse d'accès à l'église, on domine le village. Le rapprochement des deux côtés de la boucle du Tarn apparaît dans toute sa singularité au niveau de l'usine électrique. Le point de vue lui coupe le souffle.

— Tu sais Jorn, tu n'es pas en train de convoyer une bombe instable.

— Pardon ?

— Je te dis que je ne risque pas d'exploser comme une bombe à la nitroglycérine.

— Pourquoi tu dis ça ?

Rosalie vient de blesser son cousin. Elle cherche depuis le départ de Montreuil comment lui expliquer qu'il n'est pas nécessaire de vérifier à chaque seconde que tout va bien, comme sur cette terrasse où Jorn semble tellement soucieux de ce qu'elle va penser du paysage sublime qu'il en oublie de l'apprécier.

— Je suis brutale. Pardon.

— Je ne sais pas ce qui te fait du bien, je ne sais pas non plus ce qui te fait du mal, ce qui est simple ou compliqué. Je tâtonne. Mais tu as raison, il faut que je te foute la paix.

— Écoute, je ne sais jamais a priori ce qui me fait du bien, moi non plus. La meilleure solution c'est peut-être que tu oublies la séquestrée de Montreuil. Quand tout est simple, tout est simple, inutile d'en parler. Quand ça se compliquera, je te le dirai. J'essaierai en tout cas. C'est ce que je viens de faire en quelque sorte. J'espère améliorer la forme avec le temps. J'apprends.

Rosalie a longtemps considéré que la ligne blanche tracée le long des murs de la maison, cette odieuse limite conçue par l'esprit malade de Roland, avait cessé de l'aliéner à partir du moment où elle avait plongé dans la lecture. Elle a vécu sa jeunesse accompagnée par cette idée, la littérature élargissait son univers bien au-delà de l'espace imparti, elle est sortie du 28 rue de la Mare-à-l'Âne portée par cette vague qui l'autorisait à envisager la suite en conquérante, elle partait à l'assaut d'un monde qui ne lui était pas étranger, pensait-elle ; il ne la déroutait, somme toute, pas plus qu'il ne déroutait ses congénères car elle aussi, à sa façon, le connaissait pour l'avoir exploré maintes fois dans les livres. Mais l'expérience de ces dernières semaines la contraint à mesurer ses difficultés avec modestie.

Même si l'accumulation d'impressions nouvelles la conduit parfois jusqu'au bord de la nausée, tout l'intéresse et tout est susceptible de l'ébranler, chaque bruit inconnu ou excessif, chaque émotion.

Cependant, ce qu'elle rencontre, sous quelque forme que ce soit, peine à s'incarner. Sauf en de rares exceptions, les individus qu'elle croise ne sont pas plus réels qu'Emma Bovary, Anna Karénine, Mme Rosa et Grégoire Samsa. Voilà ce qui interroge Rosalie. Elle doit fournir un colossal effort de concentration pour considérer les gens en tant qu'êtres de chair et de sang, comprendre qu'ils la perçoivent et sont susceptibles de l'observer autant qu'elle les observe, de réagir à sa présence, de l'apprécier comme de la juger inopportune. Rosalie se promène dans le monde comme dans un roman. Elle se douche au camping et ce sont les cris des autres femmes qui lui apprennent que l'eau est froide, qu'elle devrait éprouver quelque gêne à la laisser couler sur son corps. Elle ne sent rien. Elle n'est pas en mesure de penser le contact de l'eau sur sa peau. Elle doit dans un premier temps comprendre que l'eau est froide pour ensuite se concentrer sur ce que sa peau perçoit et associer aux sensations l'information qui lui vient des autres. À la maison, sa peau réagit normalement. Tout fonctionne dans le refuge de l'habitude. Elle plonge un pied dans la baignoire et elle sait en un éclair si l'eau est trop chaude ou trop froide. Pas au camping d'Ambialet. Rosalie mesure l'ampleur de son angoisse. Celle-ci annihile toute réalité.

La maison reste sa réalité, le Tarn une fiction.

Comme Lone, même si c'est d'une façon bien différente, Rosalie reste coincée dans l'univers étriqué fabriqué par Roland. Comme Lone, il lui appartient, songe-t-elle, d'agir résolument dans le sens de sa libération, d'œuvrer à rendre le réel sensible. Dans cette perspective, l'escapade à vélo lui offre une clef pour s'approcher du monde. Elle n'a besoin d'aucune concentration particulière pour ressentir l'effort car dans le réel, la limite de ses forces finit toujours par se signaler. Sans cette morsure, le Tarn s'écoule près de la route comme le Mississippi dans *Les Aventures de Huckleberry Finn*. Rosalie espère néanmoins identifier une stratégie plus astucieuse, car elle ne souhaite pas prendre l'habitude de souffrir pour réaliser qu'elle existe.

Allongée sur le dos dans son sac de couchage, Rosalie observe le déplacement de l'ombre des branches sur la toile de tente. Il se passe beaucoup trop d'événements alentour pour qu'elle puisse s'abandonner au sommeil. Les bruits de la nuit la percutent. Ils la bouleversent, tant elle s'avère incapable de les déchiffrer. Ils stimulent son imagination. Dans la grande maison, la nuit a toujours été opaque et silencieuse. Il fallait se méfier du bruit, toute perturbation du silence pouvait annoncer un danger potentiel émanant de la cervelle de Roland. Elle aurait dû s'entraîner à dormir dans le jardin de Montreuil, elle aurait certainement appris à maîtriser ses perceptions en passant la nuit dehors, exposée à tout. Jorn s'est endormi très vite, face à elle, les deux poings rassemblés sous le menton. Ce garçon est une véritable bénédiction. Elle n'aurait pas pu rêver meilleur ambassadeur pour lui présenter le monde, même si ses attentions deviennent pesantes.

Rosalie tente de s'extraire du concert environnant. Elle revisite sa journée. La ville d'Albi l'a impressionnée avec ses ruelles paisibles écrasées de chaleur, ses commerçants qui résistent tant bien que mal à l'aspirateur à clientèle de l'interminable zone commerciale périphérique traversée avec peine, effrayant décor. Aucun des écrivains dont l'œuvre s'est frayé un chemin jusqu'à sa chambre n'a décrit ce phénomène au développement récent qui la choque. Pour quelle raison saugrenue, si ce n'est une cupidité congénitale, les maires autorisent-ils la suffocation progressive de la cité qu'ils sont censés administrer pour le bien de tous ? D'après Jorn, ce type de paysage enserre l'ensemble des villes moyennes du pays. Certains édiles tenteraient de faire marche arrière, mais un peu tard, lui a-t-il expliqué sur un pont reliant les villes de Saint-Juéry et Arthès, face au Saut du Tarn, une spectaculaire chute d'eau.

Rosalie se retourne dans son sac de couchage. L'inquiétude a fini par la rattraper. Elle s'est retenue toute la journée de demander à son cousin de lui prêter son téléphone portable pour appeler Lone qui affronte aussi la solitude dans la maison. Rosalie se demande si l'angoisse dévore sa mère. Peut-être aurait-on dû chercher des chambres d'hôtel abordables, imaginer Rosalie dormant dans un camping doit constituer une épreuve, une préoccupation susceptible de raviver d'anciennes douleurs. Mais les deux femmes sont convenues de cesser tout contact le temps que dureraient les vacances. Lone a déclaré devoir apprendre à gérer sa peur et laisser Rosalie conquérir son autonomie. Cependant, la stratégie du silence total apparaît maintenant comme extravagante. Je suis complètement folle, pense-t-elle, on ne peut pas s'adapter si vite à l'absence, après une cohabitation de chaque seconde pendant trente-cinq ans. Elle l'appellera le lendemain.

Rosalie allume sa lampe de poche et attrape le roman qu'elle a posé près de la polaire roulée en oreiller. Elle commence enfin *Frankenstein.* Elle quitte le Tarn pour les étendues blanches et gelées du Grand Nord et soudain, la voilà en Suisse avec Victor Frankenstein, plus tard en Allemagne, à l'université, où Victor étudie les sciences et dessine ce qu'il considère lui-même comme sa perte en donnant vie à la créature. Voilà un bien mauvais père, pense-t-elle. À peine rencontre-t-il l'être qu'il a en secret composé de toutes pièces qu'il s'enfuit, terrifié par sa laideur, l'abandonnant seul dans la chambre où il s'éveille au monde. Voilà un homme que le sens des responsabilités n'étouffe pas. Au moins Roland a-t-il produit quelque effort pour lui rendre agréable l'enfer dans lequel il a décidé de la voir naître et grandir.

Jorn ouvre un œil.

— Tu ne dors pas ?

— Non mais je vais éteindre, je finis ma page. Rendors-toi.

Plongée dans le noir, Rosalie se demande tout à coup à quoi bon se lancer à corps perdu dans l'exploration du monde puisque la beauté et la bonté ne détruisent pas le mal, ni même ne le compensent. Elle apprécie néanmoins sa chance. Les femmes sont enfermées depuis des siècles, sommées de s'épanouir en intérieur et de se réaliser à travers les succès de leur époux, de leurs fils à leur suite alors qu'elle, Rosalie Hansen, bénéficie de cette singulière opportunité, faire l'expérience du XXIe siècle après avoir traversé le Moyen Âge.

Le matin même, alors qu'elle reprenait son souffle sur le trottoir du rond-point, Rosalie a observé une petite fille debout face à la devanture d'une agence immobilière. Huit ou neuf ans, guère plus, si mince dans sa robe d'été et ses ballerines roses cirées, le regard éteint, la posture fière et courageuse d'un petit rat de l'Opéra, pourtant. Père et mère l'appelaient, quelques mètres plus loin. Ils voulaient avancer, mais la petite Apolline restait sourde à leurs appels impatients, figée face aux photos de maisons et façades d'immeubles. Rosalie s'est demandé pourquoi une enfant de huit ou neuf ans pouvait s'intéresser aux annonces immobilières exposées dans une vitrine. Elle s'est approchée, vélo en main. Elle a alors deviné sur les photos l'intimité étrangère, le bonheur potentiel mis en valeur par les talents commerciaux des employés, le salon parqueté d'un quatre-pièces donnant sur un beau jardin arboré, produit rare à visiter d'urgence, un studio avec terrasse soigné comme une bonbonnière, à saisir. Elle a tendu son vélo à Jorn, s'est approchée de l'enfant et sans la regarder, assez bas pour s'assurer que ses parents n'entendraient pas, lui a soufflé quelques mots.

— Bon courage, sois patiente, on grandit et on s'en sort.

Lone tombe enceinte en moins de trois mois, malgré les préservatifs. Comme l'inconnu a manifestement souhaité éviter une grossesse, elle craint qu'il la tue le jour où il verra son corps se modifier. Mais le temps passe et il ne montre rien. Il ne désigne jamais son ventre pour lui signifier qu'il a remarqué. Cependant, il prend plus de précautions. Il cesse de s'allonger sur elle, de l'écraser de tout son poids quand il la viole. Le bébé a une chance de s'en sortir, elle aussi a une chance de s'en sortir.

Lone s'arrache peu à peu au désespoir des premières semaines. Non pas parce qu'elle se réjouit d'attendre un enfant, mais parce que sa grossesse l'inscrit à nouveau dans le temps. Elle fait jour après jour l'expérience d'un processus évolutif. Elle a un objectif. Accoucher d'un bébé en bonne santé. Elle réclame plus de nourriture dans le langage des signes qui se développe peu à peu. Et l'inconnu obtempère. Il augmente sensiblement les quantités, mais surtout varie les menus. Elle n'ose pas en déduire pour autant qu'il se réjouit de sa grossesse. Elle préfère garder la tête froide, se préparer à toute éventualité, à savoir, au pire.

Un matin, elle se prend à espérer un changement radical dans son quotidien quand l'inconnu apparaît en pantalon, chemise blanche et cravate. Elle voit juste. Il lui apporte son petit-déjeuner et ne la viole pas. Ce qu'elle imagine se confirme le lendemain. Habillé pour partir au travail, il lui apporte son petit-déjeuner et ne la viole plus. Elle l'observe pendant qu'il remonte vers le rez-de-chaussée, en présumant qu'il lui accorde une sorte de congé maternité. Cette soudaine ironie lui fait du bien. Elle se sent forte. Le répit qui se dessine se teinte malgré tout d'une angoisse. Peut-être l'inconnu va-t-il bientôt considérer que la prisonnière ne lui est plus d'aucune utilité s'il ne peut plus s'autoriser son quart d'heure matinal. Elle parvient cependant à se raisonner. L'intérêt de cet homme pour sa personne se nourrit, certes, de son plaisir sexuel, mais aussi, indéniablement, de la profonde satisfaction qu'il tire de sa position dominante. Il tient Lone sous sa coupe, elle se soucie de prévenir ses désirs en toute circonstance, il en rayonne de contentement. En outre, la capturer a exigé beaucoup de travail préparatoire et l'événement a occasionné une grosse prise de risques, on a pu voir l'adolescente scandinave monter dans sa voiture, qui sait. Enfin, la plier à son désir a nécessité plusieurs semaines d'efforts. Il souhaite probablement s'épargner de renouveler l'expérience dans un avenir proche.

Lone accouche en été. Seule dans la cage. Elle accouche en pleine journée, par chance, l'ampoule est allumée. Par chance ou parce que son corps s'est calé sur le rythme des heures éclairées pour lui épargner l'angoisse d'accoucher dans le noir. Elle est terrifiée d'accoucher sans aide, mais elle préfère se passer d'une présence hostile. Et le travail ne dure pas trop longtemps. Quelques heures. Elle perd les eaux le matin, juste après le départ de l'inconnu. Elle accouche avant son retour. L'inconnu a détaché la cheville de Lone quatre jours avant l'accouchement. Il a souhaité qu'elle soit plus libre de ses mouvements, imagine-t-elle. Elle pourra mettre son bébé au monde sans la chaîne. Il la changeait de cheville de temps en temps. L'alternance la soulageait, car la chaîne creusait une blessure dans sa chair. Elle préférait être retenue par la cheville gauche. Quand l'anneau de fer enserrait la droite, Lone était limitée dans ses mouvements. Alors elle déplaçait le meuble et les seaux dans la cage. L'inconnu n'y trouvait rien à redire. Lone pouvait bien s'organiser comme elle le souhaitait.

Après avoir perdu les eaux, Lone étale sur la couche plusieurs serviettes qu'elle prend dans la pile que l'inconnu a apportée, probablement en prévision de l'accouchement. Puis elle attend. Elle s'inspire de ce qu'elle a pu voir dans les films, les femmes qui alternent entre la poussée et la respiration. Elle mesure avec ses doigts la progression de l'ouverture. Elle n'a pas la moindre idée du temps que peut durer un accouchement. Elle ignore si tout se passe normalement ou si elle fait face à un problème, si le bébé n'est pas coincé, n'est pas en train de s'asphyxier. Elle ne tient pas en place. Vaut-il mieux rester allongée ou s'accroupir ? Il lui semble que l'enfant descendra plus vite à la verticale, entraîné par son propre poids.

L'intense douleur oblige Lone à passer d'une position à l'autre. Elle traverse des périodes effrayantes où elle imagine que son corps va exploser, ses chairs se disséminer entre les barreaux de la cage. Elle finit par deviner le sommet de la tête qui pointe.

Après un effort qui lui semble démesuré, le bébé sort. Elle accouche accroupie, le dos calé contre le mur. Le cri de l'enfant remplit l'espace confiné de la cave. Lone crie avec lui en dépensant ce qui lui reste d'énergie. Puis elle s'allonge et pose le nouveau-né sur son ventre. C'est un garçon. Personne n'est là pour l'annoncer, alors Lone approche sa bouche de la toute petite oreille. Bienvenue, petit garçon, chuchote-t-elle en danois. Sans tarder, elle coupe le cordon avec ses dents. Elle a peur de s'évanouir en laissant l'enfant relié au placenta, elle ignore si cela peut déclencher une infection. Lone doit se fier à son intuition. Elle lave l'enfant et l'enveloppe dans une serviette propre. Elle se lave, aussi, l'inconnu peut apparaître à n'importe quel moment.

Moins d'une heure plus tard, il descend l'escalier de la cave. Depuis que Lone approche du terme, il passe toujours la voir avant que l'ampoule s'éteigne. Ce soir-là il la trouve avec le bébé endormi sur son torse. Il le prend dans ses bras, lui caresse la joue et l'emmène avec le seau dans lequel Lone a déposé le placenta. Elle ne reverra jamais son fils.

Pendant les quelques moments partagés, Lone a nommé le bébé Tobias. Elle le lui a dit. *Dit navn er Tobias.* Tu t'appelles Tobias. Pour un garçon, elle avait cherché un prénom qui ne risquait pas de ressembler à celui de son agresseur, qu'elle ignore encore. Tobias, ça ne sonnait pas français aux oreilles de Lone. Le prénom de l'inconnu, elle le découvrira plus tard. Il le lui révélera quand ils auront commencé à communiquer en français.

— Je m'appelle Roland et toi ?
— Lone.
— Fais une phrase.
— Je m'appelle Lone.
Lone se dit que l'inconnu lui a enlevé Tobias car aucun autre mâle n'est toléré dans cette maison. Il l'a tué, à n'en pas douter. Elle ne voit pas d'autre issue. L'abandonner devant une caserne de pompiers ou sur le parvis d'une église semble bien trop risqué. On pourrait le voir. On pourrait l'identifier. On pourrait remonter jusqu'à lui. Cette certitude se confirmera avec le temps. Après avoir suffisamment côtoyé Roland pour en cerner la personnalité, elle saura qu'abandonner l'enfant ne peut lui avoir traversé l'esprit. Autoriser un être vivant à sortir de la maison, grandir ailleurs élevé par d'autres, échapper à son influence et s'épanouir sans lui… Inconcevable. Cependant, Lone ne lui demandera jamais quel sort il a réservé à Tobias. Elle serrera les dents quand la question montera jusqu'à ses lèvres. Elle aura appris à dépenser son énergie là où elle considère avoir une chance d'influer sur le cours des choses.

La lumière ne s'éteint pas de la nuit, après la disparition de Tobias. L'inconnu a probablement jugé que l'obscurité risquait d'anéantir la santé mentale de la captive. Lone ferme les yeux. Dans un grand effort de concentration, elle s'imagine allongée sur une plage qu'elle ne connaît pas, seule, un matin d'automne. Elle aimerait composer un décor agréable pour se réconforter, mais une étendue de sable humide et glacial s'impose à elle. Elle veut se lever mais son corps le lui refuse. Elle s'appuie néanmoins sur un coude, se hisse et se lance. Elle s'éloigne du va-et-vient des vagues en claudiquant comme une vieille femme percluse de rhumatismes. Elle ne peut pas rester immobile. Elle tremble de froid. Elle s'éloigne de cette plage où elle vient de reprendre conscience, de renaître presque, de revenir à la vie. Le passé n'existe plus.

Rosalie découvre les courbatures et les crampes. Elle se muscle. Sa journée se peuple de sensations inconnues et parfois douloureuses. Quand elle n'en peut vraiment plus, elle lève la main et crie "Pouce !", signifiant l'heure venue de la pause baignade. Les deux cyclistes cherchent alors un accès à la rivière, descendent de leur vélo, se débarrassent des quelques habits qui les protègent du soleil, et courent vers l'eau. Ils se prélassent dans les remous d'une petite chute. Rosalie se découvre impudique, elle qui n'a jamais senti le regard de quiconque sur son corps dévêtu en dehors de celui, familier et bienveillant, de sa mère. Elle ne peut se résoudre à garder le moindre centimètre carré de tissu qui troublerait la délicieuse sensation s'écoulant sur sa chair. Rosalie ne produit aucun effort pour percevoir la réalité du courant qui la rafraîchit. Elle sent la pression sur son cou et les ondoiements sur son ventre, ses cuisses.

Voyant Rosalie se précipiter nue vers le lit de la rivière, Jorn a lui aussi abandonné le maillot qu'il venait d'enfiler, le dos tourné. Car il n'est pas plus pudique que sa cousine, habitué par sa mère depuis l'enfance à la nudité naturelle. Rosalie admire le corps musclé de son cousin, dessiné par la pratique de la lutte, un sport très physique, lui a-t-il expliqué la nuit précédente alors qu'elle ne dormait toujours pas, un combat opposant deux adversaires qui s'évertuent à jeter l'autre au sol, les épaules collées au tapis, une pratique dont la vanité apparente dissimule un entraînement de tous les instants à garder les pieds sur terre, a-t-elle pensé. Rosalie constate que la peau de Jorn est presque aussi blanche que la sienne. Elle aime voir l'eau souligner les lignes gracieuses de ses membres. Elle découvre le sexe masculin et sa forme molle qui pend sur le pubis. Jorn est le premier homme nu s'offrant à sa vue. Elle se demande comment le petit ensemble que complète le sac des testicules ne vient pas le gêner dans ses mouvements, se coincer entre la selle de vélo et ses cuisses quand il pédale. C'est probablement l'habitude qui prémunit, décide-t-elle. Après tout, les hommes vivent affublés de ces excroissances depuis la naissance. Ils ont tout le loisir d'apprendre à les protéger. Malgré ses tentatives les plus calculées, Rosalie n'est jamais parvenue à déjouer la pudeur de Roland qui s'enfermait dans la salle de bains et conservait au moins son caleçon quand il se promenait dans la maison par grande chaleur. Ses regards appuyés semblent gêner Jorn, même s'il ne dit rien. Le pauvre doit se demander si je ne vais pas finir par lui sauter dessus, imagine-t-elle. Mais Rosalie retient ses questions et ses mains. Bas les pattes Rosalie, se répète-t-elle, ce garçon ne sera pas l'homme avec lequel tu découvriras l'acte sexuel, il ne t'adresse aucune invite, il est ton cousin et de surcroît pourrait être ton fils si tu l'avais mis au monde à l'âge où Lone a accouché seule dans une cave humide de son premier enfant, ton frère absent. Rosalie plonge la tête sous l'eau car ce n'est pas le moment d'évoquer Tobias.

— Excuse-moi Jorn. Tu es le premier homme nu que je vois alors je regarde. Je ne peux pas m'en empêcher. Je comprends que ça puisse être gênant.

Chacun d'entre eux a calé ses pieds sur une grosse pierre. L'eau glisse sur leurs épaules et leur torse. Jorn sourit et d'un mouvement de bassin, fait émerger son sexe. Rosalie pousse un cri tout en éclatant de rire. Elle plie les genoux et s'assied sur le lit de la rivière, observant de plus près les testicules et le pénis que le courant agite. Elle aimerait toucher, mesurer l'élasticité de l'ensemble, mais se retient. Elle reprend sa position allongée, les pieds calés sur la pierre.

— Je connais bien le fonctionnement des hommes, grâce à la littérature, mais je connais peu celui de leur corps, pour ce qui diffère du mien.

— Pose-moi des questions, je te répondrai si je peux.

— J'aimerais que tu m'expliques ce qui se manifeste à l'intérieur de toi quand tu désires quelqu'un et aussi quand une érection se déclenche…

Rosalie et Jorn se décrivent mutuellement leurs sensations et leur rapport au plaisir pendant plus d'une heure, immergés dans une portion peu profonde du Tarn, allongés sur le ventre ou sur le dos, parfois assis, un instant debout, pour se dorer au soleil avant qu'il disparaisse derrière la cime des arbres. Jorn est tout aussi intéressé par ce que Rosalie formule de ses propres sensations physiques quand elle se masturbe. Il n'en a encore jamais parlé avec une femme. Pendant qu'ils se sèchent – il faut reprendre la route – Rosalie explique à son cousin qu'elle a patienté plus que de raison, recluse dans sa chambre comme la Vierge dans une tour rêvant qu'un prince la libère. Cette comédie a assez duré.

— Il est temps de passer à l'action, pourtant je ne vois pas comment. Je ne sais pas rencontrer un homme. Tu crois que tu pourrais m'aider ?

— Tu veux dire en faisant l'amour avec toi ?

— Oh là là non, je ne souhaite pas contrevenir au tabou ancestral de l'inceste familial, même si l'histoire des relations humaines et la littérature mondiale sont grêlées d'aventures sexuelles entre cousins.

— Comment alors ?

— Ce que j'aimerais que tu envisages, c'est de proposer à une de tes connaissances masculines de se porter volontaire… Ça te paraît envisageable ?

— Bien sûr, je vais réfléchir.

Jorn sourit en rangeant sa serviette.

— Allô.

— Bonjour, c'est Rosalie…

— Tu as un problème, ma chérie ?

— Non non, j'appelais pour savoir comment tu vas…

— Tout va bien, ne te fais pas de souci. Je range, je fais du vide, je me promène, je lis…

— Tu lis quoi ?

— *Portnoy et son complexe.*

— Ça te plaît ?

— C'est très cru, mais je ris beaucoup.

— Oui, c'est hilarant… et sinon ?

— Sinon, j'ai pris le thé chez Béatrice.

— Béatrice ?

— La femme que nous avons rencontrée le premier jour. La voisine qui habite au 20. Je suis tombée sur elle au supermarché ce matin. Et juste avant d'aller faire les courses, j'ai reçu la visite de Gilles.

— Tu lui as parlé ?

— Bien sûr. Nous avons bu le café ensemble. Il avait besoin que je le pardonne de n'avoir rien vu.

— Il est gonflé…

— Il m'a invitée à dîner.

— Tu as accepté ?

— Pas encore… Il m'a laissé son numéro.

— Quel hurluberlu celui-là quand même. Réfléchis bien avant d'y aller.

— Tu pourrais m'accompagner, non ?

— Si tu me le permets, Lone, je vais décliner cette invitation. Gilles m'a coûté tant de soirées dans la petite maison, je ne souhaite pas faire sa connaissance pour l'instant. On verra plus tard, si la nécessité se fait jour.

— Comme tu voudras… Mais ne consommons pas le forfait de ton cousin, Rosalie. Tout va bien de votre côté ?

— Oui oui tout va bien.

— Bon, alors c'est parfait. Je t'embrasse. Salue Jorn.

— Ce sera fait. Je t'embrasse aussi. Je reviens bientôt.

— Ne t'inquiète pas pour moi ma chérie, profite pleinement de ton voyage.

Rosalie appelle sa mère Lone, désormais. Elle a renoncé à *maman* quand s'est refermée la trappe du passé. *Maman* désignait Ingrid et Ingrid a rendu son tablier.

Jorn apprend à détecter les soudaines plongées de Rosalie dans l'angoisse et le désespoir. Elle tente de les dissimuler mais, dit-il, son visage pâlit pendant que son regard s'éteint. Il prend sa main. Elle s'y accroche. L'effort la mobilise tout entière pendant quelques minutes. Elle se focalise sur la main de son ami, sa présence vibrante dans la sienne, elle se contraint à percevoir les variations dans la pression qu'elle exerce sur ses doigts morts. Alors elle escalade la paroi abrupte de sa petite maison intérieure et se hisse jusqu'à la lumière du jour.

La petite maison. Contrairement à Lone, Rosalie se refuse à la supprimer de son vocabulaire. Car toute la perversité de son concepteur s'y concentre. Elle la connaît, cette perversité, elle la reconnaît en elle, elle a été nourrie de ses sucs, s'y est accoutumée jusque dans l'obscurité la plus opaque. Aussi longtemps que la petite maison l'emprisonnera, Rosalie continuera à employer l'expression.

Ce sont là les moments où Roland la rattrape. Du fond de sa cellule, il vient la chercher et lui enjoint de descendre, comme il venait la chercher dans sa chambre pour la punir ou faire pression sur sa mère. De sa voix puissante à laquelle il conférait un ton doucereux dont il aimait à penser qu'il renforçait son autorité, il lui ordonnait de poser son livre sur le lit et de le suivre. Puis, devant la porte de l'escalier, il tendait le doigt en direction de l'obscurité, sans prononcer le moindre mot. Dans le monde selon Roland, la proximité de la petite maison invitait au silence, une sorte de gravité appelait le recueillement. Tout un cérémonial. Longtemps, Rosalie l'a supplié pendant les quelques mètres séparant sa chambre de l'escalier. Jusqu'au jour où elle a compris que ses cris complétaient la mise en scène et nourrissaient le plaisir de son tortionnaire. Elle a alors cessé toute résistance, allant jusqu'à s'appuyer sur l'épaule de Roland pour se précipiter dans le noir.

La chaîne reste tassée au sol comme une menace. Chaque matin, Lone craint d'être à nouveau attachée. Elle s'efforce de ne donner à l'inconnu aucune excuse pour la punir. Peu à peu, cette peur s'estompe. Après une année, l'inconnu a dû acquérir la conviction qu'il était inutilement cruel d'enchaîner plus longtemps sa captive et voilà, en dehors des quelques semaines sans viol, la seule évolution de ses conditions de vie que Lone relie à sa grossesse. Elle a cessé d'être attachée dans la cage.

La chaîne prendra la poussière au pied de la couche et la police scientifique l'y découvrira trente-neuf ans plus tard.

Au lendemain de la disparition de Tobias, l'inconnu apporte une méthode pour apprendre le français à partir de l'anglais, ainsi que des illustrés destinés aux enfants, tous en français. Dès lors, il reste avec Lone une à deux heures le week-end. Ils travaillent ensemble sur la prononciation. Elle ne peut pas vraiment apprendre les mots tant qu'elle ne sait pas les prononcer. Il lit une phrase, elle la répète. Il corrige ses erreurs. Elle répète la phrase. Elle la répète jusqu'à la prononcer correctement. Elle travaille beaucoup pendant la semaine. Elle profite des heures de lumière. Elle travaille même dans le noir. Elle répète ce qu'elle a appris pour vérifier qu'elle ne l'oublie pas. Apprendre le français constitue son second projet de survie, après que l'inconnu lui a enlevé son fils. Elle se dit qu'elle doit s'investir au plus vite dans une tâche prenante, complexe et quotidienne pour ne pas sombrer dans la folie. Elle apprend tous les livres par cœur. Elle les récite le week-end. Il la corrige. Elle répète les phrases difficiles, après lui demande d'autres livres, des livres pour lecteurs plus âgés. Elle vit une enfance française en accéléré, par les livres.

Désormais, l'inconnu place chaque matin une pilule sur la langue de Lone. Il vérifie qu'elle l'avale, mais c'est inutile. Lone ne souhaite pas accoucher d'un autre enfant pour qu'il le lui arrache, l'étouffe sous un coussin ou le noie dans une bassine, puis l'emballe dans un sac poubelle et l'enterre quelque part. Lone a produit du lait quelques jours. Puis la source s'est tarie. Dès que son corps a compris qu'il était inutile de se fatiguer.

— Je m'appelle Roland et toi ?
— Lone.
— Fais une phrase.
— Je m'appelle Lone.

Les viols reprennent.
Lone s'y est préparée.
Elle les encaissera comme la digue absorbe l'énergie des lames de fond. Car elle n'a pas d'autre choix.

Lone aimerait connaître le mot français qui désigne l'espace réduit dans lequel elle survit. Mais le mot cage n'apparaît dans aucun de ses livres. Bien entendu, elle ne pose pas la question. Roland l'appelle *la petite maison.* Elle en fait autant. Cependant, elle demande un dictionnaire car, dit-elle, elle veut enrichir plus vite son vocabulaire. Le lendemain, Roland apporte le Petit Robert. Lone lit les définitions l'une après l'autre pendant des heures. Elle note dans son cahier les mots dont elle saisit le sens et qui lui semblent utiles. Elle se compose un glossaire de survie.

Lone tombe par hasard sur la version française de *voldtægt*, cet autre mot qu'elle espérait découvrir un jour dans le dictionnaire, puisque jamais Roland ne le prononcera : *viol.* En français, on dit viol. Reste à trouver *bur*, le mot qui permettra de nommer correctement la *petite maison*, et aussi *dige*, ce mur qui s'oppose aux frappes continuelles de l'océan. Lone décide alors d'établir une liste des mots danois qu'elle a besoin de traduire. Elle découvre *bur* dans une bande dessinée. Le lion du cirque tourne dans sa cage.

Un matin, Roland appelle Lone Ingrid. Il apporte le petit-déjeuner, il dit bonjour Ingrid. Je ne m'appelle pas Ingrid, je m'appelle Lone, répond-elle, s'appliquant pour composer une phrase négative. Lone pense que Roland l'a appelée Ingrid pour l'obliger à construire une phrase négative, ils travaillent alors sur ce chapitre de la grammaire française. Mais elle se trompe, l'apparition du nouveau prénom n'est reliée à aucun exercice.

— Désormais tu t'appelles Ingrid, je n'aime pas Lone, je ne veux pas t'appeler comme ça, ce prénom ne te va pas et quand tu le prononces, j'ai l'impression qu'une bande de Vikings débraillés va défoncer la porte de ma maison, me poignarder avec un coutelas dans un nuage humide de transpiration et t'emmener. Tu ne t'appelles plus Lone, tu t'appelles Ingrid.

Lone ne comprend pas exactement tout ce que Roland vient de dire, mais le message lui parvient dans son essence. Après lui avoir retiré la liberté, il la dépouille de son identité. Bien entendu, elle ne bronche pas. Roland perd vite patience quand elle tente de développer une argumentation dans son français hésitant. Elle craint qu'il ne la frappe. Quand il lui demande comment elle s'appelle, elle répond en bonne élève. Je m'appelle Ingrid.

Accroche-toi, se dit-elle. Sois patiente.

Lone ne perd jamais de vue la loi fondamentale qui régit sa vie depuis qu'elle est enfermée dans la cage : elle dépend de Roland pour tout. Comme une accidentée sur un lit d'hôpital. Roland tient sa vie entre ses mains. Elle prend l'habitude de se plier à tous ses caprices sans opposer de résistance, sauf quand elle devine qu'il a envie d'un peu de rébellion.

Elle se résout à devenir Ingrid.

Le prénom de Lone incarne l'enfance abandonnée sur la plage.

Alors réapparaît la pensée formée le premier jour dans la cage. Les yeux grands ouverts dans l'obscurité, Lone admet qu'elle doit renoncer à sa jeunesse. Elle ne reverra ni ses parents ni ses copines, ni ses professeurs, ni le Danemark avant longtemps. Elle se surprend à constater que cette pensée ne la terrasse pas, bien au contraire. Elle génère une force nouvelle. Lone s'approprie la nouvelle identité imposée par Roland. Elle incarnera la résilience.

Cette nuit marque la véritable naissance d'Ingrid. Une patience inébranlable s'apprête à prospérer dans l'obscurité, elle a déjà planté ses fondations, elle va grandir jour après jour et assurer son quotidien en se nourrissant du peu de sollicitations proposées par Roland. La patience d'Ingrid s'évertuera à en tirer toute leur substance, à en épuiser toutes les potentialités.

Tu survivras, puis tu vivras.

L'organisation se stabilise. Roland apporte deux plateaux par jour, à commencer par un petit-déjeuner copieux, de quoi tenir jusqu'au plateau du soir : jambon, fromage, pain complet, concombre et tomates accompagnent un bol de café. À n'en pas douter, Roland s'est documenté sur le régime scandinave. Le dîner se compose chaque soir d'un plat cuisiné. L'effort diététique entrepris pendant la grossesse perdure. Lone se demande si Roland cuisine lui-même. Elle ne sait pas encore s'il vit seul, à l'étage, puisqu'elle n'entend jamais le moindre bruit en dehors de ceux qu'elle produit. Si ça se trouve, il vit auprès de sa mère, il a transporté sa captive jusqu'à la cave en pleine nuit, pendant que la vieille dormait. L'idée lui arrache une grimace d'effroi. Roland semble chercher à lui faire plaisir avec ses petits plats. Elle croit lire dans ses yeux qu'il réclame une validation, une sorte de reconnaissance des efforts mis en œuvre pour améliorer le quotidien d'Ingrid au sein de l'enfer qu'il lui a façonné, idée un peu folle mais soit, décide-t-elle, essayons de le satisfaire.

— Merci Roland, c'est très bon.

Roland sourit de contentement.

Un homme peut enfermer une jeune fille dans une cage, l'enchaîner pendant un an, la violer chaque jour, lui arracher son bébé et dans un même mouvement, chercher à lui faire plaisir. Ingrid ne possède aucune notion de psychologie, mais il lui apparaît clairement qu'il y a là de quoi s'inquiéter. Dans le monde de Roland, il faut reconsidérer le bien et le mal. Roland l'a choisie comme un enfant sa poupée. Il joue avec elle à sa convenance, matin et soir. Il s'occupe d'elle, avec douceur ou violence. Douceur et violence ont la même valeur. Lone se revoit à six ans, poupée en main, câlinant Jessie et la seconde suivante, la frappant au sol en la tenant par les jambes parce qu'elle n'a pas été sage. Roland peut se lasser du jour au lendemain et lui arracher la tête, ou pire, l'oublier dans la cave. Il va falloir faire preuve de vigilance. Et en effet, peu de temps après, Roland ne descend pas pendant plusieurs jours. Sans explication. Il réapparaît un matin après l'allumage de la lampe, comme si tout était normal. Il ne l'a pas prévenue avant de s'absenter, il a simplement descendu plusieurs bouteilles d'eau et quelques réserves de nourriture. Des œufs durs, des fruits secs et frais, des biscuits. Quand la porte de l'escalier s'ouvre à son retour, le soulagement l'emporte sur la peur. Ingrid découvrira bien plus tard que Roland part séjourner dans son appartement sur la Côte d'Azur.

Ingrid vit désormais dans la crainte d'être abandonnée à la cave. Le plus insignifiant de ses agissements est empreint de cette inquiétude. Sans pour autant basculer dans une obséquiosité susceptible d'agacer son ravisseur, elle cherche à lui être aussi agréable que possible. Elle parle beaucoup. D'une voix douce. Tant que sa connaissance de la langue française reste lacunaire, elle complète en anglais. Peu importe s'il comprend ou pas, il entend sa voix. Il semble l'écouter. Et jamais il ne lui ordonne de se taire. Elle persévère. Le soir, elle lui demande comment s'est passée sa journée. Il répond rarement, mais semble apprécier cette curiosité de la part d'Ingrid. Elle sourit aussi. Elle sourit dès qu'il la regarde. Elle sourit le soir, car le matin, elle n'y parvient pas encore. Elle fait sa toilette avant qu'il descende, Roland préfère qu'elle soit propre pour la violer.

Debout à côté de son vélo, Rosalie observe le viaduc de Millau. Le gigantesque pont la laisse froide. La voie de circulation lui apparaît si éloignée qu'elle s'amuse à imaginer une bande de sparadrap tendue et plantée sur sept aiguilles. Elle écoute poliment Jorn lui faire l'éloge de l'édifice, de ses caractéristiques techniques, de ses pylônes, de son tablier, de ses haubans et lui exposer quelques-unes des difficultés auxquelles les constructeurs ont été confrontés. Mais le tapis de mousse sur lequel Rosalie s'est allongée pour la sieste ou même le mouvement des muscles de Jorn sous sa peau blanche remue ses tripes avec beaucoup plus d'intensité qu'une route suspendue dans le ciel. Elle se plaît au fond de la vallée, avec son cousin, la rivière, les cailloux, les arbres, les sous-bois et sa bicyclette. Il lui tarde de repartir dans l'autre sens. Elle va déguster chaque minute de ce parcours qu'elle connaît déjà. Elle sait maintenant qu'elle est capable de rouler sur la départementale qui longe le Tarn sans trop s'inquiéter de la circulation des voitures et le soir, elle parvient à oublier la vie extérieure au point de s'endormir en moins d'une heure, sous la tente. Bien entendu, Jorn ne perçoit rien du désintérêt de sa cousine pour le gigantesque pont. L'étudiant en architecture semble si passionné que Rosalie ne veut pas le décevoir. Elle écoute et s'extasie avec retenue, elle suit du regard l'index de Jorn quand il désigne un détail de la structure. Rosalie sait donner le change mieux que quiconque. Sauf sa mère, peut-être. Prendre le chemin du retour, ce sera aussi se rapprocher de Lone. Cette perspective lui donne envie de crier à Jorn de se taire et de remonter sur son vélo. Mais elle attend patiemment la fin du cours magistral. Sa pensée vagabonde. Deux semaines avant le départ, Lone et Rosalie se sont lancées à la recherche du corps de Tobias dans le jardin. Rosalie avait suggéré d'appeler Charlotte Hennequin et de lui révéler la courte existence de l'enfant.

— Non, je veux tenter de le retrouver seule. La police scientifique va saccager notre potager. Nous ferons appel à leurs services en dernier ressort.

Les deux femmes se sont efforcées de réfléchir comme Roland. Elles ont pensé à voix haute, tout en observant le terrain. Elles ont éliminé les zones visibles du voisinage, Roland n'aurait pas pris le risque d'être observé. Elles ont écarté les zones cultivées, il n'aurait pas enseveli Tobias là où il faisait pousser ses légumes, rien de plus sacré. L'enfant avait probablement été enterré quelque part en bordure. Elles ont imaginé qu'au moment de se débarrasser du corps, Roland avait eu besoin de s'acheter une conscience à bas coût, qu'il s'était raconté une histoire, j'ai été contraint de sacrifier ce petit être innocent, je regrette infiniment de ne pas avoir pu le laisser vivre et s'épanouir auprès de nous, je porterai ce crime comme un fardeau pour le reste de ma vie… Elles ont imaginé qu'il avait offert à Tobias une sépulture conforme à son sens du décorum. Rosalie a suggéré un environnement agréable, un petit coin paisible où se recueillir. Elles ont identifié trois sites rassemblant toutes les caractéristiques requises : au pied du rosier blanc, au pied du jasmin, à l'ombre d'un érable japonais devant la maison. Rosalie a proposé de commencer par le jasmin. Le rosier lui semblait trop proche du carré de pommes de terre et elle ne croyait pas Roland capable d'enterrer le bébé à l'ombre d'un érable, sur le terrain séparant la maison de la rue, il aurait jugé déplacé de passer chaque jour devant la sépulture de l'enfant au moment de partir travailler.

Rosalie a pioché la terre devant le jasmin. Pendant qu'elle creusait, Lone s'est surprise à espérer qu'on ne trouverait rien, que Tobias avait eu sa chance quelque part, au-delà des limites de sa prison. Roland l'avait violée des milliers de fois, menacée de mort en maintes occasions, mais il s'était peut-être avéré incapable de tuer Tobias au moment d'appuyer le coussin sur son visage ou de le plonger dans la bassine remplie d'eau – elle a vu la scène dans ses cauchemars pendant des années, Roland étouffant Tobias, Roland noyant Tobias, enfermée dans la cage elle voyait la scène se dérouler au-dessus d'elle et ne pouvait rien faire, elle essayait de crier pour l'arrêter mais n'y parvenait pas.

Quarante ans plus tard, ce rêve vient encore la hanter.

Ne rien trouver dans le jardin constituait un espoir un peu fou, elle en était consciente. Pourtant, il a vibré en elle jusqu'à l'apparition d'une couverture synthétique rose.

— Arrête, Rosalie.

Lone a fermé les yeux. Elle sentait les mèches de cheveux battre librement sur son visage, dans le vent. L'espoir venait de s'éteindre. Alors Lone est passée à la suite, comme toujours. Elle est retournée s'asseoir sur le banc, elle a extrait le téléphone portable de sa poche, elle a appelé Charlotte Hennequin.

Pendant que deux hommes déterraient les restes de l'enfant, Charlotte a tenté de réconforter Lone en lui expliquant que Roland serait, en plus du reste, poursuivi pour assassinat. Il avait attendu que Tobias vienne au monde pour le tuer, la préméditation ne faisait aucun doute. Roland risquait désormais la perpétuité avec une peine de sûreté de trente ans.

Rosalie a toujours su que Lone avait mis au monde un garçon. Tobias. Son frère. Il apparaissait sur ses dessins, parfois. Assis auprès d'elle, sur son lit. Ou bien suspendu dans les airs comme un ballon. Bien entendu, Roland voulait que Rosalie lui montre ses productions. Lone détruisait les dessins représentant Tobias, mais un jour, sans qu'elle puisse en expliquer la raison, sa fille en avait glissé un sous son matelas et l'avait tendu à Roland après son retour. D'un ton calme, il lui avait demandé qui était le petit garçon debout dans le salon, c'est Tobias avait-elle répondu en le regardant, à la fois fière et inquiète de déclencher sa colère. Il n'avait rien dit, mais une heure plus tard, Lone était partie en vacances dans la petite maison. Tobias avait alors disparu des dessins.

À l'époque, Roland se plaignait de son absence systématique sur les productions de Rosalie. Lone avait été contrainte de demander à la fillette de penser, de temps en temps, à inclure Roland à une scène, à écrire papa au-dessus de sa tête quand elle écrivait maman au-dessus de la sienne. Elle s'y était pliée. Mais elle s'était obstinée à l'ajouter au feutre, après avoir composé la scène aux crayons de couleur. Roland prenait beaucoup de place dans l'image. Sa tête atteignait le plafond. Deux gros yeux bleus dévoraient la partie supérieure de son visage, une grande bouche rouge entourée de poils piqués au feutre jaune dans la chair rose occupait l'autre moitié. C'est ainsi qu'elle le voyait. Le redoutable Barbe-Jaune…

Parmi toutes les découvertes fondamentales qui ont marqué la vie de Rosalie, la plus surprenante s'est imposée à elle dès l'âge de sept ans. En tant que modèle, le père lui a été révélé dans les récits autobiographiques de Marcel Pagnol. Le père, premier homme qu'on admire, qu'on aime sans aucune arrière-pensée. Certes, le concept existait dans la grande maison. Père, papa, Roland employait ces mots quand il s'adressait à sa fille. Fais un bisou à papa, écoute ton père quand il te parle. Il aimait en émailler son discours. Le concept de père se doublait chez Rosalie d'une piquante culpabilité. Petite fille attachée à son papa comme n'importe quel enfant doté d'un père aimant, elle savait que ce père n'était pas un père comme les autres. Il avait enlevé sa mère. Quand elle a su lire, elle a véritablement compris que rester enfermée dans la maison ne relevait d'aucune normalité. Jusque-là, elle ne disposait pas d'éléments de comparaison.

Rosalie appelait Roland papa, puisqu'il le lui demandait ; elle devait accéder à toutes ses exigences. Comme dans son livre de contes, elle vivait chez un ogre. Maman avait été capturée par un ogre qui les tenait sous sa coupe. Confusément, elle aimait cet ogre, même si elle se souvient d'avoir été hantée la nuit par un cauchemar. Roland la saisissait, allongée sur son lit, la conduisait jusqu'au jardin derrière la maison qu'elle découvrait pour la première fois, la jetait à terre parmi les salades, se précipitait sur elle et la dévorait en commençant par arracher ses bras, l'un après l'autre, puis ses jambes, comme il arrachait les cuisses du poulet sorti du four, le dimanche. Bien entendu, aucun cri ne parvenait à jaillir de sa gorge.

Rosalie a cherché les pères dans les livres. Elle les a aimés chez Rabelais, Diderot et Balzac, les a craints chez Mérimée et Kafka. La littérature lui a permis de comprendre qu'elle n'aurait jamais d'autre père que l'ogre qui avait contraint sa prisonnière à la concevoir.

Rosalie cale son vélo sur sa béquille, viaduc dans le dos, et s'allonge dans l'herbe. Jorn se tait, il s'accroupit et saisit sa main. Elle la serre sur sa joue puis l'embrasse. La vie revient.

Roland ouvre la grille de la cage. Suis-moi, claironne-t-il en se précipitant vers l'escalier, nous montons dans la grande maison. Bien sûr, Ingrid redoute ce qu'il prépare, mais elle se lève sans attendre car Roland pourrait changer d'avis. Elle monte derrière lui. Après trois ans. Un soir de printemps. La nuit n'est pas encore tombée quand Ingrid pose le pied dans la lumière, sur le parquet du rez-de-chaussée. Première victoire. Elle s'était promis de revoir le jour. Elle tiendrait au moins jusqu'à revoir le jour.

Avec le temps, elle était devenue moins ambitieuse.

Roland lui fait visiter chaque pièce. Il commence par sa chambre, notre chambre annonce-t-il, souriant, émoustillé comme un jeune marié qui présente à sa femme la maison qu'il vient d'acheter pour abriter leur balbutiante histoire d'amour.

— À côté, la chambre d'enfant, nous aurons peut-être des enfants, un au moins, qu'en dis-tu ?

Ingrid manque s'évanouir. Par réflexe, elle secoue la tête de haut en bas, incapable de prononcer un mot. Son corps répond pour elle. À cet instant, elle identifie pour la première fois son envie de tuer Roland, une sorte de pré-tension des muscles qui attendent le feu vert pour se déchaîner ; si un objet suffisamment lourd se présentait à portée de main, elle le saisirait et défoncerait le crâne blond d'un coup sec, sans laisser le moindre temps de réaction. Mais la visite se poursuit.

— Voici la salle de bains avec les toilettes, une baignoire, toutes les serviettes sont rangées dans ce placard, n'hésite pas à fouiller quand tu as besoin de quelque chose, tu es chez toi.

Tu es chez toi.

Bien entendu, cette phrase lui retourne l'estomac. Elle parvient à le dissimuler. Ingrid tousse, afin de masquer son trouble. Elle est perturbée, elle ne maîtrise pas ses réactions comme elle s'y est entraînée en trois ans de réclusion. Mais Roland continue à jouer le jeune époux.

— Nous voilà dans le salon, très spacieux comme tu vois, télévision, magnétoscope, je t'expliquerai comment l'utiliser. Pour terminer, la cuisine qui est aussi la salle à manger, très agréable, assez lumineuse, ça te plaît, Ingrid ?

— Oui, ça me plaît, Roland.

Ingrid découvre les dix-huit portraits d'Ingrid Bergman accrochés aux murs. Elle comprend pourquoi Roland l'a baptisée ainsi – le jour où elle sort de la cave, Lone ne s'est pas encore effacée de sa mémoire. La cuisine est envahie par la lumière du soleil, Ingrid est obligée de plisser les yeux. Roland n'a pas encore planté la haie de bambous qui empoisonnera son existence plus tard. La fenêtre donne sur une allée fleurie devant un mur de parpaings séparant le terrain de la propriété voisine. On est en ville, pense Ingrid, c'est certain. Elle repère alors la ligne blanche au sol. Roland le voit.

— La ligne blanche délimite ton territoire, tu n'as pas le droit de la traverser, écoute-moi bien, si tu poses un pied de l'autre côté de la ligne blanche, je le saurai immédiatement et tu auras de sérieux ennuis, tu as compris ?

— Oui.

Ingrid a parfaitement compris. Elle ne cherche pas à savoir quels ennuis l'attendent, elle n'a aucune envie de tester le système d'alerte que ce détraqué a probablement dissimulé sous la peinture. Elle aperçoit quelques arbres au bout du couloir, par la porte d'entrée. Les branches oscillent dans le vent. Ô joie, des arbres, le vent…

— Est-ce que je peux me baigner ?

— Est-ce que je peux prendre un bain. Répète Ingrid.

— Est-ce que je peux prendre un bain ?

— Se baigner, c'est dans la mer, dans un lac ou dans une rivière. Dans une baignoire, Ingrid, on prend un bain.

— Est-ce que je peux prendre un bain ?

— Est-ce que je peux prendre un bain Roland, n'oublie pas Roland.

— Est-ce que je peux prendre un bain, Roland ?

— Mais bien sûr ma belle Ingrid, ce n'est pas la peine de me le demander.

Roland fait couler l'eau dans la baignoire. Il explique au passage comment régler la température, puis il se dirige vers le couloir.

— Je te laisse. Je vais préparer le dîner. J'ai prévu du champagne, pour fêter ton arrivée dans la grande maison. À tout à l'heure !

Ingrid pousse la porte. Elle n'ose pas la fermer. Elle se déshabille seule, entourée de carrelage blanc et de robinets chromés. Elle se glisse dans l'eau sans attendre que la baignoire soit pleine. Elle ferme les yeux pour s'immerger totalement dans la délicieuse sensation de chaleur sur sa peau.

Le bain le plus délectable de sa vie entière.

Ingrid dort dans la chambre chaque nuit à partir de ce soir-là. Roland la viole au réveil, puis ils prennent leur petit-déjeuner ensemble. Ensuite, elle redescend dans la cage. Avant que Roland parte travailler. Elle remonte le soir à son retour. Il lui parle quotidiennement de la ligne blanche. Il la met en garde.

— N'essaie pas de traverser la ligne blanche. Même par inadvertance. Regarde toujours où tu mets les pieds, à chaque pas. À la moindre tentative, tu retournes dans la petite maison pour une année supplémentaire. Enchaînée.

Quand Roland finit son bol de thé, Ingrid fait la vaisselle et se dirige d'elle-même vers l'escalier. Inutile de tergiverser. Au bout d'un mois, il lui propose de rester en haut. Il le lui annonce pendant le petit-déjeuner. Alors Ingrid laisse échapper un regard en direction de la fenêtre, mauvais réflexe. Roland lui ordonne de descendre dans la petite maison.

— Je ne peux pas encore te faire confiance.

Ingrid n'essaie pas de se défendre, d'argumenter. Elle descend. Un mois supplémentaire. Roland prépare l'étape suivante en lui bourrant le crâne tous les soirs. Ne traverse pas la ligne blanche, n'essaie pas d'ouvrir une fenêtre, ne songe pas à casser une vitre. Même en mon absence. Tu seras morte avant que les voisins n'aient eu le temps de réagir. Tout est prévu.

Dès qu'Ingrid est autorisée à passer ses journées dans la grande maison, elle prend l'habitude de vivre dans ce qu'elle appelle, pour elle-même, le silence d'Ingrid Bergman. Elle a parlé seule pendant les trois années de cage, elle s'adresse désormais à Ingrid Bergman comme si l'actrice se tenait à ses côtés. Les deux femmes ont rendez-vous chaque matin dans la cuisine, après le départ de Roland. Ingrid s'appuie sur Ingrid Bergman tout au long de sa journée. Elle lui confie ses angoisses, ses craintes et ses espoirs. Grâce à cette présence, elle s'autorise l'angoisse et l'espoir. Roland veut la voir joyeuse. Elle se doit d'être en pleine forme, comme une sportive de haut niveau, une experte en son domaine. Il lui faut emmagasiner une énergie monumentale pour jouer son rôle. La compagnie de l'actrice l'aide. Bien entendu, elle n'entend aucune réponse, elle n'attend aucune réponse de la part d'Ingrid Bergman. Elle reste consciente d'inventer sa présence à partir des portraits. Jamais elle ne bascule dans le délire, pas une seule seconde, c'est bien trop dangereux. Ingrid a besoin de se tenir au plus près de la réalité selon Roland, un besoin vital.

Roland n'annonce pas qu'il a décidé de fonder une famille, il cesse tout bonnement de déposer chaque soir une pilule sur la langue d'Ingrid. Il ne lance aucune discussion, il ne lui demande pas son avis, l'idée ne l'effleure pas.

Ingrid tombe enceinte.

Elle se réjouit de ce bouleversement à venir. Elle ne croit pas en Dieu, elle supplie tout de même le néant qui l'entoure ; ce bébé doit être une fille. La grossesse est tourmentée par de nombreux cauchemars. Elle rêve qu'elle accouche à nouveau d'un garçon, que Roland lui caresse la joue et l'emmène. Dans son cauchemar, elle voit le visage du bébé. Ce n'est pas Tobias. Elle ne rêve pas de Tobias. Le bébé ressemble à Ludwik, son père, or Tobias ne lui ressemblait pas. Le peu de temps qu'elle a passé avec son fils ne lui a pas permis de déceler une ressemblance entre Tobias et un membre de sa famille.

L'inquiétude augmente jusqu'à l'accouchement. Et de nouveau, Ingrid met son bébé au monde seule. Même scénario que dans la cage, mais cette fois-ci dans la baignoire de la salle de bains. Elle perd les eaux un lundi matin, juste après le départ de Roland – elle a probablement attendu tout le week-end pour accoucher en son absence. Elle s'installe dans la baignoire, fait couler l'eau chaude. Elle s'y sent en sécurité. Elle espère que son plaisir d'être dans l'eau l'aidera à se détendre. En outre, elle sait que ce sera le plus pratique pour ne rien salir. Roland n'aime pas les taches. Ingrid ne se sent pas autorisée à accoucher dans le *lit conjugal*. Avant de monter dans la baignoire, elle prépare les ciseaux pour le cordon, du coton, un désinfectant et plusieurs serviettes.

Rosalie naît une heure avant le retour de Roland. Une fille. Le soulagement est immense. Si le bébé avait été un garçon, elle aurait tenté quelque chose, le tout pour le tout, pour le sauver, elle aurait, pense-t-elle en se reposant, cassé la vitre du salon, crié entre les barreaux. C'est une pensée diffuse, elle ne se la formule pas clairement, la pensée reste au stade embryonnaire, en quelque sorte. Elle a préparé le terrain au cas où elle accoucherait d'un deuxième garçon. Mais elle met au monde une fille et à la seconde où elle le constate, l'idée d'une rébellion s'évapore. Elle va vivre avec sa fille. Elle va pouvoir affronter le futur. N'importe lequel. Elle ne sera pas seule. Malheureusement, comprendra-t-elle plus tard, elle n'a pas été capable de concevoir pour sa fille ce qu'elle projetait d'offrir à son fils, une chance de vivre libre. Elle savait que la fille survivrait, Roland l'avait désirée, il ne risquait pas de la supprimer comme il avait supprimé Tobias. Il évoquait d'ailleurs régulièrement *notre fille.* Bientôt, quand *notre fille* sera venue au monde, nous formerons une vraie famille. Avec Rosalie dans les bras, Ingrid n'a pas été capable de penser au-delà des circonstances garantissant sa survie et celle de son enfant. La liberté avait, depuis longtemps déjà, quitté son champ de vision.

Ingrid préfère attendre le retour de Roland pour nommer le bébé. Elle ne souhaite pas lui donner une identité qu'elle sera contrainte de modifier par la suite en tenant compte du bon vouloir de son ravisseur. Sans surprise, il y a réfléchi.

— Je savais bien que ce serait une fille, déclare-t-il en découvrant le bébé. Elle s'appellera Rosalie, Roland et Isabella mélangés. Ça te convient, Ingrid ?

— Oui bien sûr, Roland.

— Ça te plaît ou tu avais une autre idée ?

— C'est très joli. Je n'avais pas d'idée, je t'attendais pour qu'on y réfléchisse ensemble, mais Rosalie, c'est parfait. Qui est Isabella ?

— La fille d'Ingrid Bergman et de Roberto Rossellini. Tu n'as décidément aucune culture cinématographique.

Roland redonne chaque soir la pilule à Ingrid. Il la lui fournira jusqu'à la ménopause. Il ne souhaitera pas avoir d'autre enfant. Ingrid se demandera par quel moyen il obtient les tablettes, qui peut fournir chaque mois la pilule à un homme. Comme Roland fume du haschich derrière la porte d'entrée certains soirs, elle se débarrassera de la question inutile en décrétant qu'il se la procure auprès de son dealer.

Rosalie prend peu à peu la place d'Ingrid Bergman, une complice tout aussi silencieuse, mais un être de chair à qui s'adresser. Rosalie lui répond à sa façon, elle sourit. Elle agite les bras. Elle pousse de jolis petits cris enthousiastes. Ingrid Bergman reste une vieille amie qu'Ingrid prend à témoin. Se tourner vers les portraits l'apaise quand elle en a besoin. Et finalement Rosalie décide de parler à l'âge de cinq ans. Une véritable conversation devient possible.

D'une certaine manière, l'accession de Rosalie à la parole entérine la normalité selon Roland, ils forment tous les trois une jolie petite famille dans la maison entourée d'un écrin de verdure. Plus le temps passe, plus ils se rapprochent de la banalité. En apparence bien sûr. Mais les apparences savent se substituer à ce qui est.

Dans le wagon de TGV, Rosalie repère parmi les voyageurs que le hasard des réservations a placés autour d'elle ceux qui l'ont reconnue et échangent, en la regardant, quelques commentaires sur la fille de la *séquestrée de Montreuil* et l'homme qui dort en face d'elle – mais qui peut-il bien être, un journaliste ? Il est plus jeune qu'elle, les deux semblent très intimes, aurait-elle un amoureux ? A-t-elle déjà abandonné sa mère ?

Rosalie apprend à vivre avec les gens qu'elle ne connaît pas. Elle se réjouit de se mêler au monde extérieur, mais elle y voit aussi une incontestable violence. Elle se retient de se lever et d'annoncer, comme le contrôleur dans son micro, que le bel endormi s'appelle Jorn, qu'il est son cousin, un garçon doux entré dans sa vie avec l'évidence d'un nouveau matin. Mais elle ne bouge pas. Les chuchotements résonnent à son oreille, elle se tait. Elle s'entraîne à sembler conforme. C'est le meilleur moyen de ne pas attiser la haine.

Dans la rue, elle craint les inconnus qui s'adressent à elle comme à leur copine, s'autorisant une excessive familiarité par le simple fait qu'ils ont maintes fois vu son visage sur leur écran. De même redoute-t-elle ceux qui les accusent, Lone et elle, d'avoir tout inventé ; une adolescente enlevée et séquestrée pendant quarante ans, une fille née en captivité et cloîtrée pendant trente-cinq ans, on n'a jamais vu une chose pareille, balivernes, impossible en France. La liberté, pour l'heure source infinie de découvertes, réservoir à curiosités passionnantes, génère au même rythme d'innombrables frustrations, il va falloir s'y habituer.

À Montauban, un homme et son fils prennent place à côté d'eux. Le père doit avoir son âge, beau spécimen se dit-elle, le fils ressemble au père, on dirait deux versions du même individu à vingt-cinq ans d'écart. Dès que le train a démarré, ils déplient la table et ouvrent une boîte de dominos. Rosalie est aimantée par la partie opposant le père au fils. Elle a joué aux dominos toute son enfance. Ils se réunissaient autour de la table de la cuisine chaque vendredi, après le dîner. Rosalie se souvient particulièrement des soirées d'hiver, sous le plafonnier. Ils adoraient les dominos.

Les vendredis que Rosalie a perdus, enfermée dans la petite maison, ont fragilisé son équilibre mental, car elle manquait la partie de dominos. Celle-ci avait lieu en son absence, Roland y tenait. Roland savait qu'une partie de dominos sans Rosalie, croupissant dans l'obscurité humide de la petite maison, l'affaiblirait. Double peine. Jusqu'au bout, Roland, Ingrid et Rosalie ont perpétué le rituel. Chaque vendredi. Gilles n'a jamais été invité ce soir-là. Le vendredi soir était réservé, quoi qu'il arrive. Les vingt ans de Rosalie sont tombés un vendredi. Un paquet-cadeau l'attendait sur la table, au moment d'attaquer la soirée dominos. Elle l'a ouvert avec crainte et curiosité, comme toujours. Elle s'est rassurée en s'attendant à un deuxième livre, en plus du roman que Roland achetait dans une librairie près de son travail et lui offrait chaque semaine. Mais elle voyait bien que le format du paquet ne correspondait pas. Elle a déchiré le papier cadeau et le *Chromino* est apparu. À l'âge de vingt ans, Rosalie a cessé d'agencer des dominos de chiffres chaque vendredi soir, pour agencer des dominos de couleurs. Et ce changement n'a fait que développer son intérêt pour la soirée jeu.

Roland, Ingrid et Rosalie ont joué le vendredi précédant la crise cardiaque.

Depuis la libération, Lone n'en parle jamais. Quand Roland prenait des vacances dans le Sud, la séance de jeu sautait d'elle-même, sans qu'il soit nécessaire de le préciser. Cette soirée du vendredi faisait partie intégrante de l'agenda mis en place par leur geôlier. En son absence, elles n'avaient plus aucune raison de s'y plier. Elles étaient même, Rosalie en est persuadée, contraintes d'y renoncer l'une et l'autre, pour la simple raison que Roland l'imposait. Continuer aurait blessé leur amour-propre.

Rosalie n'irait pas jusqu'à dire qu'elle regrette les vendredis soir dans la maison. La joie de jouer ne saurait s'extraire du contexte dans lequel elles offraient un contraste saisissant avec le quotidien morne et inquiétant. Cependant, Rosalie doit se mordre la langue chaque semaine pour ne pas proposer une partie à Lone qui n'a pas encore songé à se débarrasser de la boîte.

Jorn dort profondément, la tête appuyée à la vitre. Rosalie suit les parties de dominos consécutives. Elle observe le jeu du père, son voisin. Elle ne manque aucun coup. Le plus souvent, il choisit la brique qu'elle aurait elle-même posée dans le jeu. Sans s'en apercevoir, elle valide ou critique ses choix par de micro-réactions qu'il perçoit. Mais il reste imperturbable. Après Bordeaux, les dominos disparaissent dans un sac à dos. Rosalie se retourne vers la fenêtre.

Qui serait en mesure d'imaginer qu'au cœur de l'enfer, la joie sait fleurir comme le perce-neige dans la blancheur d'un jardin gelé, en plein hiver, se demande-t-elle le temps d'apercevoir un vieux paysan longeant un champ de colza sur son vélo. Sa mère a voulu qu'elle connaisse la joie, elle a tordu avec courage et abnégation la réalité qui leur était imposée par Roland. En quarante ans de séquestration, Ingrid a acquis une inégalable capacité à cultiver la liberté au sein d'une contrainte extrême. Elle a transmis à sa fille cette qualité et Rosalie la range aujourd'hui du côté des atouts que la vie a placés dans son jeu.

Ingrid compte les hivers et les étés. Même si le temps influe peu sur son quotidien, il s'écoule ailleurs. Par les fenêtres de la grande maison, elle surveille les arbres. On ne fête ni Noël ni le Nouvel An, mais la température varie, les journées s'allongent ou raccourcissent, le jeu des jours fériés pendant lesquels Roland reste à la maison lui permet de se construire un calendrier. En été, saison de son enlèvement, elle décroche le portrait d'Ingrid Bergman âgée de quatorze ans et trace un bâton derrière, sur le carton. Comme les prisonniers dans leur cellule gravent les murs. Le cinquième bâton à l'horizontale raye les quatre précédents.

Elle a peur d'oublier.

Elle inaugure la série en dessinant trois bâtons d'un seul coup.

Ainsi, Ingrid recense les vingt premières années. Puis Rosalie prend le relais. Après vingt ans, mieux vaut oublier que le temps passe, décide-t-elle. Tout le monde la croit morte. Il est maintenant préférable de chercher la vérité du côté de l'immuabilité. Comme sa vie se déroule en dehors de l'espace commun, elle peut aussi bien se dérouler hors du temps. Chaque année, on fête l'anniversaire de

Rosalie. Ingrid connaît l'âge de sa fille, mais elle ne le relie plus à la durée de sa captivité. Elle efface l'idée même du temps qui passe. Travail minutieux. Elle n'y parvient pas tous les jours.

Ingrid se laisse peu à peu recouvrir par l'immobilité. Après l'avoir autorisée à vivre dans la grande maison, Roland lui impose la fiction de leur vie quotidienne. Il somme sa prisonnière de se comporter comme une épouse. L'enlèvement n'existe pas. La séquestration n'existe pas. L'enlèvement et la séquestration n'existent pas plus que la perspective d'une libération. Enlèvement, séquestration, libération, trois concepts sans réalité aucune dans le monde de Roland et Ingrid, un couple comme un autre. La présence occasionnelle de Gilles, les quinze dernières années, témoigne de l'harmonie régnant au sein de leur foyer.

Roland décide de tout. Il détermine l'apparence d'Ingrid et de Rosalie. Il dessine leur image en achetant ce qu'elles sont amenées à porter. Il opte pour des couleurs vives qu'Ingrid trouve criardes. Je veux te voir, affirme-t-il. Ingrid, indétectable aux yeux du monde, mais éclatante entre les murs de la maison. Roland choisit aussi la couleur de ses cheveux. Il lui apporte une teinture à appliquer elle-même dans la semaine qui suit sa sortie de la petite maison. Il la trouve trop blonde. Il lui coupe régulièrement les cheveux. Suffisamment longs pour qu'elle puisse composer un chignon. Pas plus. Il lui achète différents tubes de crème hydratante, du khôl, du mascara. Elle doit se maquiller les yeux et rien d'autre. Un léger trait sous l'œil, un peu de mascara sur les cils.

— Tu es si belle, Ingrid, tu n'as pas besoin de tricher.

En dehors des livres pour Rosalie, des pinceaux et peintures qu'il renouvelle à la demande, il refuse tout ce qu'elle lui réclame.

Une seule fois, Ingrid se bat avec Roland. Il a enfermé Rosalie dans la cage pour une peccadille. La fillette n'a pas cinq ans. Jour après jour, Ingrid lui demande de la libérer. En vain. Un soir elle perd son sang-froid. Dans la cuisine. Elle le supplie de libérer sa fille qui dépérit. Il reste sans réaction, lit la notice du nouveau réfrigérateur – les livreurs ont déposé l'énorme appareil devant le portail, il l'a lui-même traîné jusqu'à la cuisine sur un diable. Elle répète une fois de plus sa supplique. Libère Rosalie s'il te plaît, elle est si malheureuse dans la petite maison.

— Ce frigo va nous changer la vie. Plus besoin de dégivrage.

Ingrid est debout devant la table. Elle saisit la carafe d'eau pleine et la lance dans sa direction. Il l'évite de justesse, la carafe frôle sa joue droite avant d'exploser sur le mur. La surprise immobilise Roland. Ingrid se jette alors sur lui. Elle le frappe, l'insulte dans toutes les langues qui lui viennent, tente de l'étrangler. Mais la force d'Ingrid décuplée par la rage ne suffit pas. Roland la maîtrise au sol, dans la flaque d'eau, parmi les morceaux de verre, s'allonge sur elle jusqu'à ce que toute idée de résistance l'abandonne. Une bonne demi-heure. Elle crie et se débat à en perdre le souffle.

— Voilà enfin une réaction authentique de ta part, Ingrid, la première en dix ans.

Roland se lève, ramasse la brochure qu'il a laissée tomber sur la table, la range dans un tiroir et sort s'occuper de son jardin. Ingrid l'a vu hésiter à se replonger dans les explications du fabricant de frigos, y renoncer cependant. Mieux valait disparaître. Humilier Ingrid aurait été, à ce moment précis, contre-productif.

Quelques années plus tard, Roland enferme Rosalie dans la cave juste après le petit-déjeuner, sans la moindre raison. À cette époque, elle a presque quinze ans, Ingrid ne le suit plus dans l'escalier pour tenter de l'amadouer, elle sait depuis longtemps qu'une telle stratégie s'avère inutile. Une fois remonté, il demande à Ingrid de s'asseoir à la table de la cuisine.

— Il fait beau, c'est dimanche, nous allons nous promener ensemble. Tu te comporteras avec sagesse, tu resteras silencieuse, je me chargerai de tout, y compris de la parole s'il s'avère nécessaire d'échanger quelques mots avec un inconnu. Au moindre pas de travers nous rentrons. N'oublie pas, Ingrid, que ta fille séjourne dans la petite maison. Si tu te conduis mal, elle paiera les pots cassés.

Il lui demande de se changer. Elle porte une robe verte et rouge, il lui tend un jean et un pull gris. Ingrid peut lire une inhabituelle excitation dans son regard. Tu m'emmènes où, Roland ?, risque-t-elle en enfilant le pantalon, mais il vient de sortir de la chambre sans explication, comme toujours quand il la fait soudain basculer dans l'incertitude. Je t'ai acheté des tennis, crie-t-il du salon, tu les trouveras sous le lit. Ingrid glisse ses pieds dans les chaussures neuves, les lace et rejoint Roland. Il la conduit alors jusqu'à la petite maison, explique à Rosalie enfermée que papa va emmener maman en promenade et qu'il faut patienter dans le calme. L'adolescente le regarde avec ses grands yeux humides. Ingrid parvient à embrasser la main que lui tend sa fille pendant que Roland remonte.

— Suis-moi Ingrid, dépêche-toi.

Roland l'assomme à nouveau de mises en garde, lui confie un de ses propres blousons imperméables et lui déclare solennellement qu'en ce dimanche, il l'autorise à franchir la ligne blanche derrière lui. Roland semble avoir décidé qu'il n'est plus nécessaire de l'écarter du monde. Il la considère comme suffisamment adaptée à son sort pour réintroduire l'espace dans son quotidien.

Vingt années ont passé dont Ingrid ne sait rien. Elle prend conscience ce jour-là d'être devenue un monstre. Retenue dans la grande maison, elle s'est muée en une créature parfaitement inadaptée au monde qui l'entoure dont elle ignore tout. L'événement de sa sortie la secoue au point de reléguer au second plan l'émotion de franchir pour la première fois la ligne blanche et de marcher dans le jardin, à l'air libre. Les pensées se précipitent. Depuis toutes ces années, je n'ai pas trouvé le moyen de m'enfuir avec Rosalie. En ce dimanche, l'éventualité s'éloigne encore un peu plus car, si jamais se présentait une opportunité, comment expliquer que j'aie été jusqu'à présent incapable de nous sortir de là ? Et si je m'enfuyais, où irais-je ? Je ne sais pas où je me trouve, j'ignore tout du système français, je ne peux pas imaginer comment entrer en contact avec les gens, quelqu'un, une personne susceptible de m'aider. Une pensée plus terrifiante encore se forme dans son esprit : si je suis encore enfermée dans cette maison, c'est forcément parce que je suis d'accord.

Ingrid entre dans le garage. Elle monte en voiture, concentrée, souriante. Elle compose joie et curiosité, à la mesure de ce que Roland attend d'elle en ce jour exceptionnel. Ingrid se méfie. Elle se demande ce qu'il lui réserve. Connaissant l'individu, elle se doute qu'il a préparé cette sortie pendant plusieurs semaines, que chaque étape de son périple à l'extérieur de la maison a été planifiée dans le moindre détail. Le garage s'ouvre et l'excursion débute. Ils roulent pendant deux heures environ, de rue en rue, sans jamais s'aventurer sur un axe routier. À l'évidence, Roland veut éviter la police. Ingrid comprend vite que de rue en rue, elle sera incapable de se repérer. Elle ne voit jamais le moindre panneau indicateur aux croisements. Elle tente malgré tout d'identifier un nom de ville. Sans y parvenir. Elle a toujours été un peu myope et ça ne s'est pas arrangé dans la maison, où elle a perdu l'habitude d'accommoder vers le lointain. D'habitude, elle n'en souffre pas car rien n'est assez éloigné pour devenir flou. Par contre, dans la voiture, il lui est impossible de lire le nom de la commune sur les panneaux de rue qu'elle parvient à distinguer.

Roland conduit le visage fermé. Comme il ne parle pas, Ingrid se tait. Quand il la regarde, elle lui sourit, conformément à son habitude. Après deux heures de déplacement dans le silence de l'habitacle, Roland s'arrête à la lisière d'une forêt. Ingrid craint qu'il ait décidé de l'assassiner au fond des bois. Comme elle a atteint l'âge de trente-quatre ans, elle s'imagine désormais trop vieille pour lui. Roland a décidé de la remplacer par une adolescente ou pire, par Rosalie.

Roland et Ingrid marchent une heure parmi les arbres. Il se décontracte, j'aime cette forêt, déclare-t-il, je voulais te faire partager mon plaisir d'y marcher. Bien entendu, Ingrid le remercie.

— Un jour je t'emmènerai sur la Côte d'Azur, dans notre appartement de Six-Fours-les-Plages. Tu verras, la côte méditerranéenne a son charme, elle aussi.

Ingrid fait l'effort de respirer, d'emmagasiner de l'air pur, de regarder les arbres. D'être présente au monde. L'odeur d'humus, les images de branches superposées, de feuilles qui s'agitent et bruissent dans le vent, voilà ce dont elle se souviendra le plus clairement. Roland renoncera à son projet de vacances sur la Côte d'Azur, trop compliqué à mettre en place, probablement.

Rentrons, décrète-t-il au bout d'une heure. Ingrid est pressée de rejoindre Rosalie, afin qu'elle soit extraite du trou. Ils roulent dans l'autre sens. Roland a précisément étudié les deux trajets à l'avance, l'aller et le retour, légèrement différents, probablement à cause des sens uniques. Il se crispe de nouveau dans la voiture. Ingrid chantonne pour le détendre. En forêt, ils n'ont croisé personne. Ingrid parvient néanmoins à échanger quelques regards avec des piétons, un ou deux sourires même, dans les rues qu'ils empruntent à l'aller et au retour. Elle voit encore, vingt ans plus tard, certains des visages croisés. Ces regards lui certifient qu'elle appartient encore à l'humanité.

Au retour, Roland libère Rosalie. Avant même qu'elle ouvre la bouche, il lui interdit de poser la moindre question sur cette promenade. Il somme Ingrid de ne rien lui raconter. Oubliez l'une et l'autre cette journée, ajoute-t-il, considérez qu'elle n'a pas existé. Ingrid ne reconnaîtra pas la rue le jour où elles sortiront de la maison, toutes les deux ensemble, pour la première fois.

Le contrecoup la saisit le lendemain de la promenade, après le départ de Roland. Ingrid pleure du matin au soir. Inconsolable. Elle ne réussit même pas à se maîtriser avant son retour. Il la trouve assise dans le canapé avec Rosalie, le visage dévasté par les heures de larmes. Le lendemain, Ingrid retrouve le sourire, son armure, le chignon impeccable. Curieusement, toutes les larmes versées l'ont apaisée en profondeur. Je devrais pleurer plus souvent, pense-t-elle.

Il ne renouvellera jamais l'expérience.

Quelques mois avant de disparaître, Roland montre à Ingrid une vidéo d'Ingrid Bergman livrant un discours face à une assemblée réunie pour honorer Alfred Hitchcock. L'actrice raconte différentes anecdotes. Elle explique que le réalisateur prépare méticuleusement ses tournages. Tout est prévu, chaque question posée par les membres de son équipe sur la couleur d'une robe ou la forme d'un accessoire reçoit la même réponse : *It's in the script.* Mais les acteurs ne se comportent pas toujours comme sur le papier, certains d'entre eux ont des idées, ironise-t-elle ; un jour où elle tente de lui signifier qu'elle voit la scène différemment, qu'elle se sent incapable d'exprimer l'émotion demandée, il lui répond *Ingrid, fake it…* Fais semblant, Ingrid… Cela évite, comme l'explique Ingrid Bergman qui a suivi ce principe sur de nombreux tournages par la suite, beaucoup de discussions désagréables, on gagne du temps.

Dans ces quelques anecdotes de tournage, Ingrid voit s'incarner sa vie dans la grande maison.

Et quarante ans se sont écoulés.

On demandera à Lone pourquoi elle n'a pas cassé une vitre en l'absence de Roland et hurlé jusqu'à ce que les voisins l'entendent et lui viennent en aide. La police le lui demandera. Les journalistes le lui demanderont. Sa sœur le lui demandera. Son neveu le lui demandera. Elle n'aura pas de réponse à donner. Elle répétera ce qui lui paraîtra proche de ce qu'elle a vécu. Elle essaiera d'expliquer que l'idée était impossible à concevoir. Elle constatera que sa réponse ne satisfait personne, ne permet à personne de comprendre pourquoi elle n'a jamais rien tenté. Lone cherchera inlassablement à traduire en mots ce qui a rendu l'idée inconcevable, considérant que l'expression de cette impossibilité lui serait utile, à elle aussi.

LE VASTE MONDE

Le soleil domine le toit des voisins. Lone peint. Elle se concentre sur son modèle, un érable japonais. Elle s'est collée aux premières branches car elle tente de dessiner leur extrémité en très gros plan. Saisir la découpe des fines feuilles rouges d'un seul coup de pinceau n'est pas aisé, une légère brise les agite. Lone s'imprègne de l'atmosphère paisible du jardin pour calmer sa nervosité. Ce matin, Rosalie a quitté Montreuil sur son vélo neuf, un cadeau de Laura et Nicolas. Si tout se passe comme prévu, Rosalie et Jorn attendent à Toulouse le départ de leur correspondance pour Albi.

Depuis que Lone n'efface plus ses productions, sa technique évolue. Les motifs s'affinent. Les images gagnent en profondeur. Elle s'autorise quelques retouches quand le résultat lui semble trop clair. Elle veille néanmoins à conserver les transparences. Lone consacre quotidiennement une à deux heures à l'aquarelle. Elle est déjà sortie œuvrer dans le parc Montreau, à quelques minutes de la maison. Elle a composé un portrait de groupe, un instantané des enfants s'ébattant sur l'aire de jeu, encadrés par les silhouettes floues des adultes répartis en bordure, debout, téléphone en main, ou bien assis, discutant sur les bancs. Elle s'est aussi déplacée jusqu'au Trocadéro, à Paris. Elle a peint la tour Eiffel. Elle offrira cette aquarelle à ses parents lors du voyage à Copenhague, programmé pour le mois d'août.

Lone est en train de découvrir la saveur de la solitude. Elle apprécie le calme qui l'entoure, mais elle peine à l'habiter. Alors elle s'active. Avant d'installer son chevalet dans l'allée, elle a attaché ses cheveux en une simple queue de cheval et nettoyé la maison. Le réflexe matinal du chignon s'est déjà effacé. Quand tout a été en ordre, Lone a enfilé son short et ses tennis. Sortir courir a longtemps nécessité de traverser le crépitement des appareils photos et les questions nerveuses des journalistes, le regard rivé à la nuque de Rosalie qui se chargeait d'ouvrir le chemin. Après cinq semaines, il arrive encore qu'un flash solitaire se déclenche quand elle ouvre le portail. Comme elle s'y attend, elle n'y prête plus vraiment attention.

Chaque matin, Lone écume le quartier. Elle évite les regards. Elle craint les inconnus, redoute leurs questions, déteste qu'on lui explique ce qu'on ferait à sa place, si c'était moi je vendrais la maison et je partirais loin d'ici, elle sourit, répond qu'elle y songe pour couper court. Inutile de nourrir la conversation en précisant que c'est impossible, puisque rien ne lui appartient.

Personne n'est à sa place.

Personne ne sait ce que signifie être à sa place.

Personne au monde.

Lone court, bien qu'elle se sente exposée, vulnérable, elle a besoin de courir, même si elle imagine un psychopathe l'attendant, dissimulé à chaque coin de rue. La nuit, elle le voit. Elle rêve qu'elle retourne en enfer. Elle se promène dans le quartier et un homme qui n'est pas Roland la pousse dans le coffre d'un break. Il l'emmène chez lui. Elle entreprend de le raisonner, tente de lui expliquer qu'elle a déjà connu la séquestration pendant quatre décennies. L'homme l'écoute, mais il ne semble pas comprendre. Elle parle une langue qu'il ne saisit pas. Dans le rêve, Lone bénéficie pourtant de son expérience. Elle profite d'un moment où l'inconnu s'est assoupi pour se précipiter vers une baie vitrée la séparant d'une épaisse forêt, mais la fenêtre est scellée, impossible d'ouvrir. Pourtant, elle ne renonce pas. Elle cherche une issue. Elle veut tenter sa chance. Elle explore la maison, tombe sur le vestibule. Bien entendu, la porte de sortie est fermée à double tour. Alors l'homme se réveille, il bondit du canapé et la poursuit de pièce en pièce, elle court, parvient à le semer et devant elles, les murs s'ouvrent, l'homme se volatilise, la voilà seule parmi les arbres, soudain enfant, elle crie de toutes ses forces mais il ne se passe rien. Lone s'est échappée, mais personne ne l'entend, personne ne lui viendra en aide.

Dans le rêve, elle ne renonce jamais, voilà ce qui la rassure.

Lone court depuis quelques minutes.

— Que se passe-t-il, Roland ?

— Rien.

— Je vois bien qu'il y a un problème.

— Non non aucun problème, Ingrid.

— Tu ne m'as pas adressé la parole depuis trois jours. Est-ce que j'ai fait quelque chose de mal ?

— Tu sais très bien ce que tu as fait, Ingrid, ce que tu continues à faire d'ailleurs, inutile de jouer l'innocence, tu es très forte pour jouer l'innocence, mais je te connais.

— Je ne sais pas de quoi tu parles.

— Continue comme ça, aucun problème.

— Je ne peux pas modifier mon comportement si tu ne me dis pas ce qui ne va pas, Roland.

— Voilà exactement ce qui ne va pas, Ingrid. Tu composes un comportement. Tu ne te laisses jamais aller.

— Comment veux-tu que je me laisse aller, n'importe quel pas de travers me coûte une semaine dans la petite maison.

— Tu veux y descendre, Ingrid, dans la petite maison ?

— Non Roland.

— Alors fais attention à ce que tu dis.

— Oui Roland.

— Fais attention, Ingrid. Ça fait au moins deux mois que tu n'as pas pris de vacances.

— Je vais faire attention, Roland.

Lone accélère et change de direction, elle fuit le souvenir en empruntant une rue qu'elle ne connaît pas.

Après le déjeuner, Lone se rend à l'armurerie, repérée le matin même. Elle s'intéresse particulièrement à un couteau court dont l'épaisse lame se glisse dans un fourreau en cuir. Elle pénètre dans le magasin et demande au vendeur de lui montrer l'objet.

— On peut l'attacher autour de la cheville, vous croyez ?

— Plutôt la cuisse, mais ça peut s'arranger. Vous ne vous sentez pas en sécurité dans la rue, vous souhaitez accompagner votre mari à la pêche, ou c'est plutôt la plongée sous-marine qui vous intéresse ?

Le grand vendeur brun ne l'a pas identifiée. Lone a pris l'habitude de reconnaître le comportement si particulier qu'on réserve à la séquestrée de Montreuil.

— Vous avez deviné monsieur, je pars bientôt plonger en Thaïlande.

— Par contre, pour la plongée, je vous conseille un fourreau en plastique. Le cuir s'use très vite dans l'eau de mer. Ça se fixe facilement, avec deux lanières. Je vais vous montrer…

— Inutile, c'est celui-là que je veux, l'étui en cuir.

De retour à la maison, Lone mesure la base de sa jambe et fait un trou dans la languette de cuir qu'elle raccourcit ensuite. Elle attache l'étui autour de sa cheville droite. Le couteau trouve sa place au-dessus de la malléole externe, le long du péroné. Elle sort courir dans le jardin, autour du potager. Une fois la chaussette de sport remontée juste au-dessus du manche de l'arme, elle ne ressent aucune gêne.

La peur, c'est terminé. La peur, c'était hier.

Personne, jamais, ne lui fera dire qu'elle ne se sent pas en sécurité.

Lone dîne sans même s'asseoir. Elle s'est fait cuire deux œufs durs qu'elle écale et mange debout devant l'évier de la cuisine. La solitude accélère sa propension à scruter chaque facette du désastre. Elle a perdu la capacité de communiquer, voilà désormais, pense-t-elle, son principal handicap. Si ce n'est en compagnie de Rosalie, Lone ne sait pas relier la parole à la conversation. Avec Roland, la parole n'a jamais conduit à un véritable échange. Déjouer sa folie appelait à composer telle ou telle phrase, la phrase qu'il voulait entendre, celle qui le calmerait.

Le langage, outil de survie.

Sa sœur a la gentillesse de lui rendre visite chaque samedi, quand elle ne travaille pas à l'hôpital. Bien sûr, tout ce que Laura lui raconte l'intéresse, l'effroi des premiers jours après l'enlèvement alors qu'elle a dix ans, le retour au Danemark sans ses parents, qui ne peuvent se résoudre à laisser Lone derrière eux, la vie chez l'oncle Tue, frère de sa mère, puis la réapparition de Ludwik et Pernille, dévorés par l'angoisse, amaigris, rentrés travailler puisque les recherches restent vaines. Laura évoque les années de tristesse, la dépression qui s'abat sur la famille à chaque fois qu'une piste explorée par la police se révèle fausse, puis ses études à Copenhague, la rencontre à l'âge de vingt-deux ans avec son futur époux, Nicolas, étudiant en journalisme, alors que chaque été elle accompagnait les parents en France dans l'espoir de retrouver sa trace, sa décision de rester vivre avec son amoureux français, leur mariage, la naissance de leur fils quelques années plus tard, le choix de lui donner une part d'identité danoise à travers un prénom, Jorn, proposition de Nicolas, puis le lent processus pour devenir une femme française capable d'exercer son métier d'infirmière dans ce nouveau pays, l'achat de leur maison à Orléans, en bord de Loire, alors que Nicolas a été embauché comme journaliste par *La République du Centre*, son propre travail au bloc opératoire… Oui, tout l'intéresse. Mais Lone ne sait pas poser de questions à Laura. Pour elle, toute question constitue encore un danger. Toute question ouvre sur la violence potentielle d'une réponse et l'instabilité qui en résultera. Sur les conseils de sa sœur, Lone a pris rendez-vous avec la psychologue dont l'assistante sociale lui avait fourni les coordonnées. Elle l'a regardée travailler, assise en face à face, elle a observé avec intérêt la professionnelle à l'œuvre, alors que celle-ci tentait de coller les morceaux, de reconstituer le parcours de sa patiente avec le peu d'éléments livrés. Elle a cessé après cinq séances. Cet outil n'était pas le bon pour elle. Le court épisode thérapeutique lui a néanmoins permis de saisir comment Roland avait manipulé la langue française, dès son apprentissage. Elle va chasser *petite maison* de son vocabulaire. Une cage, voilà ce dont il s'agit.

Lone va aussi cesser d'utiliser le prénom Roland. Elle l'a tant prononcé. Elle se demande néanmoins comment nommer l'individu. Elle recherche un nom commun qui, tout en le qualifiant avec précision, ne le relie pas à elle.

Lone ressort courir avant la nuit, pour se calmer. Avant de quitter la maison, elle fixe l'étui en cuir autour de sa cheville. Elle descend la rue de la Mare-à-l'Âne et constate à quel point ce couteau dissimulé dans sa chaussette lui confère une énergie et une force nouvelles, tout en modifiant sa perception du monde extérieur. Elle tente de se formuler ce qui a changé autour, mais n'y parvient pas. Une sorte d'électricité dans l'air, peut-être… Elle vérifie que personne ne la suit. Elle n'a pour l'instant perçu aucune présence menaçante dans son dos, elle éprouve juste le besoin de reconnaître son angoisse, comme pour légitimer la présence du couteau sur sa cheville. Lone ne parlera pas de l'arme à Rosalie. Elle ne lui dira pas qu'elle se promène désormais avec un couteau fixé à la cheville ou glissé dans son sac à main, le long de son portefeuille. Rosalie pourrait penser qu'elle a basculé dans la paranoïa.

Alors, le mot lui échappe.

Détenu.

Il convient parfaitement. Il définit l'individu par sa condition actuelle. Roland est désormais un détenu, il vit dans un cadre que Lone ne connaît pas, qu'elle ne souhaite pas connaître. Il en sortira les pieds devant. Du moins l'espère-t-elle.

Un jour, Roland aura déserté son espace mental dans sa totalité.

Avant de rentrer se coucher, elle reprend son souffle sur le banc du jardin. Les étoiles scintillent, prodigieux spectacle. Rosalie dort ce soir pour la première fois de sa vie en dehors de la maison. Dans un camping et sous une tente. Lone serait probablement moins inquiète si Rosalie et Jorn dormaient à l'hôtel. Mais elle s'interdit d'appeler. Au moins Rosalie changera-t-elle de site chaque jour. Ce dépaysement quotidien la rassure.

Quarante ans.

Quarante ans !

Les milliers de journées vécues, les nuits traversées depuis l'enlèvement se sont agrégées en une montagne de colère. Le brouillard se dissipe autour, Lone en devine la blancheur glacée, comme l'alpiniste s'apprêtant à se lancer dans son ascension. La montagne se dresse en face, elle la sépare du monde. Dans le même temps, Lone se tient à son sommet, loin de tout et de tous, prête à dévaler la pente comme une avalanche.

Lone se réveille à l'aube, agitée, en nage, comme chaque matin. Aucun appel en provenance du Tarn, la première nuit s'est en tout état de cause déroulée sans problème.

Pendant que le café coule, elle ouvre tous les placards de la chambre et jette au sol les affaires du détenu, son cartable, ses costumes, chemises blanches et cravates, ses pulls, t-shirts et sous-vêtements, ses chaussettes et chaussures. Elle remplit de grands sacs poubelles achetés la semaine précédente avec Rosalie, en prévision d'un grand ménage de printemps. Elle ne découpe pas les chemises presque neuves en bandes de cinq centimètres, comme leur propriétaire s'appliquait à le faire. Elle souhaite bien au contraire que les habitants du quartier se servent, car tout est propre et presque neuf. Elle se débarrassera des sacs la nuit venue.

Lone sort boire son café sur les marches du perron. Une fraîcheur humide s'échappe de la terre, sous les érables. Lone va chercher un livre dans la chambre de Rosalie. Elle saisit *Portnoy et son complexe* sur l'étagère de littérature américaine. Elle n'a encore jamais lu Philip Roth. Alors que le petit Alex Portnoy court de l'école à la maison pour tenter de prendre de vitesse l'entité surnaturelle qu'il soupçonne d'être à la fois son institutrice et sa mère, on sonne à la porte. Un instant, Lone hésite car elle n'attend aucune visite, mais il convient de privilégier coûte que coûte l'imprévu contre l'habitude. Elle traverse le jardin et s'approche du portail.

C'est Gilles.

Lone est très étonnée de découvrir par une fente sa longue silhouette sur le trottoir. Elle pensait qu'il avait disparu à jamais, après l'incarcération de son collègue. Cette présence familière la met très mal à l'aise. Elle reste interdite, la main sur la poignée, le temps de mesurer à quel point elle est heureuse de cette initiative, réjouie finalement d'accueillir son historique visiteur. Gilles ne lui a jamais rien fait de mal. Elle lui reprocherait juste son manque de curiosité. Elle ouvre.

Gilles piétine, il s'agite en souriant, les mains dans les poches de son pantalon, le regard affolé. Il semble éprouver quelque difficulté à se trouver une contenance. Lone cherche comment exprimer sa surprise sans paraître dérangée par la visite imprévue.

— Vous ne travaillez pas aujourd'hui ? On est vendredi, n'est-ce pas ?

— On est vendredi en effet, mais c'est un jour férié.

— Ah oui, excusez-moi je ne suis pas encore au fait de ces subtilités. Entrez si vous voulez, ça vous dit de prendre un café ?

Lone parcourt l'allée avec Gilles à sa suite, jusqu'à la maison. Elle l'entend marcher derrière elle, de la même façon qu'il suivait le détenu le soir, alors qu'elle le voyait apparaître à travers le losange vitré de la porte, discret et léger dans ses mocassins noirs.

Elle regrette que Rosalie soit absente, car elle le lui aurait enfin présenté.

Lone ramasse son roman et sa tasse, puis invite Gilles à s'installer dans la cuisine. Il s'assied, croise les bras sur la nappe et aussitôt, se met à pleurer. Lone prépare le café en silence. Il ne se cache pas, il n'a pas honte, il répond à son regard, les joues baignées de larmes, quand elle se retourne. Pendant que le café coule, Lone s'installe face à Gilles et pose une main sur son avant-bras. Elle a pris la décision de le toucher plutôt que de prononcer une platitude.

Plus personne ne peut lui reprocher ce contact.

Les larmes redoublent. Alors Lone se lève, contourne la table et serre le visage humide sur son ventre, très intéressée par ce qui est en train de se développer entre eux dans cette cuisine où jamais elle n'aurait imaginé la moindre forme d'intimité. Gilles pleure maintenant la joue collée contre son ventre. Si elle était capable d'éprouver du désir, les conditions seraient réunies, se dit-elle, pour considérer le moment venu de faire l'amour de son plein gré. Mais un tel programme n'est pas envisageable. Elle voit juste passer l'opportunité et constate, pendant que celle-ci s'éloigne, qu'elle est encore à des années-lumière de pouvoir la saisir. Lone doit cette conscience de la *minute romantique* à tous les films visionnés dans le salon. La joue de Gilles se décolle finalement en laissant une tache humide sur son corsage. Lone pense que dans un film de Rossellini, Ingrid Bergman saisirait l'instant ; elle mobiliserait l'ensemble de ses forces, trouverait les ressources de dépasser le traumatisme et le dégoût accumulés pour embrasser cet homme-là, l'autre, celui qui n'est pas le tortionnaire, celui qui n'a pas hésité à ravaler sa culpabilité pour lui rendre visite ; tenter de faire l'expérience du plaisir en sa compagnie… Mais dans la réalité de Lone Hansen, Gilles sèche ses larmes pendant qu'elle contourne à nouveau la table, attrape la cafetière, deux tasses, le bocal de sucre et sert le café.

Ils parlent. Gilles a bien entendu suivi l'évolution de leur situation par les journaux télévisés et la presse écrite. Il s'est présenté de lui-même au commissariat de Montreuil, a témoigné de ce qu'il savait, c'est-à-dire pas grand-chose, Ingrid et Roland, une ligne blanche, rien d'autre. Il a tenu à la revoir pour s'excuser de n'avoir rien perçu, rien soupçonné, d'avoir simplement deviné que dans cette maison, on ne posait pas de questions, on prenait ce qui venait. Lone le rassure.

Par réflexe.

Son pouls a accéléré. Difficile pour elle de ne pas considérer un homme en situation de faiblesse comme un animal dangereux. Elle lui révèle qu'il peut se targuer d'être le seul *étranger* à avoir posé le pied dans la maison pendant ses quarante ans de séquestration. Ses yeux s'humidifient de nouveau, mais il retient ses larmes.

Lone préfère ne pas interroger l'aveuglement du visiteur. Elle a été bonne comédienne, voilà tout. En lieu et place de ce solde de tout compte, elle lui pose des questions sur sa relation avec le détenu. Gilles ne parvient pas à analyser ce qui a constitué leur lien. Il ne s'est jamais senti proche de Roland. Il a tout bonnement accepté sa première invitation, alors qu'ils partageaient le même bureau chez Fonck Frères et que, de temps en temps, son collègue évoquait femme et jardin. Lui-même était veuf, son épouse brutalement décédée dans un accident de ski, à trente-huit ans. Gilles n'avait pas d'enfants. Il ne s'était jamais imaginé développer une amitié avec son collègue de travail, mais quand l'invitation avait été lancée, il tentait de reconstruire sa vie et avait adopté le principe de laisser quiconque le souhaitait s'approcher de lui. Malgré la banalité des conversations qui avaient animé leur première soirée, il avait accepté chaque nouvelle proposition.

L'heure du déjeuner approchant, Lone demande à Gilles s'il souhaite partager son repas, mais il refuse.

— Je ne voudrais pas abuser de votre gentillesse.

Il lui communique son adresse et son numéro de téléphone, lui suggère de faire appel à lui en cas de besoin et de venir dîner un soir, avec ou sans Rosalie, comme elles le désirent.

— Je ne suis pas certaine que ce soit une bonne idée, Gilles.

— Vous ferez comme vous voudrez.

— Laissez-moi le temps d'y réfléchir.

— Bien sûr.

Puis il repart. Lone ne le reconduit pas jusqu'au portail. Elle le regarde s'éloigner dans le couloir, heureuse de constater qu'il peut lui arriver de jouer avec les images du passé en toute légèreté. Elle se tient debout à l'endroit précis ou le détenu avait peint la ligne blanche. Mais la ligne blanche a disparu. Lone, Rosalie, Laura, Nicolas et Jorn l'ont poncée à la main sur toute sa longueur en déplaçant les meubles. Ils ont aussi démonté l'inénarrable bien que tragique *petite maison* sise dans la cave, après que la police scientifique l'a passée au crible et les a autorisés à tout casser. Six heures d'effort ont été nécessaires pour venir à bout des grilles et de la couche, descellées et entassées dans la rue un soir avec le vélo d'appartement dont elle ne se sert plus – rendez-vous ayant été fixé avec le service des encombrants de la mairie. Le lendemain, il n'en restait plus aucune trace. Comme tout peut être simple parfois.

Lone prend son temps au supermarché. Le couteau calé près du portefeuille, dans le sac à main, elle ne se lasse pas du vertige qui la gagne au milieu des rayons, entourée par l'ensemble des produits à la disposition des clients. Elle pousse son caddie tout en laissant son regard divaguer sur les étagères. Faire les courses n'interrompt plus sa continuelle introspection. Elle réfléchit. À part Rosalie, Gilles a été le seul témoin bienveillant de son existence de femme adulte. Il l'a connue encore jeune. Il la respecte. En quinze ans, elle s'est habituée à sa présence. Elle ne ressent pas à son contact cet effroi instantané qui la paralyse dans la rue ou dans les transports en commun quand un homme s'approche d'elle ou la regarde avec insistance. Lone pourrait s'appuyer sur la confiance acquise avec le temps pour s'approcher au plus près de cet homme et faire l'expérience d'une proximité paisible. Elle sent qu'il ne forcerait rien, ne lui imposerait rien. Sa réserve maladive servirait de garantie. Car l'idée de laisser s'approcher un homme reste inimaginable, en dehors de Nicolas, le compagnon de sa sœur, et seulement parce qu'il est le compagnon de sa sœur, Laura lui conférant son innocuité par le lien qui les unit. Ni sa voix, ni son odeur, ni ses mains, ni ses mollets quand Nicolas porte un short, rien ne la révulse, rien ne lui évoque le détenu et le dégoût viscéral de sa présence, de sa plastique, de sa peau, de son souffle, de sa façon d'occuper l'espace, des traces qu'il a laissées après son départ définitif.

Lone se juge capable d'effacer ce qui associe Gilles aux circonstances dans lesquelles il est apparu. Car il ne savait pas. Il l'a dit. Elle le croit. Comment peut-on imaginer, alors qu'on vient dîner chez un collègue de travail, que la femme présentée comme sa compagne est en réalité retenue captive depuis l'âge de quatorze ans et qu'une autre, sa fille née d'un des innombrables viols commis pendant cette captivité, est contrainte de rester enfermée à la cave jusqu'à son départ ? Comment imaginer que les quelques signes d'une singularité propre à ce foyer, comme cette ligne blanche peinte au sol, cachent une telle histoire ? Lone ne souhaite pas renoncer à la moitié de l'humanité parce qu'elle a croisé la route d'un psychopathe à l'adolescence. Voilà encore un pouvoir posthume qu'elle se refuse à lui accorder. Posthume, oui…

— Bonjour Ingrid !

Lone échappe le sachet de tomates qu'elle est en train de remplir, ses jambes ne la portent plus, elle glisse jusqu'au sol.

— Je vous ai fait peur, excusez-moi, je suis Béatrice votre voisine. Nous nous sommes rencontrées quand vous vous êtes enfuies de chez vous avec votre fille, j'ai appelé la police. Je suis navrée, je ne peux pas vous aider à vous relever à cause de mes problèmes de dos, je tomberais avec vous et le sachet de tomates…

Lone n'a pas eu le réflexe de saisir son couteau et cette absence de réaction la préoccupe. Elle se relève, gênée de s'être donnée en spectacle. Les quelques clients présents la regardent et déjà, une vendeuse accourt. Lone lui signifie de loin que tout va bien.

— Je m'appelle Lone, pas Ingrid. Vous ne lisez pas la presse ?

— Non.

— Vous ne regardez pas la télévision ?

— Je n'ai pas de télévision.

— Je n'ai pas vécu pendant quarante ans. Je me suis interdit de vivre, car vivre, c'était la mort assurée. Je n'aurais pas été capable de vivre, ce que j'appelle vivre, vivre vraiment, et supporter cette vie.

Béatrice écoute en silence. Lone a accepté d'entrer chez elle un moment, le temps de boire un thé.

— J'ai survécu. Survivre est toujours possible quand on dispose d'un abri, d'eau et de nourriture. On peut survivre à tout ce qui ne nous tue pas. Si on n'est pas seule. Je n'aurais pas pu rester seule pendant quarante ans. Seule avec lui, c'est-à-dire seule. Il doit exister des individus capables de rester seuls. Très longtemps. Comme un Robinson Crusoé sans Vendredi. Je suis certaine que je n'aurais pas pu. Je n'avais pas la force d'absorber seule la folie de ma situation. Si je n'avais pas conçu et élevé Rosalie, je serais morte. J'ai malheureusement été contrainte d'entraîner ma fille dans cette histoire. Je sais que je ne dois pas m'en vouloir car je n'ai pas eu le choix, le détenu a soudain considéré le moment venu d'être père, je n'ai pas eu mon mot à dire.

Dans un premier temps, Lone a refusé l'invitation, bien entendu, mais Béatrice a su insister sans pour autant donner à Lone le sentiment d'être acculée. Alors Lone s'est rappelée à l'ordre. Accueillir l'imprévu ou bien se dessécher au fond de sa cage ouverte.

— Au-delà de la survie, j'ai partagé une forme d'existence avec ma fille. Mais ce n'était pas vraiment la vie. Nous le savions. Nous en parlions. Je tenais à ce que Rosalie en soit consciente. On naît tous sans mode d'emploi, on assimile le monde qui nous entoure et ce monde, tel qu'il nous apparaît, s'impose à nous comme la seule et unique vérité. Tout se relativise quand nous commençons à sortir, quand nous accédons au système éducatif, à d'autres enfants, issus de planètes familiales diversifiées, à d'autres adultes que nos parents, des adultes formés dans une pensée différente. Je ne voulais pas que ma Rosalie puisse croire que notre façon d'exister au quotidien, enfermées dans cette maison, empêchées de faire l'expérience du monde extérieur, même dans le jardin, même pour prendre l'air et regarder le ciel ou sentir le soleil sur la peau, puisse être qualifiée de *mode de vie*. Nous survivions de jour en jour.

Pour la première fois, Lone trouve les mots pour exprimer ce qu'elle explore en silence depuis la libération. Elle serre sa tasse des deux mains, comme si elle cherchait à se réchauffer. Béatrice est subjuguée par l'intensité de son expression, alors qu'elle formule ce qui lui a permis de traverser l'interminable enfermement.

— Très jeune, Rosalie a été capable de mesurer la menace qui planait sur nous en continu. Notre amour s'exprimait dans notre survie. Nous nous sommes épaulées à l'intérieur de notre bulle. Notre amour était la flamme qui la réchauffait. Même pendant les heures de présence du détenu. Même séparées quand l'une d'entre nous était enfermée dans la cage, nous savions nous apaiser en nous enveloppant de notre intimité. Elle nous a préservées de la folie. Le détenu respirait à l'envers. Pire même. Tout entrait, rien ne sortait. Il fonctionnait comme une puissante étoile qui, à la place de briller, aspire la lumière, l'énergie. Un trou noir. L'univers entier lui servait de réserve. Je l'ai compris, je me suis adaptée. On s'adapte pour ne pas mourir. Survivre, c'est s'adapter. Comprendre les données, quelles qu'elles soient, bien les mesurer et corriger son comportement. Le plus compliqué, c'est la période d'adaptation. Ce qui vous a semblé évident jusqu'alors ne l'est plus. Vous êtes contrainte de modifier la structure de l'évidence. Ce recalage prend du temps et brûle une incroyable quantité d'énergie. Finalement, vous accédez à un certain niveau de calme, vous vous habituez. Restent les moments où la vie vient vous percuter. Vous en souffrez terriblement. J'ai beaucoup souffert de l'apparition de Gilles, par exemple. Je vous ai parlé de Gilles ?

— Non, pas encore, je ne crois pas.

Pour la première fois, quelqu'un se comporte normalement. Béatrice ne prend aucune précaution particulière à son égard. Elle l'écoute sans craindre de la voir se briser comme une porcelaine. Alors, plus Lone avance dans son récit, plus elle baisse la garde.

— Un soir, il y a quinze ans environ, le détenu m'a expliqué que le lendemain, il rentrerait du travail en compagnie d'un ami. Gilles va dîner avec nous, m'a-t-il dit. Il sait tout. Je lui ai tout raconté. Il vit seul, il m'envie, il nous envie. Alors ne change rien. Il faudra juste demander à Rosalie de descendre dans la petite maison avant notre arrivée, je n'ai pas parlé de Rosalie à Gilles, il ne sait pas qu'elle existe, c'est plus prudent comme ça. Je ne veux pas qu'elle lui plaise, ou pire encore, qu'il plaise à Rosalie – le détenu n'a jamais envisagé que Gilles pourrait me plaire, à moi. Le *détenu*, c'est l'homme qui m'a enlevée, et *la petite maison* c'est ainsi qu'il nommait la cage.

— Tout est clair.

— Voilà en tout cas ce qui m'a été exposé la veille de la première invitation. Une intervention typique de sa technique de communication, une intervention dont il m'était impossible de saisir la portée. Que sait vraiment Gilles, puisqu'à la fois il sait tout et ne sait pas que Rosalie existe ? Le lendemain, Gilles est apparu et j'ai immédiatement pressenti qu'il n'était pas comme le détenu. Je me suis dit que Gilles était un homme vivant.

Lone parle de plus en plus vite. Il y a tant à dire. De son côté, Béatrice veille à ne rien brusquer. Elle a très envie de s'approcher, mais il paraît plus urgent de laisser toute latitude à Lone.

— À partir du moment où j'ai compris que Gilles serait convié régulièrement à passer la soirée en notre compagnie, j'ai redouté ses visites. La vie entrait avec Gilles. Le monde extérieur. Tout cet ailleurs dont j'étais privée. Le détenu, lui, ne faisait rien entrer le soir, quand il apparaissait dans l'allée du jardin, en dehors des sacs de courses remplis de victuailles. Je suffoquais d'angoisse en devinant la silhouette élancée de Gilles derrière le corps massif du détenu dans l'allée du jardin quand il l'invitait à dîner. Je me reprenais bien vite, il ne devait rien percevoir. J'ai demandé au détenu de me prévenir la veille des visites de son collègue. Ça l'a intrigué. Il m'a pressée de questions, pourquoi cette précaution, quelle nécessité de savoir à l'avance puisque notre congélateur regorgeait de réserves, toutes les questions possibles pour décortiquer ma demande, exprimer sa méfiance et sa jalousie. J'ai répondu calmement. À chaque question. J'avais compris depuis fort longtemps que je devais répondre à chaque question que me posait le détenu dans le plus grand calme. C'était le seul moyen de l'apaiser suffisamment pour que le bombardement cesse. Je lui ai expliqué que ces visites, bien que plaisantes, ravivaient en moi le souvenir du monde extérieur. J'ai été honnête. J'ai pensé qu'il allait renoncer à réinviter Gilles, voire qu'il allait trouver une raison arbitraire de m'enfermer à la cave pour me punir, mais je me suis trompée. J'étais parvenue à désamorcer toutes les bombes. Le détenu ne voyait pas d'inconvénient à raviver en moi la nostalgie du monde extérieur. Peut-être même en jouissait-il, oui, il devait jouir de la morsure que m'infligeaient les visites de Gilles. Si je souffrais, j'étais encore bien vivante et désirante. Et tant que j'étais vivante, tant que j'étais désirante, il aurait à cœur d'exercer sur moi son pouvoir, de me plier à son propre désir.

Lone voit son histoire se déverser hors elle avec autant d'effroi que de soulagement. Elle ne tente pas de résister, même si son corps entier tremble à l'épreuve de l'expérience.

— Le détenu a accepté de me prévenir. Ça me laissait la journée pour me préparer. Je me suis alors avoué que, tout en craignant ces dîners, je les espérais. Quand plusieurs semaines s'écoulaient sans visite de Gilles, je me surprenais à attendre. Même si ces soirées ravivaient la souffrance d'être emmurée, elles créaient l'événement. Elles rafraîchissaient la routine. Elles m'aidaient. Je n'avais pour m'oxygéner que Rosalie, les photos d'Ingrid Bergman accrochées aux murs de la cuisine, quelques films, quelques livres et la nouveauté de ces visites occasionnelles, les quinze dernières années. Oui, les murs de la cuisine sont couverts de portraits d'Ingrid Bergman, je vous montrerai. Le détenu l'idolâtrait, c'est pour ça qu'il m'a appelée Ingrid, où en étais-je, oui, au fond je n'ai pas été surprise d'apprendre que Gilles est tombé des nues après notre libération. Même si aucun élément objectif ne me permettait de mesurer ce qu'il savait ou ignorait de ma situation, je n'ai jamais vraiment imaginé qu'il pouvait être au courant. Bien que le détenu m'ait toujours assurée de sa complicité, je ne pouvais me résoudre à croire que Gilles sauterait dans sa voiture et partirait assassiner tous les membres de ma famille dès qu'il en recevrait l'ordre. Mais la menace me terrorisait.

Lone se surprend à tant parler de Gilles. Elle hésite, depuis sa visite matinale, à l'oublier avec tout ce qu'il s'agit de laisser derrière, ou bien à le revoir, en suivant l'intuition qui lui chuchote d'avancer dans cette direction, de se faufiler par cette brèche à travers le miroir du monde tel qu'il lui parvient. Lone ne connaît personne à l'extérieur de sa famille, si ce n'est Gilles. Et Béatrice désormais. Un homme, une femme.

— Mais le problème n'est pas là. Ce que je croyais ou pas ne faisait aucune différence. Je n'ai jamais pu m'aventurer à prendre des décisions en fonction de mes croyances. Pas une seconde je n'ai envisagé de tenter quoi que ce soit en présence de Gilles. Jamais je n'ai été en position de lui demander de l'aide. Il m'était impossible de troubler la quiétude de nos dîners occasionnels pour lui faire passer un message, oral ou écrit, exposant ma situation et le suppliant de prévenir les autorités. Je me suis interdit de rêver. Je me suis tue, je n'ai pas prononcé un seul mot susceptible d'attirer son attention sur ma séquestration. Car Gilles n'a jamais posé la moindre question ou émis le moindre commentaire susceptible de me renseigner avec certitude sur ce qu'il savait ou pas. Le détenu maîtrisait la situation, comme toujours. Ingrid ne disait rien et Gilles ne posait aucune question. Chacun jouait son rôle, tout se passait pour le mieux, un soir comme tous ces soirs, en présence du témoin unique de notre bonheur conjugal. En outre, si j'avais demandé de l'aide à Gilles, le détenu l'aurait su. Il aurait perçu toute tentative de ma part. Il aurait décelé mon excitation comme le trouble de Gilles. J'en étais sûre. Il devinait toujours ce que je tentais de lui cacher. Il passait son temps à supposer que je lui dissimulais toutes sortes de choses. Il ne me regardait pas, il me surveillait. Il scrutait mes gestes, mes intentions. Je le voyais à l'intérieur de ma tête se promener comme un gardien de nuit avec sa lampe torche. Si j'avais demandé de l'aide à Gilles, le détenu l'aurait tué. Il ne l'aurait jamais laissé repartir. Il ne pouvait pas laisser sortir de chez lui un témoin susceptible de plastiquer son système. Je craignais qu'il ne l'égorge avant de descendre à la cave s'en prendre à Rosalie. Il en était capable. Il avait pris mon fils, il pouvait prendre ma fille. Il l'a laissé entendre. Plusieurs fois. J'ai toujours su que la survie de Rosalie dépendait de mon comportement, un comportement irréprochable. Oui, j'ai eu un fils…

Lone s'interrompt, la gorge nouée. Béatrice ressent une joie immense, malgré la tristesse du récit. À soixante-deux ans, elle n'attendait plus personne.

Lone rentre chez elle. Elle a fini par se sauver, presque comme une voleuse, de peur d'assommer complètement la pauvre Béatrice avec ses histoires. Elle se sent un peu coupable et dans le même temps, gagnée par une allégresse inhabituelle. Alors qu'elle traverse la haie d'arbustes, il lui semble que les branches s'écartent pour lui laisser le passage. Dans sa poche, le téléphone vibre. Elle se crispe. Seules famille et police possèdent son numéro.

— Allô.

— Bonjour, c'est Rosalie…

— Tu as un problème, ma chérie ?

— Non non, j'appelais pour savoir comment tu vas…

Rosalie s'inquiète, elle aussi. Bien sûr.

— Tout va bien, ne te fais pas de souci. Je range, je fais du vide, je me promène, je lis…

— Tu lis quoi ?

— *Portnoy et son complexe.*

— Ça te plaît ?

— C'est très cru, mais je ris beaucoup.

— Oui, c'est hilarant… Et sinon ?

— Sinon, j'ai pris le thé chez Béatrice.

Lone hésite à évoquer la visite de Gilles.

— Béatrice ?

— La femme que nous avons rencontrée le premier jour. La voisine qui habite au 20. Je suis tombée sur elle au supermarché ce matin. Et juste avant d'aller faire les courses, j'ai reçu la visite de Gilles.

Après tout, pense Lone, je n'ai rien fait de mal.

— Tu lui as parlé ?

— Bien sûr. Nous avons bu le café ensemble. Il avait besoin que je le pardonne de n'avoir rien vu.

— Il est gonflé celui-là…

— Il m'a invitée à dîner.

Toujours ce réflexe de crainte contre lequel il faut lutter. Ne pas parler pour ne pas faire de vagues.

— Tu as accepté ?

— J'ai dit que j'allais réfléchir.

— Quel hurluberlu quand même. Réfléchis bien avant d'y aller.

— Tu pourrais m'accompagner, non ?

Même avec Rosalie, désormais, Lone a peur de ce qu'elle peut dire.

— Si tu me le permets, je vais décliner cette invitation. Gilles m'a coûté tant de soirées dans la petite maison, je ne souhaite pas faire sa connaissance pour l'instant. On verra plus tard, si la nécessité se fait jour.

— Comme tu voudras…

Lone entre dans la maison. Elle vient de choisir l'option risquée, revoir Gilles. Elle veut donner une chance à leur lien fragile de s'arracher au milieu nauséabond sur lequel il s'est gentiment développé pour prospérer dans un présent assaini.

Après avoir raccroché, elle cherche le numéro du visiteur, l'appelle et lui explique qu'elle a réfléchi, qu'elle ne voit aucune raison de ne pas accepter son invitation.

— … Je peux venir ce soir, si vous êtes disponible.

— Ce soir, c'est très bien. Rosalie est la bienvenue, cela va sans dire.

— Elle est partie en vacances dans le Sud avec son cousin…

Au fond, ce sera plus simple ainsi, plus intéressant même. Rosalie a toujours été absente pendant les visites de Gilles.

Tout à coup, le trac l'envahit. Mieux vaut se changer et sortir courir.

À l'extérieur, l'air lui donne aussitôt l'impression de recouvrer une certaine maîtrise. Elle va courir en direction de chez Gilles, en repérage. Elle s'aperçoit très vite qu'une femme la suit. Sa crainte se vérifie pour la première fois. Lone se concentre sur la surface de peau en contact avec l'étui du couteau et le poids de l'arme à chaque foulée. Elle décide de s'arrêter près d'un carrefour et se retourne.

— Qu'est-ce que vous me voulez ?

La jeune femme, surprise et essoufflée, lui répond en danois.

— Je m'appelle Ebba Egelund, je suis journaliste au *Dagbladet Information*, j'entreprends un reportage sur vous, un long papier relatant votre histoire, les enjeux qui la traversent, dans quel état vous en sortez, comment vous imaginez la suite…

— Je n'ai rien à vous dire.

— Vous êtes un symbole de la libération des femmes, madame Hansen.

— Je comprends que vous le pensiez, mais je n'ai ni le temps ni l'énergie d'être un symbole.

— Vous vous devez de parler au monde.

— Je ne vous dois rien à vous. Je parlerai quand je le déciderai. Au revoir.

— Prenez ma carte, je me tiens à votre disposition.

Lone s'en saisit et s'éloigne, satisfaite d'une réponse qu'elle n'avait pas préparée. Elle ne doit rien à personne, si ce n'est à Rosalie. Elle hésite à jeter la carte de visite, finalement la glisse dans une chaussette.

Lone court encore un bon quart d'heure. Plus personne ne la suit. Au moment de passer devant la façade blanche correspondant à l'adresse de Gilles, toute angoisse s'est dissoute.

Vous êtes un symbole de la libération des femmes, a affirmé la journaliste. Je n'ai jamais envisagé d'observer mon histoire sous cet angle, voilà une opinion intéressante, pense Lone sous la douche, en pleine effervescence. Maintenant qu'Ebba Egelund a formulé ce point de vue, Lone comprend qu'elle n'y échappera pas ; elle devra, d'une manière ou d'une autre, endosser la responsabilité évoquée par la journaliste.

Lone marche une dizaine de minutes et sonne à la porte de Gilles, équipée d'une bouteille de vin rouge bio conseillée par la vendeuse du Franprix pour son excellent rapport qualité-prix. La maison donne directement sur la rue. Il ne tarde pas à apparaître, vêtu d'un inhabituel jean et d'une chemise rouge, au-dessus de ses éternels mocassins noirs. Il l'accueille dans un intérieur simple et confortable. L'entrée carrelée en damier noir et blanc ouvre sur le salon qu'il faut traverser pour atteindre la cuisine. Près de la porte, un escalier monte vers les chambres.

Lone suit Gilles jusqu'à la cuisine où il ouvre la bouteille de vin. Derrière la fenêtre, elle aperçoit une terrasse couverte cernée de plusieurs canapés et traversée par un hamac. Au-delà, la verdure s'épaissit. Impossible d'être vus par les voisins. Elle pose son sac à main sur le comptoir. Un frisson traverse son dos. La table est dressée pour deux. Pas de bougie, pas de roses, Lone est un peu rassurée, même si l'appréhension qu'elle a pu ressentir en chemin tarde à se dissiper. Je vais boire un peu, décide-t-elle.

Pendant le repas, Lone sent que se dissout le poids qui pèse sur elle chaque jour, le même depuis fort longtemps, imperceptible soudain, comme fondu dans la grâce de la soirée. Elle mange ce que Gilles lui sert, elle s'efforce de vider son verre au même rythme que lui, un rythme raisonnable accompagnant leurs propos sans grand contenu autre que le plaisir de se voir dans ce nouveau décor.

Après le dessert, une tarte aux prunes qu'il a préparée, comme tous les plats dont Lone n'a déjà plus qu'un vague souvenir, il l'invite à rejoindre le salon, cette grande pièce assez vide qu'ils ont traversée une heure plus tôt, éclairée par un vaste tapis de laine beige. Il lui propose de s'asseoir dans un fauteuil, mais elle se sent prête à rechercher cette proximité qu'ils ont commencé à partager le matin même. Elle choisit de rester debout et lui demande de se tenir au centre du blason dessiné sur le tapis. Gilles lève les sourcils de surprise, tout en se rendant là où son invitée lui demande d'aller. Elle sait ce qu'elle veut. Elle est sûre d'elle.

— J'aimerais te voir, te regarder…

Elle le tutoie soudain, quittant la distance polie qui a toujours présidé à leurs rapports.

— … j'aimerais pouvoir tourner autour de toi, m'approcher et m'éloigner, te toucher, je ne connais aucun homme qui me veut du bien à part mon père, mon beau-frère et mon neveu, je ne connais aucun homme bienveillant hors de la cellule familiale, j'aimerais te découvrir, toi Gilles, car tu es le seul, tu es le seul homme que je peux découvrir en l'état actuel des choses, si tu étais d'accord, ça me serait très utile je crois.

Gilles accepte d'un mouvement de tête muet, sans réfléchir. Lone reste longtemps à l'extérieur du tapis, debout face à lui, silencieuse. Il sourit par moments, rougit à d'autres, dans une expression plutôt grave. Sa respiration irrégulière suit le maelstrom de pensées que Lone peut lire en lui, la joie de lui faire plaisir succède à l'embarras d'être au centre de l'attention. Il a légèrement écarté les jambes. Il semble avoir trouvé une position confortable. Lone enlève ses escarpins et s'approche. Suivant son exemple, il se débarrasse de ses mocassins. Elle tourne autour de lui, le regarde, de chaque angle, observe comment ses côtes se soulèvent sous sa chemise à chaque inspiration, comment ses paupières s'affolent sur ses yeux fixés droit devant. Elle observe son allure générale de près, quand elle ne s'est jusqu'alors autorisée à la contempler que de loin. Elle effleure son dos. Les poils se dressent sur ses avant-bras, il a remonté ses manches pendant le repas. Lone achève son tour, elle effleure le ventre de Gilles, au-dessus de la ceinture. Elle se rapproche et ferme les yeux. Elle s'approche jusqu'à sentir le souffle sur son visage. Elle touche ses joues, son nez et sa bouche avec les doigts, comme si elle était aveugle et souhaitait découvrir sa physionomie. Elle passe les mains dans ses cheveux bouclés poivre et sel, au-dessus de ses oreilles, sur son crâne. Puis elle ouvre les yeux et s'éloigne. Elle retourne à son poste, au bord du tapis, la cuisine dans le dos, arrime son regard au sien, ils ont pris confiance, tous les deux. Après un court moment de flottement, Gilles déboutonne sa chemise. Lone panique, dans un premier temps, sans rien laisser paraître, forte de son entraînement olympique en la matière. Elle se demande comment l'arrêter et finalement, c'est elle-même que Lone arrête. Tu as dit que tu voulais le découvrir et il t'a entendue au-delà même de ce que tu imaginais exprimer, ne bouge pas, il prend l'initiative, laisse-le faire, le pouvoir circule sans dommage dans un environnement sain. L'air entre à nouveau dans ses poumons, Lone avait cessé de respirer au premier bouton de chemise. Gilles est maintenant torse nu, il dégrafe sa ceinture. Elle devine l'effort qu'il déploie pour vaincre une pudeur que peu de circonstances ont défiée jusqu'alors, effort consenti avec une joie bouleversante cependant, l'euphorie enchanteresse du saut dans l'inconnu. Lone s'en nourrit. Apprends comment on donne, Lone, comment on se livre à l'autre sans crainte, imprègne-toi de ce cadeau. Gilles se déshabille sans se préoccuper d'elle, concentré sur son équilibre et les mouvements à enchaîner pour se dévoiler, enlever une chaussette sur un pied, puis l'autre, faire sauter un bouton, actionner la tirette d'une fermeture éclair. Quand il se débarrasse d'un habit, il le roule en boule et le jette au loin, sur le canapé, comme s'il souhaitait conserver à sa partenaire une vue dégagée autour de sa personne. Une fois nu, il recherche une position stable. Ses pieds s'ancrent dans le sol, il relève la tête, fier, ou peut-être simplement soulagé d'avoir atteint l'objectif. Lone s'approche, de la même manière que la première fois. Elle tourne autour de lui, rassurée par l'exploration précédente. Deux fois. Deux tours entiers. Elle peut désormais voir ses côtes apparaître en se soulevant. Elle effleure son dos à nouveau, plus doucement, plus longuement et à nouveau voit les poils se dresser sur ses avant-bras. Sur le haut de ses cuisses aussi. Elle laisse ses doigts traîner jusqu'aux fesses, musclées, compactes, couvertes d'un duvet brun. Elle finit son troisième tour. Elle observe son sexe, très différent de l'engin de mort qui pendant quarante ans a perforé son vagin, légèrement décollé des testicules, animé d'un imperceptible mouvement de contraction au rythme du cœur qui bat, assez sombre, plus sombre que la peau environnante, inoffensif. À nouveau elle retourne à son poste, toujours face à lui, plus à son aise à cette distance, moins en alerte. Mais moins en éveil aussi, elle s'en aperçoit avec une pointe de regret. Elle reprend la conversation là où ils l'avaient laissée, sa soif d'apprendre, son envie de faire des études dans le système éducatif français, le droit peut-être. Gilles reste immobile, nu au centre du tapis, les bras lâchés le long du corps, il l'écoute. Il s'anime quand elle évoque le droit, il a lui-même commencé des études de droit avant de s'interrompre pour trouver un travail, par manque d'argent, se jugeant incapable de mener de front des études et une occupation professionnelle. Alors Lone s'approche de lui et le serre dans ses bras. La discussion se poursuit ainsi, elle colle sa joue à la sienne, Lone et Gilles font exactement la même taille, comme elle l'avait constaté dans sa cuisine, dès sa première visite, ses mains se posent délicatement sur le dos nu, il a pendant sa première année d'études été très intéressé par le droit constitutionnel, Lone le sent vibrer d'une émotion aussi intense que la sienne, je suis pour ma part plus attirée par le droit pénal mais je me laisse la possibilité de changer d'avis, leurs chaleurs se mêlent un peu plus à chaque seconde, de toute façon j'en ai pour deux ou trois ans au moins avant de pouvoir m'inscrire à l'université… Lone serre Gilles dans ses bras, trop fort, sans s'en apercevoir.

— Excuse-moi Lone, tu me fais mal.

— Je suis désolée.

— Ce n'est pas grave.

En effet, ce n'est pas grave car il l'a tutoyée, lui aussi, il n'en a pas profité pour rétablir la distance.

— Je ne connais pas le plaisir de serrer un homme dans mes bras.

— Je comprends.

Lone se relâche et s'installe dans un fauteuil. Gilles lui propose une tisane, elle accepte. Il se dirige vers la cuisine. Elle écoute ses pieds nus glisser sur le carrelage après qu'il a disparu. Elle hésite à se déshabiller complètement pendant son absence, pourquoi pas elle, pourquoi ne pas essayer, mais c'est impossible, elle se ferait violence, elle ne bouge pas, attend, écoute Gilles chantonner en s'affairant. De loin, elle lui dit qu'il peut se rhabiller s'il le souhaite, il ne lui répond qu'à son retour, non je me sens parfaitement bien comme ça, avec le plateau en main, portant théière et tasses jusqu'au centre du tapis. Il pose le plateau et s'allonge derrière, sur le côté droit en chien de fusil, jambes légèrement fléchies pour l'équilibre, la tête calée sur la main, bras plié. Lone le rejoint et s'allonge en face de lui. Le sexe de Gilles pend sur sa cuisse. Cette image, Lone ne l'a encore jamais vue. Les oiseaux de nuit piaillent dans le jardin. Elle lui tend la main, il la prend. Ils restent ainsi un moment. Elle roule sur le dos, écoute les oiseaux. Puis il s'assied en tailleur et sert la tisane. Elle touche ses pieds.

Le détenu n'est pas évoqué de la soirée. Sa personnalité n'est pas disséquée, Les deux convives ne glosent pas sur le futur procès. Gilles explique comment il espère supprimer les grincements de son escalier. Il projette de rogner un demi-centimètre sur les contremarches qu'il soupçonne d'être le siège des bruits indésirables. Lone l'écoute avec beaucoup d'intérêt car elle se sent parfaitement bien. À ce moment de la soirée, il peut lui parler de n'importe quoi.

Un peu plus tard, la fatigue l'envahit. Elle est allée aussi loin qu'elle pouvait aller. Elle se lève, attrape son sac et sa veste. Gilles enfile chemise, pantalon et mocassins, c'est une belle soirée de printemps, les voisins peuvent être de sortie, il faut leur épargner la vue d'un vieil homme en tenue d'Adam sur son perron. Il lui propose de la raccompagner jusqu'à la maison. Elle refuse. Ils se font la bise devant chez lui, comme deux amis.

Les semelles de ses escarpins claquent sur le trottoir. Lone aimerait les ôter et marcher pieds nus, faire moins de bruit, mais il a plu, le macadam est trempé. Reviennent alors la sensation d'estomac noué, l'impression oubliée depuis la libération que le monde tourne à côté d'elle. Peut-être, pense Lone, chaque personne, quelle que soit son histoire, est-elle contrainte de construire son édifice intime en baignant dans l'illusion d'une immuabilité dont il est presque impossible de s'échapper, la prison de son propre corps et la logique familière de sa propre pensée, leur souplesse comme leur rigidité. Lone espère néanmoins que cette soirée contribuera à la réconcilier avec la proximité d'un homme, même si elle sait déjà qu'elle ne reverra pas Gilles.

Il fait bon dehors.

Lone se dirige vers la rue de la Mare-à-l'Âne sans se presser. Elle remplit mentalement le sac à dos en prévision de son départ pour Orléans. Laura et Nicolas l'ont invitée à venir passer le week-end chez eux, Laura ne travaille ni le samedi, ni le dimanche à l'hôpital, c'est l'occasion de montrer à Lone son cadre de vie. Fidèle à son intuitive réserve, la grande sœur n'a pas immédiatement répondu à la proposition de la plus jeune. Laura a comblé ce silence qu'elle admet sans le comprendre, en cherchant à la rassurer.

— Si tu as peur de prendre le train, je viens te chercher en voiture à Montreuil.

Lone a accepté l'invitation à condition de prendre le train seule, puis le tramway, elle se débrouillerait. Elle voudrait expliquer à Laura et Nicolas que leur excessive sollicitude la maintient à l'écart, mais elle ne saurait s'y autoriser, par crainte de les froisser. Trouver la bonne distance avec ses proches, se détendre, établir des relations paisibles, voilà encore un sérieux défi, admet-elle, déroutée par l'ampleur de ses difficultés d'adaptation. Au fond c'était prévisible. Elle ne s'est jamais préparée à un après. Chaque situation inédite la bouleverse.

Lone ouvre la porte de la maison. Elle tombe sur les quatre grands sacs poubelles qu'elle a remplis avec les affaires du détenu et stockés dans l'entrée. Un par un, elle les transporte jusqu'au bas de la rue. Comme elle ne pourra pas dormir tout de suite, elle saisit un sécateur dans la caisse à outils de jardinage et entreprend de couper les branches des érables qui gênent le passage dans l'allée. La fin du printemps n'est probablement pas le moment idéal pour se lancer dans la taille des arbres et arbustes, pense Lone, mais on fait ce qu'on peut, ils s'en remettront.

Elle rentre et saisit une toile. Elle tente de peindre Gilles nu, allongé en chien de fusil sur son tapis. Mais à cette image s'en substitue une autre et Lone change de projet. Pour la première fois, elle se représente, elle-même, allongée dans la même position, ligotée à l'arrière du break. Tout va très vite. La position est comme inscrite dans la main tenant le pinceau. Le souvenir de ce voyage et de toutes les sensations qui l'ont habitée affûte chaque mouvement. Lone oublie de se concentrer sur la technique. Une heure plus tard, elle pose le tableau sur la table de la cuisine, satisfaite du style nerveux produit par sa fébrilité créatrice. L'aquarelle finira de sécher pendant la nuit.

Elle se couche vers trois heures du matin, heureuse de sa journée. Une journée pleine, une journée riche comme elle n'a pas le souvenir d'en avoir connu. Le lendemain au réveil, elle descend voir s'il faut jeter ce qui reste des affaires du détenu dans une benne, mais tout a disparu.

Lone monte dans le train pour Orléans. Elle s'installe dans la voiture de tête, près de la vitre en fond de wagon, le dos contre la cloison. Ainsi, elle n'aura pas à se soucier de ce qui se trame derrière elle. La voiture se remplit peu à peu, elle se détend.

Déjà sept semaines depuis que la porte s'est ouverte.

En traversant la banlieue sud, les maisons individuelles succèdent aux barres d'immeubles. L'agglomération parisienne semble ne jamais finir. Lone pense à ses parents. Elle les a brièvement rencontrés la première semaine. L'espoir et le désespoir accumulés se sont concentrés en une vague si puissante qu'elle a semblé les submerger à l'instant où leur fille a ouvert le portail du 28 rue de la Mare-à-l'Âne. Lone a reconnu ce qu'il y avait de familier dans leurs yeux, pourtant aucun soulagement n'est venu. Contrairement à ce qu'elle s'était permis d'espérer, être enfin réunis n'apaisait rien. Lone les a fait entrer dans la maison, elle leur a présenté Rosalie, intimidée mais joyeuse et accueillante. Ils ont apporté à Lone toutes les preuves de leur amour intact. Rien n'a pu ternir leur joie ni non plus atténuer leur douleur, le temps qu'ils sont restés. Elle a écouté leur histoire, leurs larmes ont coulé, elle a perçu la colère d'avoir été privés de sa présence pendant toutes ces années, la fatigue d'avoir vécu si longtemps sous la torture de l'espoir et aussi, la honte de l'avoir crue morte, la honte d'avoir choisi cette résolution au bout du chagrin. Elle n'a pas su les rassurer, les convaincre qu'elle ne leur en voulait pas, qu'elle jugeait raisonnable d'avoir renoncé à la revoir vivante, après tant d'années. Elle n'a pas su leur expliquer qu'elle non plus n'attendait plus rien. Les Hansen sont restés trois heures, puis ils se sont levés, craignant de la fatiguer. Avant de repartir avec Laura en direction d'Orléans, ils lui ont confié une enveloppe contenant tous les papiers demandés par l'ambassade. Lone les a serrés dans ses bras, l'un après l'autre, longuement. Leur étreinte l'a réchauffée. Elle a senti que toute tension l'abandonnait. À l'évidence, son corps était en avance, il savait reconnaître cette chaleur familière avant qu'elle puisse se connecter mentalement au souvenir animal de son appartenance à cette famille. Lone a promis un voyage à Copenhague avant la fin de l'été. Elle a attendu que la voiture de Laura ait disparu, puis elle a refermé le portail. Aussitôt, la peur de retourner au Danemark l'a envahie.

À chaque fois qu'elle s'imagine montant dans l'avion pour Copenhague, ses forces se dissolvent. Elle craint de s'effondrer après l'atterrissage, à l'instant même où elle respirera l'air de là-bas.

Au-delà d'Étampes, le regard de Lone se perd sur l'infinie platitude des champs cultivés. Çà et là, quelques fermes cernées d'arbres accrochent l'œil, îlots de vie disséminés sur l'immensité des aplats verts ou jaunes que coupe au loin une route bordée d'éoliennes. Malgré tout, Lone gagne en confiance. Elle a survécu à la négation de sa personne. Elle s'est pliée au malheur total sans rompre, elle saura s'adapter à la liberté. Le sens et le plaisir de la conquête commencent à germer. Mais elle a besoin de temps. Il y a dans sa tête une ligne blanche peinte, une bordure entourée de vide, le plan au sol de son territoire cerné par le gouffre de l'impossible. Elle perçoit cette ligne du matin au soir, elle la sent dans la rue, dans les magasins, elle la sent partout.

Elle peut vivre encore trente ou quarante ans.

Elle a le temps de faire des choix.

Pendant le déjeuner, Laura révèle à Lone avoir reconnu Roland Turcat sur les photos publiées par la presse. Elle est certaine de l'avoir croisé quelques années auparavant. Il l'a interpellée dans le centre d'Orléans. Elle se souvient de ce grand homme blond, affable et souriant qui voulait savoir comment se rendre à la gare. Il lui avait fait remarquer son accent, il en avait demandé l'origine. Nicolas ajoute que Jorn l'a reconnu, lui aussi. Turcat l'a abordé deux fois à la sortie de son lycée, quelques années plus tôt, à six mois d'intervalle. Il lui a juste demandé du feu pour sa cigarette. Les deux fois. C'est ce qui a marqué l'adolescent qui ne fumait pas. Lone s'agite et finit par se lever de table, un grognement animal lui échappe. Elle reconnaît l'état qui l'a tenue éveillée la première nuit après la libération, installée dans le fauteuil au bout du couloir avec deux couteaux de cuisine. Quelles pouvaient être les véritables intentions du détenu à leur égard ? N'a-t-il pas poussé le vice jusqu'à prendre l'avion pour

Copenhague dans le but d'espionner ses parents ? Force est de constater qu'il avait entrepris des repérages. Lone demande à Laura et Nicolas de l'excuser un moment. Hagarde, elle sort devant la maison et appelle maître Zilbermann, son avocate, pour lui raconter ce qu'elle vient d'apprendre. Puis elle rejoint les autres à table. Il n'y a plus lieu de s'inquiéter, le détenu se morfond en prison. C'est fini.

Laura propose de marcher le long de la Loire. Lone emporte le sac à dos de randonnée avec lequel elle est apparue. Bien entendu, personne ne lui demande d'explication. On ne cherche jamais à savoir ce qui motive ses décisions, aussi bizarres puissent-elles paraître.

Lone, Laura et Nicolas remontent ensemble le long du fleuve, sur la rive gauche. Lone est séduite par son aspect bien moins domestiqué que la Seine. La densité de promeneurs la surprend. Elle refuse les pauses, préférant attendre une zone peu fréquentée. Après avoir dépassé Sandillon, Lone s'approche de l'eau car elle ne voit plus personne alentour. Elle ôte une boîte en carton de son sac à dos.

— Je voudrais disperser ici les cendres de Tobias, c'est un endroit paisible, il me plaît. Je peux ?

— Je ne sais pas… Mais il n'y a personne, vas-y, on va surveiller.

Lone soulève le couvercle. Elle enfonce la main à l'intérieur et répand délicatement les cendres par poignées, comme si elle semait, observe Nicolas.

Lui vient une berceuse danoise qu'elle chantait à Rosalie enfant. Il est question d'un nid d'alouettes caché dans la lande.

Jeg ved en lærkerede
jeg siger ikke mer
den findes på en hede
et sted som ingen ser…

Quelques pas derrière sa sœur, Laura chantonne aussi. Elle a si souvent endormi son fils grâce à cette berceuse. S'ils étaient présents, Rosalie et Jorn chanteraient avec elles.

Dans la commune de Montreuil, au 28 rue de la Mare-à-l'Âne, la nuit tombe sur une maison vidée de l'ensemble de ses occupants pour la première fois.

Lone court. Seul moyen de tuer le temps. Le train de Rosalie et Jorn doit atteindre la gare Montparnasse dans moins d'une heure. Elle fait demi-tour juste avant d'entrer dans le parc Montreau. Un homme la suit, il court au même rythme. Blond, grand, assez massif. S'il n'avait pas la trentaine, elle croirait à une hallucination, tant l'allure générale de l'importun évoque celle du détenu. Il lui jette un regard en la croisant. Elle remonte cent mètres sur le trottoir et change à nouveau de direction. Il a disparu. Elle s'arrête quelques secondes. Aucun coureur alentour. Elle reprend sa course, s'applique à faire le tour du quartier sans paniquer. La vie citadine, la circulation des voitures, les enfants qui traversent la rue au passage clouté, surveillés par leurs parents, l'aident à se calmer. Elle se dirige vers la maison.

Lone s'est vue planter la lame dans la chair glabre de l'inconnu au niveau du ventre, elle s'est aussi vue l'enfoncer dans un œil, éteindre ce regard.

Il va falloir se contrôler.

Maîtrise, encore et toujours.

Le portail s'ouvre sur quatre jambes intactes, vigoureuses. Chaque nuit, elles lui sont apparues blessées, fracassées, mortes. Rosalie et Jorn se dessinent l'un après l'autre dans l'allée, tenant leur vélo par le guidon. La mère et la fille s'embrassent chaleureusement. L'une et l'autre résistent à l'envie de se précipiter et fusionner en ce noyau qui a assuré leur survie. Car l'époque est révolue. Plus de noyau. Elles parlent. Elles se sourient. Je suis contente de te retrouver, moi aussi, alors comment ça s'est passé…

Jorn attache les vélos dans le jardin pendant que Lone prépare un thé. Rosalie s'arrête sur le seuil de sa chambre où règne toujours une nuit sans lune. Elle fait demi-tour.

— Ce soir, je campe dans le jardin. Je ne dormirai plus dans cette chambre noire.

— Très bien Rosalie. On va réfléchir à une solution.

— Je viens de te la donner, la solution. Je plante ma tente dans le jardin.

Lone sourit. Le monde de Rosalie a, lui aussi, changé d'axe.

Rosalie connaît depuis bien longtemps le nom de la librairie, inscrit sur les sacs dans lesquels lui parvenait l'achat hebdomadaire. Elle fouille sous son lit et parvient à en dénicher un exemplaire parmi les moutons – un élevage intensif s'est développé à l'ombre de son sommier depuis que Guido l'aspirateur autonome, tombé en panne comme s'il déplorait l'absence du Maître, a cessé de promener sa soucoupe dans les recoins de la maison.

Chaque vendredi, Roland entrait chez *Page 99* en quittant le travail. Il prenait conseil auprès des libraires. *Yasmine a parfaitement saisi tes goûts, elle ne se trompe jamais*, voilà ce que sait Rosalie au moment de pénétrer dans le magasin.

La librairie *Page 99* présente une jolie devanture bleu nuit dans la rue du Niger, 12e arrondissement de Paris. Rosalie se dirige vers le garçon qui se tient derrière la caisse. Ses cheveux longs et bouclés ondulent autour de son visage, alors qu'il s'active sur son ordinateur, de si beaux cheveux, des cheveux enviables, des cheveux qu'elle échangerait sur-le-champ contre les siens, secs et cassants, une touffe impossible à domestiquer, s'emmêlant dans les dix secondes consécutives au brossage. Elle demande à voir Yasmine. Une femme brune s'approche et la salue. Rosalie lui explique qu'un client est venu tous les vendredis pendant une trentaine d'années acheter un roman pour elle dans cette librairie.

— J'ignorais qu'il nous rendait visite depuis si longtemps, je ne travaille dans ce magasin que depuis neuf ans. En tout cas, je suis heureuse de rencontrer enfin la destinataire de ce livre qu'ici nous appelons *le roman du vendredi*…

Rosalie se demande si Yasmine a suivi l'affaire Hansen dans les médias, car elle ne réagit pas à la proximité de sa longue silhouette soudain nerveuse et de son visage tellement identifiable désormais.

— Vous souvenez-vous des critères qui déterminaient le choix de ces ouvrages ?

La libraire lui fait alors comprendre avec beaucoup de délicatesse que le client n'a jamais défini de critères clairs. Il était cependant aisé de deviner qu'il souhaitait apporter à sa fille des fictions de bonne tenue, composées par des auteurs réputés, jetant un regard précis sur le monde, sans pour autant l'aborder d'un point de vue trop subversif, particulièrement dans le cas où le texte était le fruit d'un imaginaire féminin.

— Ah oui, subversif… Alors, maintenant que je vais venir à sa place, j'aimerais que vous me conseilliez les fictions que vous n'avez pu me faire parvenir car, bien que portant un regard incisif, astucieux et sensible sur le monde contemporain, elles auraient été jugées trop subversives par votre client. On va commencer aujourd'hui. J'en voudrais deux. En livre de poche, s'il vous plaît, car je ne suis pas riche. Considérez que je dois découvrir au plus vite ce que recouvre le mot subversion en matière de littérature.

Yasmine la regarde un instant. Ses sourcils se sont levés en accent circonflexe.

— Vous êtes sûre ?

Rosalie comprend alors que la libraire sait parfaitement à qui elle a affaire.

— Sûre. Je n'ai plus de temps à perdre.

Yasmine se retourne. Rosalie la suit jusqu'au rayon littérature française, tout excitée de se déplacer au milieu des livres exposés en piles sur les tables. Elle extrait deux ouvrages d'une étagère murale et les lui tend. *Baise-moi* et *King Kong Théorie*.

— Je vous propose de commencer par Virginie Despentes. Le deuxième n'est pas une fiction, mais je pense qu'il vous éclairera.

Rosalie a le trac. Avant de se lancer dans sa première lecture subversive, elle décide de pousser jusqu'au boulevard Soult. Elle se plante devant l'entrée de l'entreprise Fonck Frères, bâtiment de verre réfléchissant l'image de la rue, dont elle a recopié l'adresse sur une fiche de paye de Roland. Quelques employés et visiteurs entrent, d'autres sortent, hommes et femmes dessinés par leur costume professionnel impeccable. Voici le point géographique où Roland passait son temps les jours ouvrables, se dit-elle, voici l'endroit de Paris relié à notre maison par les allées et venues de notre geôlier, ici simple salarié, probablement sans histoire. Rosalie imagine le poids que l'affaire Hansen pèse aujourd'hui au sein du personnel de l'entreprise, ils ont tous côtoyé *le monstre*, ils l'ont salué chaque matin et chaque soir, ils ont plaisanté avec lui, l'ont soutenu quand il avait besoin d'aide, ont même financé ses crimes… Rosalie remarque une silhouette dans le hall d'accueil, à travers les vitres, celle d'un sexagénaire au corps svelte et dynamique qui a interrompu sa progression au moment de quitter l'entreprise, parce qu'il l'a vue. Elle le regarde aussi, curieuse ; il se décide finalement, passe la double porte de verre et s'approche d'un pas décidé.

— Bonjour, excusez-moi de vous aborder dans la rue, je m'appelle Gilles Coche et si je ne fais pas erreur, vous êtes Rosalie Hansen, j'étais le plus proche collègue de Roland Turcat, il m'est arrivé de venir dîner chez vous le soir…

Le fameux Gilles. Rosalie écoute son récit, l'homme déclare regretter sa contribution involontaire à la souffrance de la jeune femme, conscient de l'avoir contrainte, par ses visites, à séjourner dans la cave, Gilles, aussi lisse que le miroir de la façade Fonck Frères, Gilles, leur unique visiteur, l'invité du soir dont les passages n'auront pas laissé la moindre trace, rien modifié, rien infléchi, Gilles, une présence sans conséquence, nerveux mais soulagé de rencontrer enfin Rosalie, de trouver l'occasion de s'excuser en personne, mortifié d'avoir côtoyé leur malheur sans l'avoir perçu ou même soupçonné, Gilles qui s'évertue à ne creuser aucun sillon dans la vie de ses congénères et cependant interrompt son parcours à la sortie de l'entreprise dans le but de soulager sa conscience, comme si vider son sac auprès de Lone ne lui avait pas suffi. Rosalie se tait. Elle souhaite conserver sa place d'observatrice. Elle n'entretiendra aucun rapport de voisinage amical avec Gilles, qui s'aperçoit d'ailleurs qu'elle n'a pas prononcé le moindre mot. Un silence s'installe, gênant, saturé de résistance. Gilles comprend que Rosalie ne lui tendra aucune perche. Alors il la salue rapidement, lui souhaite une excellente fin de journée et, semblant renoncer à sa pause déjeuner, se réfugie dans la boule de verre Fonck Frères. Puis il se ravise, fait demi-tour sur la moquette indigo du hall d'entrée en imprimant un mouvement pivotant aux semelles de ses mocassins noirs. Le visage concentré, il se précipite à nouveau vers la double porte vitrée qui s'efface juste à temps devant lui. Il dépasse Rosalie comme s'il ne lui avait pas déversé son monologue nerveux la minute précédente et détale en direction de la porte Dorée.

Rosalie remonte vers le carrefour avec l'avenue du Trône. Elle va commencer par *King Kong Théorie*. Un essai, a dit Yasmine. La forme inconnue. Elle s'installe sur un banc dans la station de tramway Porte de Vincennes, poste lui permettant de surveiller son vélo attaché à un poteau par un antivol trop frêle pour lui inspirer confiance – on la met souvent en garde contre les vols de bicyclettes dans l'agglomération parisienne, en constante augmentation depuis que le vélo connaît son heure de gloire, mais elle ne s'est pas encore résolue à acheter une protection plus efficace, incapable d'investir plus de cent euros dans un antivol.

Rosalie plonge dans le livre à quinze heures trente. Elle voit à peine les tramways défiler. Parfois elle lève les yeux et son regard glisse machinalement de l'antivol intact aux voyageurs quittant une rame, car sa cervelle en ébullition réclame un moment de réflexion, un laps de temps pendant lequel ce que dit le texte se dépose en elle. Un nouveau pan de la littérature vient de s'ouvrir, se dit-elle, alors qu'une jeune femme déplie la poussette dans laquelle son enfant exige d'être installé.

Rosalie referme *King Kong Théorie* en début de soirée. Elle se dirige vers le vélo.

La femme qui ouvre l'antivol n'est pas celle qui l'a verrouillé quelques heures plus tôt.

Rosalie n'a pas l'habitude de lire des essais, à vrai dire elle est convaincue de n'en avoir jamais ouvert un seul avant *King Kong Théorie*. Roland considérait, à n'en pas douter, que la fiction suffisait à lui offrir de quoi nourrir sa réflexion dans des directions diverses. Peut-être craignait-il que le travail intellectuel de spécialistes décortiquant les concepts selon un plan de pensée élaboré en amont de l'écriture ne lui confère une compréhension trop aiguë du monde extérieur et ne fasse germer dans sa psyché innocente l'idée de se rebeller contre son sort.

Rosalie enfourche son vélo. Elle ne souhaite pas rentrer tout de suite à Montreuil, mais ne sait pas où aller. Elle descend machinalement vers la porte Dorée en suivant le parcours du tramway. Depuis qu'elle a refermé *King Kong*, elle a honte. Comment a-t-elle pu tolérer sa vie de recluse pendant trente-cinq ans ? Comment a-t-elle pu attendre, sans jamais tenter d'agir, que son geôlier perde la partie ? Comment la somme de toutes ses lectures, certes bien moins explosives que cette bombe à fragmentation conçue et construite pièce à pièce par Virginie Despentes, n'a su lui donner la force de tenter de s'enfuir sans attendre, ou pour le moins de repérer les failles et disséquer avec minutie l'ensemble des possibilités ouvrant vers une issue potentielle ? Peut-être se perdait-elle au milieu des mots. Peut-être les mots composaient-ils autour de son corps une carapace qui la protégeait depuis toujours, comme les livres rangés dans sa bibliothèque renforçaient l'épaisseur des murs de sa chambre. Au-delà même du propos que Virginie Despentes développe dans son ouvrage, Rosalie devine une préoccupation bien différente quant au déploiement de la langue. Il lui vient l'envie de rapprocher le style de *King Kong Théorie* d'un courant d'architecture pour lequel elle s'est passionnée, après avoir reçu en cadeau un magnifique ouvrage à ce sujet pour son vingt-cinquième anniversaire. *King Kong* lui évoque le Bauhaus.

Aucune ornementation inutile.

La fonction précède l'esthétique.

Oui, dans la phrase de Virginie Despentes, la fonction précède l'esthétique. Chaque mot combine sa puissance à celle de ses voisins pour véhiculer le sens choisi et planter le clou au plus profond. Et c'est l'efficacité du coup de marteau qui détermine le style.

Rosalie ne veut surtout pas se laisser ronger par la colère comme Lone, elle ne veut pas du regret ou du dépit. Elle remonte vers le Musée national de l'histoire de l'immigration et pénètre dans le bois de Vincennes. Les larmes brouillent sa vue.

Rosalie épuise sa détresse parmi les arbres. Elle s'allonge à l'écart de la foule sur un tapis de feuilles mortes, la tête posée sur un oreiller de mousse.

Elle rouvre *King Kong*. Elle souhaite imprimer dans sa mémoire l'enchaînement de la pensée de Virginie Despentes. Elle doit être en mesure de le retrouver sans revenir au livre.

Rosalie rentre juste à l'heure pour préparer le repas, regonflée, apaisée par l'odeur d'humus qui l'a peu à peu envahie, c'est son tour, ravioles déjà prêtes dans leur emballage et salade de tomates à l'origan. Elle dîne avec Lone, repas détendu, les deux femmes discutent peu, rien de notable n'est échangé, Rosalie ne dit rien de la foudre qui vient de la frapper sous la forme d'un grand singe poilu, elle parlera de *King Kong* plus tard, demain, on verra, elle doit dormir avant de choisir le moment juste.

La vaisselle faite, Rosalie se réfugie dans sa tente. Elle découvre Nadine et Manu, les deux héroïnes de *Baise-moi*, ce qu'elles décident de mettre en œuvre et plus encore ce que l'autrice compose pour organiser leurs aventures sexuelles et meurtrières, la tonalité, le rythme effréné – autrice, mot découvert dans un camping tarnais lors d'une discussion sur *Frankenstein* de Mary Shelley. Indéniablement, Virginie Despentes dessine depuis son premier livre un univers que Rosalie n'a jusqu'alors rencontré dans aucun roman. Elle a très envie de connaître son œuvre.

L'éducation politique de Rosalie est lacunaire. Elle le sait. Elle n'a jamais eu à s'intéresser de près à la vie de la cité. Elle s'est bien gardée de demander des ouvrages plus politiques à Roland, réflexe de survie mentale. Lone est dans le vrai. Il y a de quoi être en colère. Rosalie n'est pas coutumière du cri, jamais elle n'élève la voix. Non pas parce qu'on le lui aurait interdit, mais pour la bonne et simple raison qu'elle n'en ressent pas le besoin. Rosalie a vécu sans colère. Elle a vécu avec le désespoir, un désespoir profond creusé par les circonstances, à chaque fois qu'elle devait quitter la lumière pour l'obscurité. Elle a vécu avec la peur, une peur liée à l'incertitude, à l'imprévisibilité des humeurs de Roland, la peur du pire toujours possible ; elle a curieusement vécu sans colère, se dit-elle ce soir-là, à la différence de Lone qu'une rage plus ou moins consciente selon les époques consume depuis l'adolescence.

Rosalie découvre sa propre colère. Un tel état n'a jamais fait partie de son cheminement intérieur. Elle en goûte l'acidité comme on mâche un nouveau fruit pour la première fois.

Le lendemain matin, Rosalie surgit du jardin dans la maison et place sans attendre *King Kong* dans les mains de sa mère. La colère de Virginie Despentes contribuera à canaliser celle de Lone, par effet miroir, a-t-elle pensé pendant la nuit.

— Qu'est-ce que c'est ?

Rosalie se lance dans un résumé des propos féministes développés par l'autrice autour de son viol, de ses années de prostitution, et Lone l'arrête.

— Tu sais ma chérie, ce n'est pas du tout ce dont j'ai besoin en ce moment. Si je lis ce livre maintenant, je risque d'exploser en mille morceaux ou bien de faire un massacre.

— Au contraire…

— Non, pas au contraire, Rosalie. Fais-moi confiance. Je lirai *King Kong Théorie*, mais plus tard, quand ça redeviendra possible.

Sans se lever du canapé où elle se prélasse en pyjama, les cheveux en bataille et une grande tasse de café à la main, Lone tend le livre à sa fille. Rosalie n'insiste pas. Lone voit juste, une fois de plus, à en juger par le massacre que Virginie Despentes a orchestré dans son premier roman.

Rosalie n'a pas été violée par trois hommes dans une forêt comme l'autrice, elle n'a pas été violée par un seul homme pendant quarante ans comme sa mère, elle n'a aucun moyen de se projeter à l'intérieur de ces deux situations. Elle peut juste comprendre, imaginer les ravages causés. Lone navigue à vue dans le brouillard, debout sur le pont de son embarcation, s'efforçant d'éviter les récifs qui se présentent, afin de mener l'esquif sans en menacer l'intégrité.

Rosalie continue à habiter avec sa mère depuis qu'au commissariat elle a signifié son besoin de garder ses repères. Grâce au séjour dans le Tarn et à *King Kong*, elle revient sur ce qui lui paraissait alors indispensable. Elle a trente-cinq ans. Elle a accumulé un énorme retard. Il est plus que temps de se lancer, se dit-elle, allongée dans le jardin avec *Les Armoires vides* entre les mains, ce roman d'Annie Ernaux conseillé par Yasmine, un troisième livre pour ce premier achat, elle n'a pas pu résister. Rosalie ne peut continuer à vivre dans cette maison en compagnie de sa mère. Elle voit dans la perpétuation de leurs habitudes le maintien de l'emprise de Roland. Même absent, il continue à régler le plus significatif de leur vie par l'empreinte qu'il a laissée en elles. Lone est d'accord, elles ne pourront entreprendre d'effacer les quarante années d'aliénation à sa folie possessive qu'en quittant les lieux. Elles vont y réfléchir.

Mais se lancer vers où et pour construire quoi ?

À la place d'une évidence, vivre du matin au soir auprès de Lone, se profile une inconnue, vivre seule. Rosalie pressent le danger d'un effondrement. Elle a expérimenté quelques jours de vie en adulte autonome. Cependant, les vacances suspendent la course du temps, rien de ce que le quotidien met en place ne s'installe. Et c'est exactement ce qui l'inquiète. Elle ne se connaît aucune capacité à échafauder un quotidien. En outre, elle ignore quelle occupation professionnelle remplira ses journées et son tout nouveau compte en banque.

Rosalie prépare une omelette aux champignons pour le déjeuner, elle vient de casser les œufs et soudain, la fourchette lui tombe des mains.

Rosalie se souvient d'avoir compris vers l'âge de quinze ans pourquoi elle était régulièrement réveillée par les coups de sommier contre la cloison. Elle avait posé des questions à Ingrid, puisque mère et fille se parlaient sans réserve – Ingrid insistait pour que Rosalie ne considère aucun sujet tabou, car tout pouvait les mettre en danger, y compris leur silence. Ce jour-là, Ingrid peignait une aquarelle et Rosalie s'était approchée, elle venait de terminer la lecture de *Thérèse Desqueyroux*, le roman de François Mauriac. Rosalie avait alors demandé à Ingrid comment elle supportait le sexe avec Roland. Je l'endure, lui avait-elle répondu du tac au tac, pinceau suspendu, je l'endure comme le reste, je m'absente le temps nécessaire, je sors de mon corps, je m'efforce de rester détendue pour ne pas souffrir et mon esprit m'emmène ailleurs, ne t'inquiète pas Rosalie. Le mot *viol* n'avait pas été prononcé. Ni par la mère, ni par la fille. Du côté de Rosalie, il n'avait pas été pensé. "Tous les matins, Ingrid endure le sexe avec Roland" ne s'était pas mué dans sa pensée en une phrase plus acérée comme "Tous les matins, Roland viole Ingrid". Ce mot, alors, n'existait pas.

King Kong vient de lui apprendre que chaque femme, dès l'enfance, est éduquée à ne pas se défendre, à avoir peur. Chaque femme pourra, comme Virginie Despentes au moment du viol, être terrifiée à l'idée qu'un de ses violeurs découvre en la fouillant le couteau à cran d'arrêt qu'elle transporte dans la poche de son blouson, et la tue. Cependant, elle n'aura pas l'idée de se servir de l'arme contre lui. C'est la lecture de *King Kong* qui permet à ses souvenirs de se rassembler en cette nouvelle pensée : tous les jours ou presque, Roland a violé Ingrid et je n'ai rien fait. C'est aussi la lecture de *King Kong* qui l'encourage à l'indulgence. Pour *faire quelque chose*, en d'autres termes pour agir, par exemple se glisser à pas de loup jusqu'à la cuisine, s'armer d'un couteau à découper, surgir dans la chambre, profiter de ce que Roland est tout entier concentré sur sa tâche et le mettre hors d'état de nuire, il aurait fallu avoir acquis la capacité de penser ce viol quotidien. Il aurait fallu voir le mot, le lire dans un des livres apportés par Roland, l'entendre prononcé par quelqu'un, c'est-à-dire par Ingrid, puisqu'on n'est pas capable de l'inventer par soi-même. Mais ni Flaubert, ni Tolstoï, Kafka, Mauriac ou même les sœurs Brontë ne lui ont appris à construire une telle pensée.

En y repensant, Rosalie se demande comment *Thérèse Desqueyroux* a pu parvenir jusqu'à elle. Le sujet avait dû exciter la perversité de Roland, il s'était probablement délecté de placer entre ses mains cette histoire de femme tentant d'empoisonner son mari, une occasion pour lui de mesurer l'ampleur de sa domination sur la psyché de sa fille, incapable de fomenter un tel projet dans le but de se libérer, l'empoisonnement, une tentative d'assassinat quel qu'en soit le mode opératoire.

Rosalie attrape la fourchette, crève les jaunes et remue l'omelette. Ce soir, elle relira *King Kong*.

Béatrice programme de la musique à partir de son téléphone portable, le bleu domine dans son décor simple et soigné, elle n'accumule aucun bric-à-brac comme a pu le faire le détenu.

Béatrice n'allume pas la lumière en appuyant sur un interrupteur à l'entrée de la pièce, elle fait le tour, de lampe en lampe, petites et grandes, baignant son salon dans un éclairage tamisé qui n'agresse pas l'œil, à la différence des ampoules apparentes vissées aux suspensions du 28.

Béatrice a travaillé toute sa vie pour EDF, elle y est entrée comme simple agent, au sortir du lycée. Ses convictions et quelques hasards heureux l'ont conduite à entrer au comité d'établissement où elle œuvre, depuis presque vingt ans, à l'éducation artistique des agents en sélectionnant des spectacles présentés ensuite en tournée estivale dans les centres de vacances de l'entreprise.

Béatrice a été mariée, elle a divorcé après quelques années, d'un commun accord, avec son partenaire. Elle a deux enfants. Elle les voit peu, Simon vit au Canada, dans le Grand Nord, il enseigne le français, sa classe rassemble tous les enfants du village, de six à onze ans. Victoria s'est installée à Toulon, elle a choisi la lumière méditerranéenne, elle fabrique des objets en céramique, Lone vient de boire sa tisane dans une de ses tasses.

Béatrice songe à prendre sa retraite, elle projette de vendre la maison de Montreuil afin de retourner vivre dans sa Bretagne natale.

La nuit est tombée pendant que Lone l'écoutait parler d'elle.

Béatrice au milieu de son univers.

Une parole qui repose de tout, une voix chaude, en harmonie avec l'environnement qu'elle s'est créé au fil des années.

Béatrice ne demande rien à Lone. Elle propose une promenade ou un dîner. Quand Lone refuse parce qu'elle ne se sent pas en état de partager quoi que ce soit, elle ne s'en formalise pas.

Lone lui a déversé son histoire comme se vide un réservoir percé. Béatrice a écouté, commenté, posé les questions que Lone avait besoin d'entendre pour éclairer les zones d'ombre. Quand Lone a laissé une question sans réponse, Béatrice n'a jamais insisté.

Béatrice ne se promène pas dans la rue avec un couteau. Certes, Béatrice n'a pas été enlevée et séquestrée pendant quarante ans, mais cet état de fait, se dit Lone, n'influe en rien sur la dangerosité objective du réel qui les entoure l'une ou l'autre, quand elles sortent. Béatrice ne condamne pas le besoin qu'éprouve Lone de prévenir le danger en portant une arme, elle le comprend, mais elle préfère, comme elle l'exprime en toute clarté, vivre chaque jour dans l'idée que la bonté et la bienveillance colorent le plus clair de l'humanité et que la parole suffit le plus souvent à réorienter les plus enragés vers un échange pacifique. Ce choix se traduit par une confiance radieuse dont Lone se repaît. L'esprit de Béatrice n'est en rien occupé par l'hypervigilance dans laquelle Lone bascule dès qu'elle dépasse le portail de la maison. Le couteau a dompté la peur, mais le couteau n'est qu'une étape. L'effort, envisage-t-elle, doit désormais se porter sur la maîtrise de la peur.

Ne pas se mouvoir au sein du vaste monde en victime potentielle.

En lieu et place de cette triste logique, considérer le présent comme un terrain d'épanouissement potentiel et accéder à une certaine tranquillité d'esprit.

Voilà l'objectif qui se dessine.

Voilà l'ambition de la survivante.

Voilà ce qui constituera sa plus terrassante victoire sur le détenu.

Il suffira à Lone d'apprendre les quelques gestes d'autodéfense propres à neutraliser un agresseur potentiel. Comme Béatrice.

Tout en se demandant si le mot compagnonnage illustre le sentiment d'imbrication entre ce qui émane de l'une et ce que ressent l'autre, Lone pose son front sur l'épaule nue de Béatrice.

Chère Ebba Egelund,

Je vous envoie aujourd'hui ce courriel pour vous signifier que je ne participerai pas à l'élaboration de l'article que vous souhaitez consacrer à mon histoire.

Vous vous devez de parler au monde, m'avez-vous affirmé. Ma première impulsion a été de trouver fort déplacée cette façon de vous adresser à moi sur un ton si péremptoire, autrement dit d'un endroit qui m'a semblé totalement dépourvu d'empathie. Puis j'ai réfléchi et imaginé que la réalité de votre travail vous contraignait probablement à mettre de côté la délicatesse dont vous faites sans aucun doute preuve au quotidien dans votre vie.

Alors je vous ai entendue.

Certes, l'affaire Hansen m'engage à une forme de responsabilité, depuis qu'elle a dépassé ma propre existence et pris la dimension publique que nous savons. Mais plutôt que d'y répondre en satisfaisant à votre requête, je souhaite me réserver la possibilité d'écrire, un jour peut-être, un livre dans lequel je raconterais tout ce qu'il me semble utile de raconter pour rendre compte de mon expérience en tant que recluse, sans avoir à passer par vos questions, sans l'influence que vos propres centres d'intérêt ne manqueraient pas d'exercer sur mon récit et, pour finir, sans que votre rédacteur en chef redécoupe le fruit de votre travail, afin d'insérer sur la page une publicité nécessaire à la survie du journal, comme me l'a expliqué mon beau-frère journaliste, ce matin au téléphone.

Construire ma vie à l'extérieur du système élaboré par celui qui m'a enlevée et séquestrée requiert toute ma concentration et monopolise l'ensemble de l'énergie dont je dispose, vous le comprendrez. J'apprends à digérer mon aventure sur la terre, la façon dont elle se sera jouée, parcours singulier, j'en ai conscience, expérience unique dont je dois chercher le moyen de tirer parti, avant même d'imaginer comment la transmettre.

Je vous demande instamment de ne publier aucun extrait de ce texte dans le Dagbladet Information *ou sur tout autre support. Je vous souhaite beaucoup de succès dans vos entreprises.*

Bien cordialement,
Lone Hansen

Jorn se cale derrière Lone et Rosalie, serrées face à l'écran de l'ordinateur que leur ont offert Laura et Nicolas. Les deux femmes écoutent ses explications tout en fixant la mystérieuse presqu'île en fond d'écran.

— L'informatique a connu son premier stade de développement au sein de l'entreprise et, les années passant, on a inventé l'ordinateur personnel qui a connu un essor fulgurant à la fin des années 1990. Il a envahi les foyers occidentaux sur ce premier quart de siècle. Ici, nous avons affaire à un ordinateur portable. Personnellement, c'est l'outil que je préfère…

Lone se retourne vers son neveu. Fin des années 1990, premier quart de siècle sont autant de claques qu'elle reçoit. Jorn se gratte la tête quelques instants.

— Commençons par les fonctionnalités de l'appareil, nous nous pencherons sur internet juste après…

Le plus simple est de considérer son ordinateur comme une armoire, explique-t-il. Derrière l'écran, il s'agit d'imaginer un espace concret qui contient des informations au préalablement rangées dans des tiroirs et sur des étagères, comme les pulls et les t-shirts, ou comme les livres dans une bibliothèque ajoute-t-il, tentant de produire une image efficace.

— On va commencer par ranger les photos que vous avez prises avec votre téléphone…

— Tu dois aussi nous expliquer comment tu t'y es pris pour les faire passer du téléphone à l'ordinateur.

— Oui, après.

Les deux femmes pianotent sur l'écran à tour de rôle. La transmission d'ordres reste opaque, l'appareil leur oppose souvent un refus, un klaxon désagréable leur signifiant qu'elles devraient manœuvrer différemment.

— Là je ne comprends pas, je clique et rien ne se passe…

— Tu dois cliquer deux fois, Rosalie, et non pas une seule, pour ouvrir un dossier ou un document. Je l'ai dit.

— Oui mon petit Jorn, tu es bien mignon, mais quand je me poste devant l'armoire pour attraper un t-shirt je n'ai pas besoin d'ouvrir la porte deux fois…

Il apparaît à Rosalie que Lone comprend plus rapidement ce qu'il s'agit de mettre en œuvre par le clavier. Elle voit sa mère réfléchir, les sourcils froncés, puis pianoter délicatement et presser la fatidique touche *enter*, comme si elle s'assurait d'avoir fourni le bon code secret au coffre-fort. Son visage s'éclaire à chaque fois qu'elle obtient le résultat espéré.

— Tu y arriveras, toi aussi, chuchote Jorn pour rassurer sa cousine.

— Bien sûr que j'y arriverai, petit couillon. Il ne manquerait plus que je rate la révolution numérique. Mais j'ai un projet plus urgent, excusez-moi, je procrastine depuis que nous sommes rentrés du Tarn, ça ne peut plus attendre.

Rosalie se lève et fonce vers sa chambre. Une par une, elle vide les étagères sur le mur du fond en glissant la main derrière les rangées de livres. Tous sont précipités au sol. Elle procède avec méthode, de bas en haut, dans un nuage de poussière. Elle escalade la pile de livres en éternuant, accède ainsi à la dernière étagère, sous le plafond.

Jorn veut se lever de sa chaise, aider Rosalie qui semble se lancer dans un grand rangement de sa chambre, mais Lone pose une main sur son avant-bras.

— Laisse-la faire. Continuons sur cet ordinateur. Pour ma part, je n'ai pas de projet plus urgent.

En quelques minutes, Rosalie a mis les étagères à nu. Elle traverse la maison et disparaît en direction de la rue.

— Explique-moi donc comment on utilise internet, je vois ta mère s'en servir comme d'une encyclopédie, c'est fascinant.

— Tu es sûre ?

— Oui sûre, pourquoi ?

— On y trouve tout et son contraire, tu sais…

Jorn ouvre Firefox, puis il explique pas à pas ses fonctionnalités. Il a du mal à se concentrer, intrigué par le projet urgent mis en œuvre par Rosalie. Il a été tout aussi surpris par le raffut au fond de la maison que par l'absence totale de réaction de Lone, dont l'attention reste obstinément dirigée vers l'écran.

Rosalie retraverse la maison dans l'autre sens, munie de l'énorme masse rangée au fond du garage.

— Excuse-moi Lone, j'aimerais aller voir…

— Pas pour l'instant, Jorn, j'insiste. Laisse-la faire. On ira voir quand elle nous y invitera.

Pendant que les étagères tombent, Lone tape son nom dans la fenêtre de recherche. Une page entière d'entrées apparaît. L'affaire Lone Hansen, Lone Hansen ou la séquestrée de Montreuil, la vérité sur la Danoise enfermée...

— Que dois-je faire maintenant ?

— Si tu cliques sur un titre, la page s'ouvrira mais je te préviens, beaucoup de sites racontent n'importe quoi.

En bas de l'écran, Lone découvre qu'elle pourra cliquer sur au moins dix pages d'articles la concernant. Une série de coups sourds retentit dans la chambre. Lone clique sur un titre et parcourt la page. L'auteur explique que le calvaire de la Danoise cinquantenaire est un mensonge monté de toutes pièces. Plus bas, quelques photos floues dont certaines zones ont été cerclées de rouge affirment porter la preuve que le rapport de police a été truqué. Comme son rythme cardiaque vient d'accélérer exagérément, Lone ferme la fenêtre Firefox.

— Maintenant, j'aimerais que tu m'expliques comment je peux écrire sur l'ordinateur comme si j'écrivais dans un cahier. C'est possible, n'est-ce pas ?

— Tout à fait.

Jorn ouvre Open Office et crée un nouveau document.

— Tu dois donner un nom à ce cahier. Comment veux-tu l'appeler ?

Alors Rosalie apparaît à la porte de la cuisine, tout échevelée.

— Je n'ai pas osé défoncer les parpaings jusqu'au bord de l'ancienne fenêtre, Jorn, je veux bien les conseils d'un apprenti architecte. Il ne faudrait pas que la maison s'écroule.

L'avalanche qui dévale du haut de la montagne et emporte tout sur son passage, ce n'est pas moi, pense Lone. L'avalanche, c'est Rosalie.

Rosalie s'installe à la terrasse du Dalou, grand bar parisien ouvrant sur la place de la Nation. Elle envoie un selfie au numéro de portable que lui a communiqué Jorn. Fergus ne devrait pas la manquer, elle porte un béret rouge et une paire de lunettes de soleil. En attendant, Rosalie se laisse captiver par la circulation des voitures, dense mais fluide. Un jeune homme correspondant à la description de Jorn attache son vélo un peu plus loin. Un vélo électrique. Le rêve. Puis il vérifie l'écran de son téléphone et scanne la terrasse d'un rapide coup d'œil circulaire, plissant légèrement le regard à la recherche de quelqu'un, c'est lui, c'est Fergus, beau spécimen de taille moyenne, la trentaine, châtain tirant sur le roux, fort bien dessiné, plutôt dense en matière de corpulence, exactement comme j'aime, se réjouit-elle, merci mon cousin adoré. Fergus est médiateur civil – Jorn lui a expliqué en quoi consistait ce métier –, voilà un citoyen soucieux de la bonne santé du groupe, ce qui renforce son charme. À n'en pas douter, Fergus est fin psychologue. Ça pourra servir. Voilà qu'il s'approche, Rosalie lève la main tout en ôtant le béret qu'elle trouve soudain ridicule. Ils boivent un café. Rosalie vérifie que Jorn a bien informé Fergus quant à ses attentes et oui, Fergus est parfaitement au courant, il le confirme, charmant, détendu, sûr de lui sans pour autant écraser Rosalie de son aisance. Sa mère est irlandaise, d'où le prénom. Rosalie s'efforce de ne pas rester sur la défensive, attitude qui lui vient de prime abord en présence d'un inconnu. Elle pose quelques questions sur le vélo. C'est un Moustache à assistance électrique, le moteur agit sur le pédalier et non sur la roue arrière, l'assistance complète l'effort, Fergus ne prend plus du tout le métro depuis qu'il l'a acheté. Rosalie écoute, commente, sourit, s'entraîne à la relation de séduction, traversée par mille récits de premières rencontres. Fergus se déclare disponible le lendemain après seize heures. Rendez-vous est pris chez le garçon, dans le 14e arrondissement de Paris.

Rosalie est satisfaite, on part à Copenhague dans deux jours, elle espérait bien ne pas remettre ce projet jusqu'au retour.

Au moment de se séparer, Fergus propose d'essayer son vélo, mais Rosalie décline l'offre, de peur d'abîmer le bijou. Elle enfourche sa propre bicyclette et opte pour un détour par le bois de Vincennes avant de rentrer.

Il fait bon sous les arbres, le soleil et l'ombre alternent dans ses yeux. Sa pensée tourbillonne dans le vent, alors qu'elle pédale sur un chemin de terre. Le passé n'a pas été évoqué avec Fergus, mais Rosalie a cru repérer une sorte de vigilance chez son interlocuteur, peut-être une simple prévenance, difficile de le déterminer avec précision.

Rosalie s'interroge à propos du regard des hommes. Elle se demande s'il ne la décale pas insensiblement d'elle-même par la dimension fantasmatique projetée sur sa personne. On la rencontre, on s'adresse à la bête de foire, la femme qui a grandi en captivité, Rosalie Hansen, un condensé d'archaïsme, restée enfermée trente-cinq ans ; tout le monde sait qu'une femme enfermée est une femme soumise. Rosalie Hansen est par conséquent susceptible d'accepter sans difficulté qu'on la commande, qu'on la domine, voire qu'on la manipule. Jorn lui a gentiment reproché de vivre dans sa bulle.

— Tu te satisfais de la solitude, allongée sur ton sac de couchage dans la tente, un livre entre les mains et tout à coup, tu défonces le mur de ta chambre à coups de masse, sans préavis, sans en informer personne, sans en mesurer les conséquences ; tant qu'on n'aura pas fait construire une fenêtre, la maison sera ouverte sur l'extérieur et Lone ne s'y sentira pas en sécurité… Pour la première fois, Jorn exprimait une forme d'incompréhension clairement teintée d'agacement.

Elle s'arrête dans une clairière. Quand sera-t-elle capable d'entrer en contact paisible avec le monde qui grouille au-delà de son minuscule territoire ? Comment faire bouger les murs sans les abattre ? Aucun coup de baguette magique ne l'extraira de son histoire, du référentiel composé par la réalité dans laquelle elle s'est construite. L'expérience de chaque jour étend sa vision de la complexité. Elle perçoit mieux, comprend mieux, réagit avec plus de justesse. Mais elle ne pourra jamais compenser la privation de trente-cinq ans d'expérience, elle ne partira pas à la conquête du mystère comme une fillette qui vient d'apprendre à marcher, véritable buvard s'imbibant de tous les codes sociaux qui se présentent, elle a perdu depuis longtemps cette capacité d'absorption.

En y repensant, Jorn exagère, son jugement manque singulièrement de nuances. Mais elle se félicite de n'avoir rien dit. Mieux vaut se taire et tirer parti de l'énergie vitale qui anime son cousin. Elle s'habituera à cette impression de sauter dans le train en marche. Elle composera de toutes pièces une Rosalie différente de la femme qu'elle croit être, aussi longtemps que l'effort s'avérera nécessaire à son entourage. Rosalie a confiance, elle saura construire celle qu'elle souhaite devenir, orientée vers l'extérieur, active et entreprenante, sans pour autant se perdre.

Lone, quant à elle, l'a félicitée. Tu as bien fait d'abattre ce morceau de mur, ça manquait d'air dans cette chambre, lui a-t-elle glissé à l'oreille, après que Jorn était retourné vers l'ordinateur pour chercher sur internet un fabricant de fenêtres.

— On empruntera de l'argent à Laura et on payera la réparation. On la remboursera plus tard. On sera contentes d'avoir percé une fenêtre le jour où on revendra la maison. Et ce trou ne m'empêchera pas de dormir. Je ne ferme jamais la porte à clef le soir. Ça ne changera pas grand-chose…

Le lendemain à dix-sept heures et une minute, Rosalie sonne à l'interphone de Fergus. Elle s'engouffre dans le minuscule ascenseur bâti en rognant sur l'escalier, plus ancien. Au quatrième étage gauche, la porte est ouverte. Au moment d'entrer, Rosalie pense à sa mère.

La vie est un pari chaque jour renouvelé.

Elle pousse la porte.

Fergus l'accueille dans l'entrée. Il porte chemise, pantalon et chaussures comme s'il s'apprêtait à partir travailler. Il propose de discuter un peu dans le canapé. Bien entendu, Rosalie accepte.

— Tu veux boire quelque chose ?

— Juste un verre d'eau s'il te plaît.

Fergus avoue ne pas être habitué à ce genre de sollicitation. Il explique avoir néanmoins accepté sans vraiment réfléchir, Jorn est un ami du club de lutte d'Orléans, ils se connaissent depuis l'enfance, Jorn devait avoir une bonne raison de faire appel à lui. Rosalie acquiesce, intimidée par la situation et tout à la fois rassurée par la discrète tension qui habite son hôte. Elle revient sur ses motivations au moment où elle a prié Jorn de lui venir en aide en sélectionnant une connaissance masculine prête à enrichir sa compréhension toute livresque du sexe dans le cadre d'une sorte d'atelier découverte. La littérature, explique-t-elle à Fergus auquel l'atelier découverte arrache un rire nerveux, présente le rapport sexuel sous tous les angles imaginables, mais les scènes sur lesquelles Rosalie a pu tomber au cours de ses lectures décrivent systématiquement l'acte du point de vue de l'homme et de son membre. Gustave Flaubert, Émile Zola et d'autres ont accompagné l'éveil de ses sens, quand Henry Miller ou Philip Roth lui ont offert un point de vue plus contemporain, en d'autres termes une approche plus concrète. Toutefois, elle n'a pas eu l'occasion, au cours de sa séquestration, d'entrer en contact avec une telle littérature produite par des femmes. Rosalie regrette d'avoir évoqué la séquestration, même si Fergus est au courant. Ses épaules se sont contractées, le mot a inutilement créé une distance.

— À la fin de mon adolescence, Roland m'a soudain gratifiée d'une période Brontë. J'ai connu la joie d'explorer l'œuvre poétique et romanesque de Charlotte, Emily et Anne, les trois sœurs. J'y ai rencontré, de façon marquante pour moi chez Emily, quelques descriptions exaltées du désir qu'une femme peut ressentir pour un homme. J'avais alors encouragé Roland à persévérer dans le sens du féminin, au moment de choisir le roman qu'il m'apportait chaque vendredi.

— Ah, il t'apportait un roman chaque vendredi…

— Oui. Il était réglé comme du papier à musique. Malheureusement, il est resté collé à l'Angleterre du XIXe siècle, craignant probablement d'attiser une flamme rebelle en m'ouvrant à une littérature plus contemporaine – seule Marguerite Duras est passée à travers les mailles du filet, Marguerite Duras ne lui faisait pas peur, semble-t-il. Après les Brontë, il m'a acheté plusieurs Jane Austen.

— J'adore Jane Austen.

— Moi aussi. Mais je n'ai pu dénicher la moindre scène propre à m'offrir une vision claire de ce qu'il me serait donné d'éprouver le jour où l'occasion s'offrirait de me lancer dans le corps à corps. Tu vois ?

— Oui, je vois…

— Et je n'ai pas le temps d'attendre que les circonstances d'une telle initiation se présentent d'elles-mêmes. Je tiens à préciser que je n'ai subi aucun viol.

— Ah… Oui, c'est bon à savoir.

— Et tu ne risques pas d'attraper la moindre infection sexuellement transmissible, dans la mesure où je n'ai pas encore connu la promiscuité du rapport physique. Pour finir, tout a été prévu avec ma généraliste, afin que je ne tombe pas enceinte. Tu as des préservatifs ?

— Oui bien sûr.

Rosalie vide son verre. Fergus a reposé le sien depuis plusieurs minutes déjà, elle en déduit que le feu vert est donné.

— On y va ?, lance-t-elle en tapant sur ses cuisses.

Fergus se lève, éjecté du canapé par le claquement sec. Il la conduit sans plus de commentaire jusqu'à sa chambre, un espace blanc parfaitement rangé, les livres empilés le long des murs, les habits pliés sur des étagères comme dans un magasin. Elle le soupçonne d'avoir fait le ménage à fond pour l'accueillir dans des conditions optimales. Elle se déshabille sans attendre. Il lui emboîte le pas. Ils échangent quelques sourires gênés, tout au long de l'effeuillage. Chacun se concentre sur sa tâche et les cœurs battent à plein régime.

Les voilà nus, debout face à face au pied du lit, interdits.

Rosalie réfléchit.

À ce stade, elle doit probablement briser la glace, une certaine circonspection retient à l'évidence son partenaire.

— L'idéal serait que tu t'y prennes comme d'habitude, quand tu reçois une femme dans ta chambre et que depuis quelques instants, vous êtes l'un comme l'autre entièrement dévêtus. Pour ma part, je vais probablement connaître une période d'observation avant de me lancer dans l'initiative. Est-ce que cela te convient ?

— Oui tout à fait.

Fergus s'approche, le sexe déjà tendu. La mécanique est au rendez-vous, pense-t-elle, soulagée, tout va glisser comme sur des roulettes. Fergus pose ses mains sur les hanches de Rosalie, la pointe de sa langue rencontre ses lèvres, les poils de son torse effleurent ses seins, elle constate immédiatement qu'elle n'aura pas à se débattre pour percevoir la réalité de leur contact. Elle décide de garder les yeux ouverts. C'est alors que son corps se met à clignoter, elle ne voit pas d'autre moyen de qualifier la sensation inconnue. Son corps s'est mué en ampoule d'alerte. Elle ne ressent aucune peur, néanmoins une pensée parasite l'occupe, elle se félicite d'avoir trente-cinq ans au lieu de quatorze au moment de rencontrer un pénis en érection, elle se revoit à quatorze ans, allongée sur son lit en pyjama, plongée dans *Vendredi ou les Limbes du Pacifique* de Michel Tournier, perturbée par les séances de copulation entre le naufragé et la terre de son île. Rosalie s'écarte momentanément de son partenaire et de sa fougue croissante. Contre toute attente, elle s'imagine capturée par un inconnu qui s'apprête à la violer. Fergus s'immobilise, sentant qu'elle s'est crispée.

Non, je ne te laisserai pas mettre un pied dans cette chambre, même en pensée.

Rosalie s'arme de la voix de Virginie Despentes dont elle ne connaît que la musique silencieuse, pour sommer Roland d'aller se faire foutre dans son réduit à la Santé. Elle pousse Fergus sur le lit et s'allonge sur lui.

Lone atteint la porte de l'avion, une hôtesse lui adresse un *good bye* mécanique, Rosalie et Béatrice traînent déjà leur valise sur la passerelle de débarquement. Lone a eu besoin de les laisser passer devant, comme elle suivrait dans la jungle le guide armé du coupe-coupe frayant un chemin à travers l'entrelacs de lianes. Elle interroge du regard l'employée affectée à la surveillance du débarquement, le visage fatigué, celle-ci soulève les sourcils, un peu surprise. Rosalie se retourne pour vérifier que sa mère suit. Alors Lone s'enfonce dans le tunnel.

La voilà au Danemark.

Au-delà de l'inconfortable impression d'avoir quarante ans de retard, la véritable difficulté s'impose. Elle ne revient pas, elle a perdu la trace de ce point de vue d'enfant – je vis au Danemark, je suis danoise et à la fin des vacances en France, nous rentrerons dans notre pays. Et sourd une nouvelle question : comment puis-je me sentir chez moi en France, alors que j'y ai été retenue de force ? Le paradoxe est resté informulé, en suspens, jusqu'au voyage. Mais il est déjà temps d'embrasser Ludwik et Pernille Hansen, soudés l'un à l'autre dans leurs habits clairs à la sortie des douanes.

Au fond, Lone n'est pas inquiète. La familiarité de l'environnement agit déjà sur elle par les annonces de l'aéroport, le visage des douaniers, la plastique des voyageurs de retour dans leur pays, leur façon de se mouvoir, de saluer les proches venus les accueillir. Elle reconnaît ce nuancier social, même après quarante ans d'absence. Sa gorge se détend, les muscles autour de son larynx se souviennent aussi, elle salue ses parents d'une voix légèrement différente de sa voix française, plus puissante, plus métallique aussi, elle saura se sentir chez elle à Copenhague, oui c'est évident, il le faut, Ludwik et Pernille sont vieux, ils ont tenu, elle leur doit ça.

Béatrice regarde Lone avec une légère inquiétude, déroutée par la soudaine exaltation qui l'anime. Rosalie se délecte en silence de constater qu'Ingrid a repris du service, maman assure pour Lone en panique, la valeureuse Ingrid parle danois, sourit à pleines dents, étreint ses parents, distribue son affection, offre ses larmes même, et avant tout, tient Lone droite et digne, sans que l'effort lui coûte.

— Je vous présente Béatrice, mon amie, je lui ai proposé de nous accompagner, j'espère que ça ne pose pas de problème…

— Non bien sûr, dit Pernille.

— Nous nous serrerons un peu, ajoute Ludwik en riant.

Les Hansen habitent un coquet quatre-pièces tout près de Nyhavn, le canal reliant le centre-ville au port. Lone et Béatrice dormiront dans l'ancienne chambre de Laura, devenue la chambre d'amis, Rosalie dans le salon, on dépliera le canapé-lit. Pendant qu'Ingrid complimente Pernille avec jovialité quant au choix des meubles en bois clair et leur agencement, Lone analyse l'odeur qui imprègne les lieux, un mélange de produits d'entretien, de parfum d'intérieur et de poussière incrustée ; elle ne recense rien de tel dans sa mémoire.

— Je vous laisse vous installer, je vais préparer le thé.

Lone ouvre sa valise à côté de Béatrice, assise au bout du lit. Elle soulève une pile de t-shirts et saisit son couteau. Par chance, Laura l'a prévenue la veille du départ, attention à ne pas laisser dans le bagage à main ciseaux, couteaux ou tout objet pouvant être considéré comme une arme par la police, avant l'embarquement. Elle a aussitôt l'idée de le fixer à sa cheville. Mais elle y résiste. Peut-être, se promener dans les rues sans l'arme sera-t-il plus simple à Copenhague qu'à Montreuil. Elle va tenter le coup.

— J'ai l'impression d'arriver chez des étrangers qui nous ont loué une chambre pour le week-end.

— Tes parents peuvent le comprendre.

— Non les pauvres. Je ne vais pas leur expliquer ça.

— On reste quatre jours. Ça laisse du temps pour parler.

Rosalie frappe et passe la tête par la porte. Elle ne sait trop comment se comporter dans le salon, seule avec son grand-père, il est urgent de venir à son secours.

L'aquarelle représentant la tour Eiffel a déjà trouvé sa place sur une étagère. On boit le thé dans la salle à manger, tous autour de la table.

Comme chez moi, pense Lone.

Si ça se trouve, elle a hérité sans le savoir de cette habitude familiale.

Tout le monde parle anglais afin d'inclure Rosalie et Béatrice. Le vieux couple se plonge dans les souvenirs. Ludwik et Pernille racontent le premier soir, alors que Lone ne rentre pas de la plage, la terreur qui les envahit pendant que le soleil décline, tous les voisins de camping qui se mobilisent pour la chercher avec eux sur la longue bande de sable, au bord de l'océan, puis la police, les battues, l'angoisse qui dévore tout et le temps qui passe, les nuits blanches succédant aux journées d'hébétude, l'impasse, le vide, la nécessité de continuer à vivre, de rejoindre Laura rentrée au Danemark, de reprendre le travail.

Les soupçons, aussi. De la part de certains enquêteurs. Ne seraient-ils pas eux-mêmes responsables de cette disparition ?

Pernille et Ludwik se relayent comme les deux acteurs d'un duo rompu à l'exercice, criant presque, soulagés d'entreprendre enfin ce voyage à travers le temps face à leur fille. Lone se revoit dans la cage, les premières semaines, alors qu'elle imaginait ce que ses parents lui décrivent aujourd'hui. Elle aura été en contact avec leur angoisse, malgré la distance. Elle l'aura partagée avec eux. Cette douleur, l'impossibilité de rassurer père et mère, a longtemps fait partie de son vocabulaire de survivante. Elle l'a accompagnée, aussi longtemps qu'elle en a eu un besoin vital. Lone vivait en Ingrid, avec l'absence de ses parents et leur inquiétude. Elle comprend maintenant pourquoi elle ne parvient pas à renouer un authentique contact. Pour Lone adolescente, ses parents existaient uniquement par le manque qu'elle éprouvait. Continuer à vivre avec eux malgré l'arrachement au bonheur simple et quotidien de la vie familiale, c'était s'accompagner de leur absence. Elle ne fera jamais l'expérience de ce sentiment tant espéré, rentrer enfin à la maison. Le fil s'est usé, cassé, dissous.

Lone prend une grande inspiration et leur explique – en danois – ce qui vient de s'éclaircir dans son esprit, car Béatrice a raison, inutile de jouer la comédie plus longtemps, personne ici ne saura s'en contenter. Pernille et Ludwik l'écoutent avec attention, tout à la fois heureux de sentir qu'ils ont enfin regagné la confiance de leur fille et mortifiés de comprendre qu'ils ne la retrouveront peut-être jamais vraiment. Installée en bout de table, Rosalie constate à quel point Lone leur ressemble. Elle a reçu de son père cette gentillesse qui lui assure une patience inépuisable, si rassurante, quand sa mère lui a transmis sa capacité de réagir avec célérité et énergie aux vicissitudes de la vie, un alliage particulièrement efficace dont elle espère avoir un tant soit peu hérité aussi. Pour elle, le tumulte des différentes sensibilités humaines reste une énigme. Plus elle avance et plus le mystère s'épaissit.

Le petit groupe longe un immense ferry à quai. On progresse lentement, car Ludwik s'essouffle vite. Cette odeur, chuchote Lone pour elle-même, troublée par l'air iodé mêlé aux effluves de fuel, si caractéristique des ports maritimes… On approche de la petite sirène, objectif de la promenade. Pernille avance dans le récit de la vie des Hansen à Copenhague depuis le déménagement de 1984. Elle se ravise après quelques minutes.

— Je ne vais pas t'assommer avec mes histoires.

— Tu ne m'assommes pas… C'est angoissant parce que j'ai raté tout ça, mais ça m'intéresse.

Lone s'imprègne de l'air et de la lumière. Tout au fond, l'adolescente séquestrée adresse une insulte au vieux détenu. En cette seconde, elle aimerait qu'il la voie déambuler en famille sur ce quai. On atteint la célèbre statue, beaucoup plus petite que Lone ne l'avait imaginée. Rosalie observe avec une stupéfaction confinant à l'épouvante les touristes qui montent sur le rocher et posent auprès de la sirène assise, comme s'ils enlaçaient une vieille copine. Dans leur dos, de l'autre côté du port, s'aligne une rangée de grues. Au retour, Lone parle à Béatrice, quelques pas devant Rosalie, calée entre ses deux grands-parents, un à chaque bras. L'écoute de son amie exerce un pouvoir apaisant dont elle use sans compter.

— J'ai connu le bonheur. De manière très fugace, comme tout le monde je pense. Par moments, je constatais que rien ne me manquait et je rayonnais. Voilà quelque chose que je n'ai encore jamais dit. Impossible d'évoquer ces instantanés de bonheur. Même avec Rosalie, avec laquelle j'en ai fait l'expérience, quand nous étions seules. Je ne saurais expliquer comment j'ai pu ressentir de la joie pendant la séquestration, ça dépasse de loin mes capacités. Ou peut-être, ne maîtrisé-je aucune langue suffisamment pour décrire une telle ambiguïté sans prendre de risques.

— Quels risques ?

— Donner l'idée d'une forme de complicité de ma part.

— C'est tout à fait compréhensible, je trouve.

— Vraiment ?

— Oui. Même en enfer, on peut ressentir des moments de joie.

— En présence du détenu, je n'ai jamais connu ça. Il manquait toujours la liberté, un équilibre relationnel, une interaction qui ne soit pas le fruit de sa volonté, un échange qui respire. Il m'est arrivé de me détendre suffisamment pour oublier de me méfier. J'ai pu me trouver en sa présence et cesser l'espace d'un instant de surveiller ses mouvements, cesser d'être sur le qui-vive, prête à m'adapter aux changements brusques et arbitraires de son humeur. Je crois avoir ressenti par instants une certaine compassion pour sa personne. Je ne sais pas d'où il vient, il ne m'a jamais raconté son histoire. Cependant, je pouvais mesurer à quel point la solitude lui pesait. Il prenait certains jours pleine conscience de l'échec complet de son entreprise. Quoi qu'il fasse, le mensonge régnait au sein de son foyer. Il comprenait qu'on ne peut pas construire une famille aimante en contraignant une jeune femme à vivre sous son toit, en lui imposant une sexualité qui la révulse. Je devinais cette faille dans son regard. Dans ces circonstances, Ingrid s'effaçait, j'étais moi-même, en face de lui. Je voulais qu'il fasse pleinement l'expérience de la réalité dans laquelle il nous maintenait tous les trois. Il lui arrivait de pleurer. Calmement installé au fond de son désespoir. Je m'éloignais. Je sortais de la pièce.

Un crachin perçant commence à tomber, alors que le petit groupe approche de Nyhavn. On sort les parapluies, mais on n'accélère pas. Ludwik grimace, le teint pâle. Rosalie le soutient.

— … Ces fissures dans son humeur se sont raréfiées avec le temps. Plus je me suis ancrée dans mes stratégies d'évitement, plus il a accepté le statu quo.

La force de l'habitude. Les viols se sont espacés, eux aussi. Les dernières années, il ne me touchait plus qu'en de rares occasions. J'ai espéré qu'il comprenne, dans ses moments de profonde tristesse, que jamais la situation ne pourrait s'améliorer, j'ai espéré qu'il jette l'éponge, qu'il déverrouille la porte et nous laisse partir. Je manquais singulièrement de lucidité. Il ne pouvait pas nous libérer. Il avait pour seul choix de vieillir avec nous ou de nous tuer.

— Ou de se suicider.

— Ça je n'y crois pas, il ne se serait jamais suicidé. Par contre, il a forcément songé à se débarrasser de nous.

— Et qu'est-ce qui l'en a empêché ?

— Le détenu n'appartient pas à la catégorie des hommes capables de vivre seuls.

Pernille Hansen observe sa fille, dix mètres devant elle, accrochée au bras de Béatrice. Sa silhouette de femme mûre n'efface pas l'adolescente, Pernille la voit, frêle et solide à la fois. Elle est fière d'avoir mis au monde cette femme d'exception et d'avoir contribué à son éducation. Elle se réjouit d'être en bonne santé et pleine d'une énergie qui va la porter à travers les quelques années qui lui restent à vivre, apaisée.

— J'aimerais te demander quelque chose, Béatrice.

— Je t'écoute…

— J'ai commencé à écrire mon histoire. Je raconte les souvenirs qui me restent de mes premières années ici, au Danemark. Je vais bientôt attaquer l'été fatidique, les vacances au camping de Seignosse, l'enlèvement, les premiers moments dans la cave. C'est difficile, mais je sens que j'en ai besoin.

— C'est probablement une excellente idée.

— J'ai commencé par écrire en danois. J'avais beaucoup de mal. J'ai l'impression de mieux maîtriser le français à l'écrit. Peut-être parce qu'il crée une distance… En tout cas, j'ai recommencé en français. Je voudrais te demander si tu serais d'accord pour me relire…

— Bien sûr.

— J'écris pour moi, c'est évident, mais ça ne suffit pas à justifier ce que je suis en train de tenter.

Depuis qu'elle est au Danemark, Lone n'a pas consacré son temps à surveiller les mouvements des passants dans la rue, elle n'a pressenti aucun danger, le couteau ne lui a pas manqué, elle s'en fait la réflexion en montant l'escalier. Elle progresse.

Rosalie accroche son imperméable et se laisse tomber dans le canapé, à côté de Lone.

— J'espère que vous ne m'en voudrez pas trop de porter à votre connaissance la réflexion que je viens de me faire, mais je ne vais pas pouvoir me retenir car c'est trop fort, trop enthousiasmant, l'envie de vous en faire part s'agite dans mon ventre comme un vol de papillons.

— Vas-y, nous t'écoutons.

— Sa puissance s'est révélée à moi dans *Un barrage contre le Pacifique* de Marguerite Duras, j'avais onze ans, je l'ai par la suite observée de livre en livre, jusqu'à *Moby Dick* de Herman Melville l'hiver dernier, fascinante et dangereuse ; je n'ai rien dit pendant la promenade, mais c'était la première fois qu'il m'était donné de voir la mer…

Lone caresse les cheveux de sa fille.

— Tu peux traduire pour Pernille et Ludwik ?

LA PAROLE

Roland Turcat entre dans la salle d'audience, menottes aux poignets. Debout dans le box des accusés, il balaie l'espace en bois clair de son regard exalté, les sourcils en accent circonflexe. Deux ans de cellule l'ont amaigri. Lone est surprise, elle s'attendait à le voir bouffi, boursouflé par l'inaction. Le détenu ne ressemble plus à l'homme replet qui s'est effondré dans la cuisine un matin, au petit-déjeuner, il a récupéré la silhouette du garçon surveillant l'entrée du camping, corps sec et musclé. Revoilà le séducteur, quarante-deux ans plus tard, encadré par deux policiers, l'allure fière, la peau néanmoins terne et ridée d'un prisonnier de soixante-sept ans. Lone avait perdu de vue le beau jeune blond dès le premier matin dans la cave, il avait tombé le masque, c'était alors comme s'il avait abandonné son propre visage, un accessoire social inutile au sein de son royaume.

Un frisson parcourt le dos de Lone. Le détenu vient de les repérer au milieu de la foule, impassibles l'une et l'autre, abritées derrière leurs lunettes noires. Non il ne verra pas leurs yeux, il ne saura jamais à quel moment elles le dévisagent. Il s'anime cependant, tout porte à croire qu'il a décidé de jouer l'époux soulagé de reconnaître sa femme et sa fille, présentes et combatives, indéfectibles soutiens dans l'épreuve, discrètes mais vouées à sa cause au milieu d'une assemblée hostile. Désormais, c'est lui qui interprète sa partition en solo.

Personne n'est dupe.

Ce qui compte dans son paradigme vrillé, c'est de tenir le personnage qu'il a choisi de composer depuis le début de l'instruction, l'innocent, le naïf tombant des nues, coupable moi ?, je n'ai jamais contraint personne, Lone Hansen est tombée follement amoureuse de moi à l'âge de quatorze ans, pendant ses vacances dans les Landes, elle a décidé de me suivre de son plein gré, je reconnais le détournement de mineure au regard de la loi mais vous comprenez, au début des années 1980, on ne pensait pas à mal, les mœurs s'étaient relâchées, la révolution sexuelle des années 1970 avait fait son œuvre et non, je n'ai pas contraint Lone à s'appeler Ingrid, je n'ai pas contraint Rosalie à rester enfermée dans la maison, quel sombre délire, d'ailleurs elle est sortie en de nombreuses occasions, avec sa mère, avec moi ; nous l'avons scolarisée à la maison, c'était notre droit, nous ne l'avons pas vaccinée car nous ne croyons pas aux vaccins, j'en veux pour preuve que Lone et moi-même ne sommes pas plus vaccinés que notre fille, nous n'allons jamais chez les médecins, nous nous soignons nous-même, nous nous brossons les dents avec soin et n'avons aucun besoin d'engraisser les dentistes… Mon ancien collègue Gilles Coche ment comme il respire, il affabule, il déclare n'avoir jamais vu Rosalie lors de ses visites car il est amoureux de ma compagne, c'est simple, il me charge dans le dessein de me faire enfermer à vie, il a décidé de prendre ma place… Quant aux voisins qui déclarent n'avoir jamais eu connaissance de l'existence de Lone ou Rosalie, que voulez-vous que je vous dise, nous évoluons dans l'agglomération parisienne et son anonymat, le contraire exact de la vie de village où tout le monde se connaît et tout se sait, ici personne ne connaît personne, moi-même je serais bien incapable de vous décrire mes voisins immédiats… Le squelette de nourrisson au fond de notre jardin ? Un terrible choc pour moi, je ne sais pas si vous pouvez vous en rendre compte, imaginez-vous que je suis parti travailler un matin et quand je suis rentré, ma compagne avait accouché, l'enfant avait disparu, elle m'a dit l'avoir abandonné quelque part, elle ne m'a jamais révélé où. Je l'ai accepté, je savais qu'elle ne voulait pas de garçon, elle attendait une fille, elle en parlait constamment, notre fille par-ci, notre fille par-là… J'ai bien remarqué la terre retournée dans le jardin, mais Lone avait planté le jasmin qui attendait dans un pot depuis plusieurs jours, j'étais loin de la croire capable d'exécuter et d'enterrer notre enfant pendant mon absence…

Une explication pour tout, la fuite en avant, tout plutôt qu'avouer, reconnaître les faits, admettre ses crimes, l'enlèvement, la séquestration, les innombrables viols, l'assassinat de Tobias, tout plutôt qu'endosser l'identité du bourreau. Le détenu sourit, il leur envoie des clins d'œil et son visage réagit comme si elles y répondaient. Lone se demande s'il n'est pas devenu fou, s'il n'a pas définitivement basculé dans un monde parallèle, s'il croit désormais à sa version, la version qu'il va sans aucun doute défendre contre vents et marées en espérant ne jamais quitter la route, car déraper dans un virage trop serré le précipiterait à coup sûr dans le ravin.

Béatrice n'est pas rassurée car elle est bien obligée d'admettre que la fable tient. Bien qu'habitant à moins de vingt mètres de sa maison, elle ne pense pas avoir jamais croisé le détenu dans la rue de la Mare-à-l'Âne ou au supermarché. Il ne lui évoque rien. Pas plus que Lone et Rosalie, en fait. Elle n'a jamais vu personne entrer au 28 ou en sortir. De façon générale, elle entretient peu de rapports avec les habitants de la rue, mais elle les a pour la plupart identifiés, ils échangent un sourire ou un bonjour quand ils se croisent. Lui, non. Béatrice observe Roland Turcat avec attention. Elle éprouve une certaine satisfaction à le voir évoluer dans la salle d'audience. Elle en a tellement entendu parler. Il a plus l'air de sortir d'une salle de gym que d'une cellule, l'athlète vient de terminer une série d'abdos et de prendre une douche rapide avant d'enfiler une chemise d'un blanc impeccable, une cravate bleue et un costume gris clair parfaitement ajustés. Il respire la santé. Béatrice comprend bien qu'il cherche à atteindre Lone et Rosalie par sa bonne humeur forcée, non vous n'avez pas gagné mes belles, je suis toujours là, frais et pimpant, le nez frétillant et la mèche laquée.

Pauvre créature.

Lone et Rosalie ne s'attendent à aucune excuse, aucun acte de contrition. Ses éventuels remords, son hypothétique repentir les indiffèrent. Dans cette salle, elles sont deux femmes libres, il est le prévenu. Seul l'avocat de la défense, forcé par le contrat qui le lie à son client, fait semblant de croire à la comédie qu'il interprète. Voyons donc ce qui va lui tomber dessus, se dit Béatrice. Elle garde la main droite ouverte sur sa cuisse, au cas où Lone aurait besoin de s'en saisir, Lone pour l'instant aussi immobile qu'une statue de marbre.

Rosalie a annoncé qu'elle ne viendrait pas tous les jours. Elle ne souhaite pas s'infliger *ce spectacle* au quotidien. Elle ne ratera pas ses cours pour affronter chaque matin la mer de caméras à traverser et les vagues de micros tendus à repousser. La pression médiatique qui s'était peu à peu calmée est repartie de plus belle. Non, elle ne s'y pliera pas. Elle passe son bac dans un mois, elle ne veut pas se disperser, elle a besoin de concentration. Lone assurera la continuité de leur présence opiniâtre avec le soutien de Béatrice. Anne Zilbermann, leur avocate, désapprouve ce choix, car elle défend l'idée d'une présence quotidienne, elle considère comme important de ne pas laisser aux jurés la possibilité d'imaginer que Rosalie ne se sent pas concernée par les débats. Rosalie a argué que l'ensemble des preuves rassemblées lors de l'instruction lui paraissait suffisant pour condamner le détenu dix fois, qu'il fallait faire confiance à la perspicacité des individus composant le jury. Elle a ajouté, pour finir, que l'époque où quelqu'un avait les moyens de la contraindre à rester enfermée quelque part était révolue, le débat était clos, maître Zilbermann a rangé ses dossiers dans le superbe attaché-case de cuir noir dont elle ne se sépare jamais.

— Nous serons inoxydables, Anne, souples et incassables comme les bambous de notre jardin. Pour le reste, je m'accorde le droit de venir quand je n'ai pas trop de travail, quand le programme du jour m'intéresse, en résumé, quand ça me chante.

En plus du jour où elle sera elle-même convoquée pour témoigner, Rosalie précise avoir déjà prévu d'assister au témoignage de sa mère.

Marie-Louise Turcat s'exprime avec calme et clarté. À la fin des phrases qu'elle adresse au juge, son regard glisse sur son fils. Celui-ci l'écoute avec attention, comme s'il découvrait sa propre histoire. Lone apprend qu'il a grandi à Issoudun dans l'Indre. Son téléphone l'informe de la position géographique d'Issoudun, région Centre, à égale distance de Bourges et Châteauroux, pas très loin d'Orléans où vivent Laura et Nicolas. Le couple Turcat tenait une épicerie, à l'écart du centre-ville. Le petit Roro – c'est ainsi qu'on l'appelait alors – a grandi sans histoire. Élève moyen, ni bon ni mauvais, d'un niveau qui lui a toujours permis de passer dans la classe supérieure sans se faire remarquer. Après l'école, il rejoignait ses parents à l'épicerie familiale et faisait ses devoirs dans l'arrière-boutique. Le magasin fermait ses portes chaque soir à dix-neuf heures. La famille montait alors au premier étage. Madame préparait le dîner, monsieur regardait la télé pendant que Roland jouait dans sa chambre. Il n'a eu ni frère ni sœur. D'après Marie-Louise Turcat, vieille dame réservée sans être intimidée par le tribunal, alerte malgré ses quatre-vingt-six ans, son fils était un enfant solitaire. Il ne ramenait jamais de camarades à la maison. Le week-end, il passait le plus clair de son temps à organiser de grandes batailles avec les soldats de plomb et les figurines militaires qu'il disséminait dans le jardin, derrière la maison. Personne n'était alors autorisé à descendre sur la pelouse du petit terrain attenant. L'enfant, révèle sa mère, aimait particulièrement reconstituer les batailles napoléoniennes. Roland a quitté Issoudun après le baccalauréat pour préparer un BTS action commerciale à Tours. Il rentrait chaque week-end. Le samedi, il aidait au magasin, depuis que son père, Eugène Turcat, avait été blessé dans un accident à bord de la camionnette avec laquelle il effectuait la tournée des villages voisins. Ses deux jambes avaient été fracturées en plusieurs endroits, il en gardait des séquelles. Le dimanche matin, après avoir regarni les étagères du magasin, Roland enfourchait son vélo, muni de son matériel de pêche et d'un pique-nique qu'il préparait lui-même. Il rentrait le soir avant l'heure du dîner, ramenant plusieurs poissons qui filaient tout droit au congélateur, lâche la vieille dame en grimaçant, traversée par le dégoût que lui inspire encore le souvenir de ces cadavres gluants. Diplôme en poche, Roland s'est installé en région parisienne et il a disparu. Il a cessé de rendre visite à ses parents. Il n'a plus donné signe de vie, malgré leurs nombreuses sollicitations téléphoniques et postales. Il avait vingt-trois ans.

Enfant, Roland n'a jamais fait montre d'une propension particulière à la cruauté. Mme Turcat déclare n'avoir jamais considéré son fils comme dangereux pour la société. Il possédait un chat qu'il appelait Minouchat, et un canari, Goliath.

Un chat et un canari, pense Lone, le prédateur et tout près, sa proie. Elle imagine Minouchat au poil tigré et soyeux, assis sur son séant, la tête relevée, la queue déroulée sur le linoléum ensoleillé, épiant l'oiseau stressé par la présence féline, qui saute de perchoir en perchoir dans sa petite cage suspendue au plafond. Debout dans un coin de la pièce, le petit Roro observe les deux animaux.

Mme Turcat ne semble ressentir aucune émotion à la vue de son fils, un homme âgé de soixante-sept ans désormais, qualifié par la presse de monstre révulsant la France entière. Lone, Rosalie et Béatrice ne lisent rien qu'elles sauraient décoder sur le visage fripé de la vieille dame. Marie-Louise Turcat quitte le prétoire quand on l'y invite. Elle ignore le sourire figé que lui adresse son fils. Ton père est mort l'an dernier, lâche-t-elle sans un regard, juste avant de disparaître.

À l'âge de vingt-trois ans, le prévenu achète à crédit la maison de Montreuil. On projette une série de clichés pour l'assemblée. Chaque pièce a été photographiée par la police, cave comprise. Il est précisé que Rosalie Hansen a ouvert une fenêtre murée quelques semaines après sa libération, il est précisé qu'une deuxième a été mise au jour un an plus tard dans la chambre de Lone Hansen, ancienne chambre du *couple*, côté jardin. Les systèmes d'isolation phonique sont décortiqués. À vingt-trois ans, donc, Roland Turcat commence à préparer son projet d'enlèvement. Il isole sa cave, installe des barreaux aux fenêtres, plante la petite forêt domestique qui séparera l'habitation de la rue – chaque étape du chantier est datée par les factures qu'il a conservées dans ses archives. Et deux ans plus tard, le piège se referme.

Lone et Béatrice profitent d'une pause pour se dégourdir les jambes dans le couloir.

— Ça va ?

— Oui ça va. C'est intéressant, tu ne trouves pas ?

— Très intéressant.

— On commence à avoir une certaine vue d'ensemble. Tu as des chewing-gums ?

— Non, j'ai fini mon paquet hier, il faut qu'on en rachète.

— J'ai envie d'un chewing-gum.

Lone part à la recherche d'un distributeur. En attendant l'ascenseur, elle se regarde dans la porte réfléchissante. Élevez votre progéniture dans une épicerie de province, vous obtiendrez aussi bien Roland Turcat qu'Annie Ernaux, pense-t-elle en appuyant sur le bouton du rez-de-chaussée. À côté de Lone dans la cabine, un homme mesurant moins d'un mètre soixante replace son nœud de cravate, le menton tendu vers le plafond. Lone a vécu la plus longue des batailles napoléoniennes au fond du jardin, elle a vaincu Sa Majesté l'Empereur à l'usure.

À la différence de Marie-Louise Turcat, Lone n'adresse pas ses réponses au juge. Elle a ôté ses lunettes de soleil et verrouillé son regard sur le détenu. Elle ne le lâche pas. Il fait mine de prendre des notes. Il s'échappe. Elle raconte tout, à partir des premiers sourires furtifs au camping. Elle raconte la dernière après-midi de plage, l'embarquement pour l'enfer, les trois premières années dans la cage, la naissance de Tobias et sa disparition immédiate, son corps découvert dans le jardin au printemps de la libération. Elle raconte son changement de prénom, les portraits d'Ingrid Bergman dans la cuisine qui ont été montrés à l'assemblée, le soutien qu'ils lui ont apporté, les bâtons tracés chaque année au dos du portrait de l'actrice adolescente – l'ancienneté des premiers a été confirmée par les analyses de la police scientifique –, la ligne blanche, les menaces, l'école à la maison, la tentative de transmission du danois, la fin brutale de cette entreprise, les micros, les emprisonnements intempestifs dans la cage baptisés *vacances dans la petite maison* selon la poétique perverse de son ravisseur. J'ai appris pendant le témoignage de Marie-Louise Turcat, précise-t-elle, que son fils est un stratège de guerre et en bon stratège de guerre, il assume ses crimes sans trembler en les camouflant sous des appellations inoffensives. Lone décrit les viols quotidiens, depuis le premier jour, quarante ans de viols. Le détenu lève les yeux au moment où Lone prononce le mot *viol* pour la première fois et chacun constate qu'il s'en étonne. Il découvre qu'il violait Ingrid. Il a déjà entendu ce même mot dans la bouche du juge d'instruction, maintes fois depuis le départ, mais le mot *viol* semble s'incarner au moment où Lone le prononce. Lone raconte son unique sortie, l'excursion dans la forêt, elle raconte la peinture, les aquarelles effacées avant le retour de son geôlier, elle raconte aussi les parties de Domino chaque vendredi soir, la cruelle morsure de la normalité feinte, les visites de Gilles occasionnant les *vacances* de Rosalie. Lone raconte les années qui passent et se ressemblent, la disparition de toute perspective et enfin l'infarctus, le téléphone portable dans sa main pour la première fois de son existence, l'appel des secours, l'attente, cachée avec sa fille dans l'escalier de la cave puis la porte ouverte, sa difficulté à passer la ligne le jour de la libération, le combat quotidien, depuis, pour dépasser cette ligne gravée dans sa chair.

C'est bien Lone qui parle, mais Rosalie sait qu'Ingrid l'épaule, Ingrid qui adapte en un éclair ses émotions aux attentes de l'auditoire, soutient Lone que la colère pourrait écarter de sa trajectoire. Toute la rage est concentrée dans le regard qu'elle visse sur le détenu du début à la fin de son témoignage, un regard d'acier. Le discours recèle juste la part d'animosité nécessaire afin qu'on ne la considère pas comme un monstre de froideur. Tout en détaillant sa vie de recluse, elle déroule avec finesse un catalogue d'émotions propre à retourner le juré le plus obtus, qui aurait jusqu'à cet instant et par la plus grande des résistances douté de la réalité de son calvaire. Lone a bien compris qu'à la barre, elle n'a aucun intérêt à se laisser aller. Elle répond aux questions, elle s'abandonne à l'émotion quand il lui semble utile que certaines de ses déclarations infusent. Oui, c'est Ingrid, Général en chef de l'armée Hansen, qui est aux commandes. Quarante-trois ans d'une carrière irréprochable. Elle livre son dernier combat avant la retraite et les honneurs. De son côté, Rosalie pourrait se lever et danser dans l'allée centrale, heureuse de célébrer une dernière fois la grandeur de sa maman pour l'éternité, toujours aussi pugnace. Elle jubile derrière ses lunettes opaques, sagement calée entre Béatrice et Jorn d'un côté, Laura et Nicolas de l'autre, tous impressionnés, presque effrayés par la force de titan dont il leur est donné de prendre la mesure, ce jour-là, dans la salle d'audience du palais de justice de Paris, cette énergie vitale qui a conduit leur chère Lone du centre de la terre jusqu'à eux.

Le détenu finit par poser son stylo. Il sonne le repli. Son front se réfugie dans sa main droite. Il se cache. Plus personne ne verra son visage tant que Lone n'aura pas quitté la barre.

— Ma mère a tout dit déjà, je n'ai pas grand-chose à ajouter, je suis confuse…

Rosalie n'a pas envie de parler.

— Pouvez-vous évoquer vos relations avec Roland Turcat ?

— Roland…

Elle a été gagnée par la peur, dès qu'elle a posé le pied à la barre. Elle aurait dû se préparer. Elle s'en veut.

— Comment vous traitait-il ?

Rosalie se perd dans différentes considérations, attention à ce que tu vas dire, tu ne dois pas avoir l'air de le charger, tu ne dois pas avoir l'air de le défendre non plus.

— Il me traitait bien en général. Il ne me frappait pas…

Elle cherche à se remémorer la force paisible qui donnait une intelligibilité parfaite au témoignage de sa mère.

— … Il lui arrivait de m'enfermer dans la petite maison.

Immédiatement, Rosalie regrette de ne pas avoir dit *cage*, comme Ingrid.

— Parfois, c'était pour me punir d'une bêtise que j'avais faite, parfois je ne savais pas pourquoi.

Rosalie rougit, elle s'aperçoit qu'elle vient de parler comme une petite fille.

— Vous ne saviez pas pourquoi ?

Elle tente de se reprendre, laisse passer quelques secondes avant de répondre.

— Je pense qu'il lui arrivait de m'enfermer dans la petite maison, je parle de la cage, pour que ce soit clair, la petite maison c'est la cage, excusez-moi, dans ma tête c'est toujours la petite maison, je vivais dans la grande maison et il m'arrivait d'être enfermée dans la petite maison, ce sont les mots qu'il employait et que nous devions employer…

— C'est très clair madame.

Lone a ôté ses lunettes. Rosalie parvient à se rassurer. Il faut continuer.

— Oui, très bien, merci, je disais donc… Qu'est-ce que je disais…

— Il arrivait à Roland Turcat de vous enfermer dans la petite maison… pour quelle raison ?

— Oui, je pense qu'il m'enfermait le plus souvent pour faire pression sur ma mère.

Ma mère, oui, voilà la meilleure solution. Ainsi, Rosalie ne se prendra pas les pieds dans le tapis entre Ingrid et Lone et les jurés ne la croiront pas folle.

— Vous pouvez essayer de nous expliquer cela ?

— Quand Roland souhaitait exercer une pression psychologique sur ma mère, il m'enfermait dans la cage, car je supportais très mal d'être emprisonnée dans le noir, c'était très angoissant pour moi et ma mère le savait…

Rosalie a honte de sa façon de s'exprimer. Trois ans n'ont pas suffi à la convaincre que les gens ne se croient pas en présence d'un monstre de foire quand ils la regardent ou l'écoutent. Soudain, l'idée lui vient de suivre la stratégie de Lone qui a laissé Ingrid tirer les ficelles quand elle est montée à la barre. Elle se détend. Désormais, c'est la Rosalie d'avant qui parle, la fille d'Ingrid, celle qui mesure chaque mot, corrige instantanément les erreurs, la Rosalie sans complexe, qui s'évade dans la lecture. La Rosalie libre est maintenant à l'abri, elle s'est dissimulée quelque part en son for intérieur. Elle ne sent plus les regards, elle a rejoint le théâtre de personnages qui peuplent sa vie depuis qu'elle sait lire. À la barre, comme dans la grande maison, ce dont il s'agit, c'est de survivre.

Lone, Béatrice et Rosalie dînent dehors, comme à leur habitude, si la météo le permet. Les grandes discussions se concentrent autour de la table de jardin depuis le début du procès. Rosalie ne s'est pas déplacée pour le témoignage du détenu. Elle a préféré rester à la maison avec ses révisions d'histoire. D'après Lone, elle a bien fait de ne pas venir, il s'est enlisé encore un peu plus dans sa posture d'innocent.

— Personne n'est parvenu à l'acculer ?

— Si bien sûr, très vite même, dès qu'on lui a demandé d'expliquer la présence de la cage et l'isolation phonique du sous-sol.

— Alors ?

— Il s'est tu. Il ignore tout ce qui n'entre pas dans sa logique. Il fait comme si la question gênante n'avait pas été posée. Même quand le juge exige une réponse.

Béatrice ajoute qu'il oppose une sorte de regard absent et reprend la parole quand une nouvelle question lui paraît gérable.

— Il fallait voir l'avocat de la défense se décomposer au début du témoignage, dès que la stratégie du détenu a commencé à apparaître. Cette attitude a fini de le condamner aux yeux de tous.

Rosalie découpe sa cuisse de poulet sans aucun commentaire. Comme à son habitude, elle détache toute la chair de l'os avant de commencer à manger. Lone pose ses couverts.

— Je crois que j'ai fini d'écrire mon livre.

Rosalie relève la tête.

— Mais le verdict n'est pas encore tombé…

— Je ne raconte pas le procès. Je m'arrête au moment où nous posons le pied dans la rue, le premier jour. Si j'arrive à faire publier ce texte, j'en écrirai un deuxième pour raconter la suite.

— Tu n'auras aucune difficulté à te faire publier.

— Tu exagères, Rosalie.

— Je n'exagère pas du tout. Les éditeurs vont t'accueillir à bras ouverts. C'est le moment idéal pour le faire lire. Il s'agit plutôt de bien choisir à qui tu l'envoies. Si tu veux, je demande conseil à Yasmine, elle saura tout de suite à qui t'adresser.

Rosalie replonge sur sa cuisse de poulet.

— En plus c'est très bien écrit, ajoute Béatrice. Tu as trouvé le titre ?

— Je crois bien, oui.

Plus tard dans la soirée, Lone s'approche de sa fille, adossée au mur sous la fenêtre ouverte de sa chambre, plongée dans *Rosie Carpe* de Marie NDiaye.

— Je peux te déranger ?

— Oui bien sûr…

— Ce qui m'a fait du bien aujourd'hui, c'est de constater que le détenu n'a plus les moyens d'imposer son monde, sa vérité, comme il le faisait entre les quatre murs de la maison. Il est désormais inscrit dans un univers plus vaste, dont il ne détient pas les clefs. Son système ne fonctionne plus, il ne peut embarquer personne. Je crois que mon corps entier avait besoin de faire l'expérience de cette situation.

— Oui je comprends.

— Quelque chose ne va pas ma chérie ?

— J'ai bien réfléchi et puisque rien n'est simple dans la vie, que les progrès souhaités n'adviennent jamais avec l'évidence d'un nouveau roman qui s'ouvre entre mes mains, j'ai préparé un plan d'action. Je veux chercher la joie, je veux m'efforcer le plus souvent possible de susciter les moments de félicité. Car il m'arrive d'en faire l'expérience, au cours de la journée. Je m'aperçois soudain que je suis épanouie. Je pédale sur mon vélo et je vois l'ombre d'un chêne glisser sur le dos de l'inconnu qui pédale devant moi, ou bien je prends le soleil dans le jardin et je te vois vider l'arrosoir au pied de ton érable préféré, concentrée comme si le sort du monde en dépendait. Alors je me réjouis d'être en vie. J'ai confiance en l'avenir. Je saurai trouver ma place, même si l'effort, de façon générale, ne m'est pas naturel. J'apprendrai. J'apprends déjà. Je saurai déterminer si je dois vivre seule ou en couple, quel métier je souhaite exercer, comment m'y préparer… Je ne suis plus la jeune femme pâle que trente-cinq ans d'inactivité n'ont formée à rien si ce n'est aux rêveries, tu comprends ? Quand le procès sera terminé, je passe mon bac et ensuite je m'en vais. Toute seule. Sur mon vélo. Vers le sud. Sans but précis, si ce n'est découvrir.

— C'est une merveilleuse idée, Rosalie.

— Tu trouves ?

— Oui je trouve.

— Je veux me heurter au monde. C'est incroyable, je n'ai pas peur et j'espère que tu n'auras pas trop peur non plus, je n'ai pas quatorze ans, je peux me défendre, j'ai acheté un couteau pliable, il est là, dans ma poche, je me dis que sur la route, je ne suis pas plus exposée au danger que dans les rues de Paris. Et vivre, au fond, c'est prendre des risques, non ?

— Vivre, c'est prendre des risques. Oui…

Lone n'a jamais eu l'opportunité de se préparer à laisser partir sa fille, à l'y encourager même, mais au moment où Rosalie annonce qu'elle va chercher sa voie ailleurs, Lone atteint cet endroit paisible à l'intérieur, où il est possible de lâcher en douceur ce que quelque temps plus tôt on aurait dû lui arracher.

Lone, Béatrice et Rosalie boivent un café en attendant le verdict, dissimulées dans un recoin du palais de justice. Lone prend des notes sur un calepin. Béatrice est nerveuse. Rosalie danse sur place, le casque de son téléphone vissé aux oreilles. Sa mère lui fait signe de se calmer, elle va finir par attirer l'attention. Rosalie arrête la musique et arrache les écouteurs en tirant sur le fil.

— Dis-moi Lone, si tu pouvais décider de la peine, tu le condamnerais à quoi, le détenu ?

— Je le ferais pendre par les couilles jusqu'à ce que mort s'ensuive.

Les trois femmes éclatent de rire, la tension se relâche un moment.

— Il pèse son poids… Je pense qu'elles s'arracheraient sans délai.

— J'espère bien. Après, je le laisserais mourir de faim. Je lui ferais juste apporter à boire, pour qu'il survive quelques jours.

— À mon avis, il mourrait avant, commente Béatrice. Le sang s'écoule très vite quand les testicules d'un mâle sont atteints. J'ai lu que le jack russell, vous voyez le petit chien blanc à l'humeur bondissante…

— Oui ?

— Le jack russell, qui est un chasseur, saisit dans sa gueule les testicules du sanglier et il ne relâche sa prise qu'après la mort de l'animal. Le détenu ne tiendrait pas longtemps sans ses breloques.

— Ah dommage.

Béatrice glisse un œil pour voir si l'audience va reprendre.

— Tu avais déjà pensé à ça ?

— Non Rosalie. Je viens de l'inventer pour répondre à ta question. C'est ce que je déciderais.

— Je suis loin d'être une spécialiste en droit pénal, cependant je serais assez surprise que la loi française retienne une telle sanction dans l'éventail des possibles. En tout cas, je salue la vivacité de ton imagination.

Lone sourit et finit son café.

— Et toi Rosalie, tu le condamnerais à quoi, si tu pouvais choisir ?

— Je dirais que je me désiste au profit de ma mère, car s'il s'agit de faire justice soi-même, c'est à elle de décider.

Le prévenu se voit signifier une peine d'incarcération à perpétuité assortie d'une peine de sûreté de trente ans. Il ne sortira pas avant l'âge de quatre-vingt-quinze ans. Il est également condamné à verser des dommages et intérêts en réparation des préjudices physiques et moraux qu'il a fait subir à Lone et Rosalie, lesquels sont déclarés inestimables par le jury. Il est convenu que l'ensemble de ses biens leur reviennent pour moitié à chacune, comme l'avait demandé maître Zilbermann. En plus de la maison de Montreuil et de l'appartement de

Six-Fours-les-Plages qui leur sont alloués en indivision, elles recevront les économies d'un montant de cent douze mille euros et cinquante-huit centimes amassées sur plusieurs comptes en banque. De même hériteront-elles de la maison d'Issoudun après le décès de Mme Turcat. Lone et Rosalie ont prévu de vendre les immeubles, à commencer par l'appartement de Six-Fours qu'elles n'ont jamais vu. Le procès terminé, elles ne souhaitent ni l'une ni l'autre rester reliées au passé malheureux par quelque possession qui viendrait constamment le rappeler.

Après la lecture du verdict, le détenu se tourne vers elles, lève les paumes à côté de ses épaules, leur signifiant dans une grimace qu'il est navré de les abandonner, contraint et forcé. Elles ont chaussé leurs lunettes de soleil en prévision de ce dernier sketch et lui opposent leur plastique sculpturale, la même depuis le début du procès. Il perd son sang-froid au moment de quitter la salle, s'agite soudain comme pour échapper aux policiers qui l'encadrent. Les deux agents ne tardent pas à le maîtriser. Venez me voir, putain !, hurle-t-il juste avant que la porte se referme. Lone et Rosalie attendent quelques secondes. Et l'agitation gagne la salle. Alors seulement, elles retirent leurs lunettes, rejoignent leur avocate et la remercient chaleureusement.

En quittant le palais de justice, Rosalie déclare avoir été très intéressée par les débats, la façon dont les forces en présence se sont saisies de leur histoire, comment elles ont tenté de se faire une idée de ce que Lone et Rosalie avaient pu traverser l'une et l'autre, au quotidien comme dans la durée, en rapprochant les différents paramètres de la séquestration de leur propre expérience de la vie, la domination, l'emprise ou l'enfermement.

Rosalie a observé le détenu pendant qu'il écoutait ou n'écoutait pas, quand il s'agitait ou se retranchait en lui-même, c'était le moment ou jamais car elle ne le reverrait plus. Elle peut affirmer sans l'ombre d'un battement de paupière qu'elle n'éprouve rien à son endroit, pas plus d'animosité que de pitié ou de compassion au regard de ce qui l'attend. Elle n'est pas vraiment surprise de se différencier de sa mère quant à la haine qu'elle lui voue. Contrairement à Lone, dont le cerveau s'est formé dans la relative liberté dont on jouit au sein de la famille où on voit le jour, Rosalie est née en captivité. Roland a toujours été Roland, dès le départ. Il a défini la normalité pendant quarante ans et même si Rosalie a vite compris que le monde selon Roland constituait une anomalie, cette normalité faussée ne lui a jamais été imposée à la place d'une autre. Elle se réjouit d'avoir pu, à l'âge de trente-cinq ans, passer la porte de la maison et accéder au vivant, mais elle se souvient avec précision du système carcéral de son enfance, de son adolescence et de ses premières années de maturité comme étant son univers, sa loi fondamentale. C'est dans ce monde clos qu'elle a découvert toutes les émotions et tous les états, de la tristesse à la joie, du malheur au bonheur, de l'impuissance totale au pouvoir d'agir et de construire. Elle a cependant l'honnêteté de s'avouer, alors qu'elle rejoint avec Lone et Béatrice la station de métro Porte de Clichy et s'apprête à traverser Paris en direction de Montreuil, qu'une certaine tristesse entache le soulagement de voir le ballet judiciaire s'achever.

Avant de disparaître, l'ogre vaincu a hurlé son désespoir et cette voix déchirée résonne en elle.

Il a été son papa. Il la faisait monter sur ses genoux quand elle était petite. Il lui lisait autant de livres qu'elle souhaitait entendre. Il relisait trois fois de suite la même histoire si elle le lui demandait. Mais Rosalie a choisi le monde d'Ingrid. Enfant, elle n'a pu parler qu'après avoir compris cet état de fait : il fallait choisir entre le monde de son papa et celui de sa maman. Deux mondes séparés. Elle n'a pu parler qu'après avoir fait ce choix. Elle a été grandement aidée par les variations d'humeur de l'ogre qui l'enfermait parfois dans l'obscurité terrifiante de *la petite maison*. Le monde d'Ingrid était régi par l'amour, celui de Roland entaché d'autoritarisme, d'arbitraire et, elle a fini par le saisir, de folie destructrice.

Rosalie n'a jamais regretté son choix. Elle a oublié son papa, a géré l'ogre au jour le jour, quoi qu'il lui manifeste, l'a côtoyé la nuit dans ses pires cauchemars. Elle a oublié son papa et le voilà qui se rappelle à sa mémoire au moment où le détenu s'efface, car elle n'a jamais pris le temps d'en faire le deuil. Elle se souvient de l'avant. Elle se souvient de l'époque où elle l'aimait. Elle se souvient de l'après. Elle a continué à appeler Roland papa, bien sûr, à monter sur ses genoux, elle l'écoutait toujours lui lire des histoires. Cependant, elle le faisait depuis le monde d'Ingrid. Elle jouait la comédie. Comme sa mère. Elle laissait croire à l'ogre qu'elle l'aimait alors que la méfiance et la crainte s'étaient substituées à l'amour inconditionnel des premières années.

En trois ans, Rosalie n'a jamais parlé de sa petite enfance, ni avec Lone, ni avec Béatrice, ni avec Jorn ou les quelques personnes qui ont partagé sa vie de femme libre. Elle n'a jamais expliqué à sa mère qu'elle avait été contrainte de choisir le monde dans lequel se construire. Elle ignore tout de ce que Lone en sait. Il lui semble qu'elle serait morte de l'entendre prononcer cette phrase : j'ai aimé mon papa. Alors que la rame de la ligne 14 approche de la station Châtelet, Rosalie décide qu'il est encore trop tôt pour en parler. Elle espère qu'adviendra le moment où elle se sentira libre d'évoquer cet aspect de son histoire et que Lone saura l'accepter, alors, l'intégrer à leur mémoire.

LE SILENCE

Lone est assise derrière ses piles au Salon du livre d'Amiens. Elle parcourt la France pour la promotion de *La Vie*, son deuxième récit. Du nord au sud, d'est en ouest, comme à la sortie de *La Survie.* Les visiteurs défilent entre les deux rangées de tables où les auteurs dédicacent leurs ouvrages. Ils déambulent lentement, la tête tournée, le regard glissant sur l'alignement d'écrivains comme sur la vitre d'un aquarium géant. La plupart se fixent un instant sur Lone, c'est la séquestrée de Montreuil, elle a l'air d'être en pleine forme, tant mieux, la pauvre, après ce qu'elle a vécu. Le plus souvent, on lui sourit. Surtout les femmes. Quelques hommes la dévisagent avec au fond de l'œil une étincelle de terreur qu'elle peine à analyser.

Lone s'épargnerait bien les salons, mais son éditeur lui a expliqué qu'y participer faisait partie du jeu, que ça lui permettait de se créer un réseau et d'entrer en contact avec ses lecteurs. Lone se déplace, donc, quand on l'invite. Pour autant, elle n'a jamais le sentiment d'entrer en contact avec qui que ce soit.

À intervalles réguliers, une femme s'approche. Elle saisit un exemplaire de *La Vie* et lit la quatrième de couverture.

— J'ai déjà lu *La Survie*… C'est glaçant, mais j'ai beaucoup aimé.

Lone reste silencieuse, sauf si la lectrice lui pose une question. Mais la lectrice, en général, n'ose pas. Elle lui jette quelques regards nerveux, tout en s'ancrant au livre. Lone a observé les techniques qu'ont développées certains de ses voisins pour nourrir la curiosité de l'interlocuteur, de l'autre côté de la table, et le pousser à acheter un exemplaire. Mais elle en est incapable. Elle reste allergique à toute forme de contrainte, même psychologique. Elle préfère voir la personne reposer l'ouvrage sur la pile et rejoindre le flux, plutôt qu'influencer son choix. Le plus souvent, après quelques secondes, la lectrice lui tend le livre et lui demande de le signer.

— Je vais aussi prendre *La Survie* en poche, je l'offrirai à ma fille. Elle a seize ans. Elle adore lire. Pour Ambre, donc…

Parfois, une famille entière s'avance jusqu'à sa table. Les enfants l'observent, impressionnés, pendant que les parents regardent les deux ouvrages en se chuchotant quelques commentaires. Il arrive qu'un homme seul saisisse un exemplaire de *La Vie*. Souriant, très ému. Plutôt silencieux, ou bien s'exprimant par phrases courtes. Quel choc le premier… Quelle leçon… Votre courage… Je vous admire…

Comme Rosalie l'avait prévu, *La Survie* a eu beaucoup de succès. *La Vie*, qui raconte les premières années de liberté et se clôt sur le procès, démarre plutôt bien. Lone discute peu avec ses voisins dans les salons. Elle préfère observer la foule. Elle entre dans l'intimité des passants, l'espace de quelques secondes, puis la bulle s'envole. À Genève, elle a tout de même sympathisé avec un jeune écrivain égyptien, pendant la réception d'inauguration. Ils étaient seuls, l'un et l'autre, verre de vin en main, au milieu des petits groupes d'auteurs habitués à se retrouver pour les fêtes littéraires. Ils ont passé le week-end ensemble, se promenant le long du lac entre les séances de dédicace, comparant leurs débuts dans l'écriture, les difficultés rencontrées, le plaisir aussi. Lone a évoqué la joie de s'installer, chaque matin, devant son ordinateur, de commencer par relire ce qu'elle a écrit les jours précédents, de le corriger et de sentir monter la matière nouvelle. Elle a parlé au jeune écrivain de son désir de poursuivre l'aventure en s'orientant vers la fiction. Il lui semble clair, a-t-elle expliqué, que l'envie d'écrire trouve sa source dans la souffrance endurée, mais aussi, qu'elle la dépasse ; Lone croit deviner au plus profond d'elle-même un gisement inépuisable, une espèce de carburant capable de nourrir les histoires qu'elle imaginera, les mondes qu'elle inventera. Hassan a corroboré cette description de l'effort créatif. Il a déclaré s'y consacrer avec un enthousiasme comparable. Il a décrit ses heures d'écriture à l'aube, avant que la famille s'éveille, que la journée commence et qu'il lui faille partir travailler, l'impression d'un immense privilège dont il lui est donné de jouir chaque jour.

Lone songe à changer d'éditeur. Ses deux récits ont été publiés sans que personne, au sein de la maison, ne lui suggère la moindre modification. Elle a compris qu'au moment de se lancer dans l'écriture romanesque, elle pouvait espérer une collaboration plus fructueuse chez un éditeur au catalogue plus exigeant.

À Bruxelles, une femme s'est approchée de son stand et lui a révélé l'avoir rencontrée à Seignosse, avant sa disparition.

— J'étais surtout copine avec Laura, puisque nous avions le même âge, mais nous jouions au badminton ensemble, toi et moi. Laura n'aimait pas le badminton, elle ratait trop souvent le volant, ça l'énervait.

Lone s'est aussitôt souvenue des parties de raquettes, mais pas du visage de sa partenaire.

— Oui, on poussait des cris en jouant, ça énervait beaucoup les voisins allemands, avec leur caravane grise.

— Les Krüger.

— Les Krüger !

— Hilde et Kurt Krüger.

— Oh là là, c'est incroyable…

Lone s'est levée. Elle ne pouvait pas continuer à écouter cette femme en restant assise derrière sa table.

— Je suis retournée dans ce camping avec mes parents jusqu'à l'âge adulte. On y voyait ta famille, certains étés. D'autres non. Mais on pensait toujours à vous. Chaque année, on organisait une petite cérémonie, le jour anniversaire de ta disparition…

— Tu t'appelles Marinka, n'est-ce pas ?

— Oui c'est ça.

— Je me souviens…

Après quelques minutes, Marinka est repartie avec son exemplaire dédicacé. Lone s'est rassise derrière ses piles, bouleversée. Son voisin de table, qui avait suivi la conversation, lui a tendu un verre d'eau.

Overlevelsen est paru au Danemark. Lone s'y est rendue à plusieurs reprises. Elle a notamment séjourné à Frederikshavn, sa ville d'origine, qu'elle n'a pas reconnue, pas même le port dont elle se souvenait. *La Vie* est en cours de traduction. Le livre s'intitulera *Liv*. Comme pour *Overlevelsen*, Lone a obtenu de pouvoir relire la traduction danoise avant la publication.

Son histoire s'est muée en deux récits. Elle la voit s'éloigner à chaque exemplaire emporté. La vraie vie est ailleurs, désormais.

Le dimanche matin, Lone quitte Amiens en train. La ville est encore en pleine effervescence, le Salon n'est pas terminé, mais elle doit redescendre à Paris, changer de gare et prendre un TGV pour Brest – Rosalie vient passer quelques jours à la maison avec sa petite famille. Lone a juste le temps de rentrer, retrouver Béatrice à la gare et foncer jusqu'à l'aéroport pour les accueillir.

Lone vérifie le panneau d'affichage car elle détecte une agitation nouvelle dans la foule qui attend les passagers, disséminés autour d'elle à distance respectable. Le vol Air France en provenance de Paris vient d'atterrir. Béatrice consulte un site météo sur son téléphone. Le temps s'améliore toute la semaine sur la côte du Finistère Nord. Le printemps finit de s'épanouir. Rosalie, Henrique et les enfants vont être fatigués. Surtout Noeli, le bébé. Ils auront tous les quatre roulé de Guimarães à Porto, puis décollé de Porto pour Paris et enfin de Paris pour Brest en début d'après-midi. Ils voyagent depuis plus de sept heures.

Lone se demande si le petit Joaquim acceptera de parler français ou s'il se retranchera dans le silence. Rosalie a raconté à sa mère au téléphone que depuis son entrée à l'école maternelle, Joaquim refuse de parler français à la maison.

— Il me parle portugais tout le temps… Je le laisse finir, je lui dis "en français !" et là, il se met à rire bêtement, il se tortille comme un ver de terre… Je ne sais pas quoi faire.

Lone est curieuse de mesurer les progrès d'Henrique. Le compagnon de Rosalie s'est lancé dans l'apprentissage du français quelques mois avant la naissance de Noeli. Lone est venue le seconder à la librairie plusieurs semaines en remplacement de Rosalie, le temps qu'elle accouche et se rétablisse. Elle vidait les cartons et rangeait les livres pendant qu'il accueillait les clients. Quand personne n'entrait dans le magasin, Henrique la rejoignait aux cartons puis enfilait son casque et s'entraînait à la prononciation des phrases françaises. Lone souriait dans son coin en mesurant les difficultés auxquelles un Portugais fait face, certaines familières, d'autres très différentes de celles qu'elle a connues. Mais elle n'a rien dit. Elle a épargné à son gendre toute remarque exaspérante.

Lone et Rosalie s'embrassent longuement. Elles ne se sont pas vues depuis presque un an. Debout à côté de sa mère, Joaquim est intimidé. Le petit garçon n'est pas sûr de reconnaître sa grand-mère. Il se cache derrière les jambes de Rosalie. Lone s'accroupit et lui parle pour l'amadouer. Joaquim a déjà séjourné dans le penty de Porspoder, il a fait ses premiers pas sur le bitume de la ruelle, devant la maison, il a construit des châteaux de sable quelques mètres plus loin, sur la plage.

Henrique est en pleine conversation avec Béatrice.

— C'était très long. Je suis content d'être arrivé.

— Oh mais tu as beaucoup progressé, on va pouvoir se parler en français, cette année.

— Tu ne dois pas être trop optimiste, Béatrice, je ne suis pas capable de discuter dans votre langue, pas encore.

— Mais si mais si. Optimisme.

Noeli dort à poings fermés, installée dans un porte-bébé ventral, le cou souple, la tête appuyée sur le torse de son père. Lone s'est approchée, elle prend le temps de suivre la respiration de sa petite-fille. Elle ressent la légère angoisse que la vue d'un bébé provoque toujours, Tobias aurait quarante-huit ans, pensée inévitable, elle ferme les yeux et lui consacre un instant. Tout s'éloigne peu à peu, les cauchemars en cage la lâchent, la peur cesse de sourdre quotidiennement à l'improviste, la colère se dissout dans le va-et-vient des marées, les cris des goélands et la douceur de Béatrice, tout s'éloigne sauf l'absence de Tobias à ses côtés.

— Allons-y les enfants. On va essayer d'éviter l'embouteillage à la sortie du parking.

On embarque dans le Renault Espace prêté par Solenn Marec, la voisine, un vieux sept places aux sièges défoncés. Rosalie se lance immédiatement dans la reconquête du français avec son fils.

— Alors Joaquim, on est en France chez Lone et Béatrice, tu te souviens de la maison de Porspoder ?

L'enfant hésite et ne répond pas.

— Tu sais, la jolie maison en pierre, avec le jardin et la plage, les petits bateaux de pêche échoués à marée basse…

Lone regarde Joaquim dans le rétroviseur, il se mord les lèvres dans son siège enfant. Elle lui lance un clin d'œil.

— Je t'ai préparé des gros choux à la crème avec plein de caramel et de chantilly. Tu aimes les choux à la crème, Joaquim ?

— Ouiiii…

En moins d'un quart d'heure, tout le monde s'endort, à commencer par Béatrice sur le siège passager. Lone conduit à travers la campagne dans le silence qu'elle affectionne. Les champs de maïs succèdent aux champs de blé. Le soleil peine à se faufiler entre les nuages. Un adolescent marche au bord de la route. Lanildut, la prochaine agglomération, est encore distante de quatre à cinq kilomètres. La Renault ralentit et s'arrête sur le bas-côté. Rosalie s'étant installée avec Joaquim derrière Béatrice, Henrique avec Noeli au milieu des valises sur les deux sièges dépliés dans le coffre, tout au fond du véhicule, il reste dans le dos de Lone une place libre.

OUVRAGE RÉALISÉ
PAR L'ATELIER GRAPHIQUE ACTES SUD
ACHEVÉ D'IMPRIMER
SUR ROTO-PAGE
EN JANVIER 2022
PAR L'IMPRIMERIE FLOCH
À MAYENNE
POUR LE COMPTE DES ÉDITIONS
ACTES SUD
LE MÉJAN
PLACE NINA-BERBEROVA
13200 ARLES

DÉPÔT LÉGAL
1re ÉDITION : MARS 2022

N° impr. : 99903